DARE WITH ME: STURZFLUG INS HERZ, FIREFIGHTER-ROMANZE

DARE WITH ME – SERIE ALASKA

J.H. CROIX

Copyright-Informationen

Dies ist ein Werk der Fiktion. Namen, Personen, Unternehmen, Orte, Ereignisse und Begebenheiten sind entweder der Phantasie der Autorin entsprungen oder werden fiktiv verwendet. Jede Ähnlichkeit mit tatsächlichen lebenden oder toten Personen oder tatsächlichen Ereignissen ist rein zufällig.

Urheberrecht © 2025 J.H. Croix

Alle Rechte vorbehalten.

Die Originalausgabe erschien 2019 unter dem Titel "Crash Into You".

Deutsche Übersetzung: Stephan Waba

Umschlaggestaltung von Najla Qamber, Qamber Designs

Cover-Fotografie: Sara Eirew

Das Werk, einschließlich seiner Teile, ist urheberrechtlich geschützt. Jede Verwertung ist ohne Zustimmung des Verlages und des Autors unzulässig. Dies gilt insbesondere für die elektronische oder sonstige Vervielfältigung, Übersetzung, Verbreitung und öffentliche Zugänglichmachung.

Kein Teil dieses Buches darf in irgendeiner Form oder mit irgendwelchen elektronischen oder mechanischen Mitteln, einschließlich Informationsspeicher- und -abrufsystemen, ohne schriftliche Genehmigung des Autors vervielfältigt werden, es sei denn, es handelt sich um kurze Zitate in einer Buchbesprechung.

KEIN TRAINING VON KÜNSTLICHER INTELLIGENZ: Ohne die ausschließlichen Rechte der Autorin aus dem Urheberrecht in irgendeiner Weise einzuschränken, ist jede Verwendung dieser Publikation (in allen Formaten, einschließlich eBook, Print, Audio, Übersetzung und anderen Formaten) zum „Trainieren" generativer Technologien der künstlichen Intelligenz (KI) zur Texterzeugung ausdrücklich verboten. Die Autorin behält sich alle Rechte vor, dieses Werk für das generative KI-Training und die Entwicklung von Sprachmodellen für maschinelles Lernen zu lizenzieren.

Dies ist ein fiktives Werk. Namen, Personen, Unternehmen, Orte, Ereignisse und Begebenheiten sind entweder der Fantasie der Autorin entsprungen oder werden fiktiv verwendet. Jede Ähnlichkeit mit lebenden oder toten Personen oder tatsächlichen Ereignissen ist rein zufällig.

Die Erwähnung eines tatsächlich existierenden Unternehmens und/oder Produkts dient nur dem Zweck der künstlerischen Gestaltung. Solche Erwähnungen sind nicht als Empfehlung einer dieser Marken zu verstehen. Alle Marken und Urheberrechte sind Eigentum ihrer jeweiligen Inhaber.

Autor: J.H. Croix

Contact details: https://jhcroixauthor.com/website-support/

Kapitel Eins

DAPHNE

Ein Elch latschte vor mir über die Straße und ich kam abrupt zum Stehen. Der Geländewagen ruckte, als ich auf die Bremse trat. „Verdammte Scheiße!"

Niemand saß mit mir im SUV, um meine abfällige Reaktion mitzubekommen. Obwohl ich recherchiert hatte und wusste, dass es in Alaska jede Menge Wildtiere gab, war ich trotzdem ziemlich verblüfft.

Der Elch schien sich zwar langsam zu bewegen, aber mit seinen langen Schritten legte er die Strecke täuschend schnell zurück. Innerhalb weniger Sekunden hatte das Tier die Straße überquert und befand sich in einem Feld voller fuchsiafarbener Blumen. Sein Hinterteil verschwand in einer Gruppe von immergrünen Bäumen. Ich schüttelte leicht den Kopf und stellte fest, dass ich mitten auf einem Highway angehalten hatte. Die Straße war zwar nicht besonders stark befahren, aber immerhin war es eine Schnellstraße.

Lachend nahm ich den Fuß von der Bremse und trat wieder auf das Gaspedal. Alaskas Straßen waren nicht besonders belebt. Während ich die Geschwindigkeit erhöhte und zur Seite blickte, hielt ich den Atem an, als der Ozean in der Sonne funkelte und ihre Strahlen über seine Oberfläche huschten.

Auf der einen Seite des Highways waren Berge und Bäume zu sehen, auf der anderen Seite das Cook Inlet, das sich vom Pazifik ins Landesinnere Alaskas ausdehnte. Ich hatte bereits zwei Gletscher gezählt und war beeindruckt, wie der Ozean gegen den Fuß der Berge auf der anderen Seite schwappte, während ich weiterfuhr.

Mein Navi war keine große Hilfe. Und ich hatte schnell festgestellt, dass der Handyempfang hier auch nicht besonders gut war. Bestenfalls lückenhaft und offenbar nur in den kleinen Städten entlang des Highways brauchbar, der mich bis zum westlichsten Punkt der Vereinigten Staaten bringen würde, wenn ich ihm so weit folgen wollte.

„Verdammt", stieß ich hervor, als ich einen Blick auf das Navi-Display warf.

Es zeigte immer noch an, dass ich mich auf einem Parkplatz in Anchorage befand. „Bitte sag mir nicht jetzt nicht, dass du den Geist aufgegeben hast."

Ich wünschte mir, die freundliche Computerstimme würde mir nun versichern, dass alles in Ordnung war. Aber sie – die Navi-Stimme in meinem gemieteten Geländewagen – schwieg hartnäckig.

„Vielen Dank für das Gespräch", murmelte ich sarkastisch.

Da zog sich die Angst, meine schlimmste beste Freundin, in meiner Brust zusammen. Die letzten anderthalb Jahre meines Lebens hatte ich mich gefühlt, als wäre ich von einer Klippe in endlose Schwärze gestürzt. Und ich hatte immer noch das Gefühl, als würde ich mich hilflos im Kreis drehen und versuchen, mein Gleichgewicht zu finden und irgendwo zu landen. Das Letzte, was ich jetzt gebrauchen konnte, war, mich nicht nur im übertragenen Sinne zu verirren, sondern auch in Wirklichkeit.

„Schon gut", versicherte ich mir. „Du weißt, wo du hinwillst."

Nebenbei bemerkt: Ein seelisches Trauma konnte zu jeder Menge Selbstgespräche führen. Zum Glück war ich meistens allein, sonst hätte man mich bestimmt für verrückt erklärt.

Ungefähr eine Stunde später verfluchte ich meine bescheuerte Entscheidung, bei der Planung so leichtfertig vorgegangen zu sein. Der Handyempfang war total beschissen. Und mein Navi schien tatsächlich keine Hilfe zu sein. Und zu allem Überfluss hatte mein Geländewagen anscheinend eine elektrische Störung, denn immer wieder blinkte der Tacho auf. Vermutlich war das Problem mit der Elektrik auch der Grund dafür, dass mein Navi mich in der Not im Stich gelassen hatte.

„Such doch bloß mal nach dem Namen des Resorts. Das findest du schon. Da ist bestimmt irgendwo ein Schild.“

Ja, in diesen Tagen führte ich alle möglichen Selbstgespräche.

Meistens gab es auf Highways irgendwelche Schilder – und zwar jede Menge –, aber in Alaska war alles eher schlicht gehalten. Es gab Kilometerschilder, die die Entfernung zu verschiedenen Städten anzeigten, aber ich hatte keine einzige Reklametafel gesehen. Mir kam in den Sinn, dass Alaska bei seiner Gründung als Bundesstaat Werbetafeln verboten hatte. Eigentlich war das ja ganz in Ordnung, aber ich hätte wirklich nichts dagegen gehabt, wenn eine Reklametafel mein bevorstehendes Ziel angekündigt hätte.

Die Aussicht war atemberaubend, und auf dem Weg nach Süden hatte ich noch mehr Elche gesehen. Das kleine Problem war jedoch, dass ich im Blindflug unterwegs war. Langsam trat die Sonne ihren Heimweg an, und ich hoffte inständig, dass ich mein Ziel erreichte, bevor sie endgültig hinter den Bergen verschwand. Obwohl es August war, lag auf den Berggipfeln noch Schnee. Der Klimawandel machte nirgendwo halt, aber Alaska hielt durch, zumindest in einigen Höhenlagen.

Walker Adventures lag etwa dreißig Kilometer außerhalb eines der Juwelen Alaskas, Diamond Creek. In Diamond Creek, der angrenzenden Stadt in der Nähe des Resorts, wollte ich einen Monat verbringen. Ganz recht, einen ganzen Monat in der Wildnis. Ich, Daphne Bell, wollte etwas so Außergewöhnliches erleben, dass jeder, den ich kannte, mich für verrückt hielt.

Ich brauchte das fast so sehr wie Luft zum Atmen. Mein

eigentliches Leben, das ich hinter mir gelassen hatte, war ein riesengroßer Schlamassel voll mit Bedauern, Schuldzuweisungen und fast unerträglichem Schmerz. Vielleicht, nur vielleicht, konnte ich mich ja wieder fangen, wenn ich nur weit genug weg war.

„Oh! Ein Schild! Aber warum führst du mich nicht zu dem Resort?", murmelte ich zu dem besagten grünen Verkehrsschild. „Ein bisschen mehr Klarheit hat noch niemandem geschadet."

Scheiß drauf. Ich bog nach links ab. Der Asphalt erstreckte sich für ein paar weitere Kilometer und endete dann. „Oh, verdammt", murmelte ich, als der kleine blaue SUV selbstbewusst über die Schotterstraße rumpelte. Wenigstens hatte ich darauf geachtet, ein zuverlässiges Fahrzeug mit Allradantrieb zu mieten.

Beim Weiterfahren sagte ich mir immer wieder das Gleiche. *Du findest es schon, du sollst hier sein, und dann wird alles gut.*

Aber da ich genau wusste, wie beschissen das Leben sein konnte, war mein Glaube an das Universum bestenfalls erschüttert.

Eine Dreiviertelstunde später stand ich mit einem Rad tief in einer Schlammpfütze und erblickte einen Bären. „Bist du ein Braunbär oder ein Grizzlybär?", fragte ich aus der Sicherheit meines Geländewagens, während der Bär auf der gegenüberliegenden Straßenseite vorbeischlenderte und mir nicht mehr als einen flüchtigen Blick zuwarf.

„Seit wann haben Straßen keine Pannenstreifen?" Ich schaute auf mein Handy und funkelte den Warnhinweis an, dass es keinen Empfang hätte. „Verdammt noch mal."

Der besagte Bär hatte mich von der Straße abkommen lassen, sodass nun ein Hinterrad tief im Schlamm steckte. Ich tippte auf die Navi-Taste auf dem Display des Armaturenbretts, aber es passierte nichts. Ich wusste nicht mal, ob ich auf der Schotterstraße zu schnell unterwegs gewesen war. Mein Geländewagen schien ja ganz gut zu funktionieren, aber der ganze Schnickschnack mit Sicherheit nicht.

Plötzlich hörte ich ein Flugzeug über mir und betrachtete den Himmel durch meine Windschutzscheibe. Allerdings traute ich mich nicht, das Fenster zu öffnen, falls der Bär zurückkommen und mir das Gesicht abbeißen würde.

„Oh, das Flugzeug landet!"

Das kleine Flugzeug senkte sich herab und schien nicht allzu weit entfernt zu landen. Aber das konnte auch gut ein paar Kilometer entfernt sein. Ich traute mich nicht, auszusteigen und zu laufen. Wegen des Bären und Gott weiß was noch alles.

Da knurrte mein Magen und ich strich mit meiner Hand über meinen Bauch. Ich hatte nicht genug Snacks mitgebracht. Im Resort sollte ich heute Abend etwas zu essen bekommen und ich war mir sicher, dass ich noch ein paar Stunden Zeit haben würde, also hatte ich meinen letzten Müsliriegel vor ein paar Stunden verdrückt.

Ich lehnte meinen Kopf gegen den Sitz, atmete tief durch und zwang mich, nicht zu weinen. Ich würde schon klarkommen. Und wenn ich laufen musste, würde ich eben laufen.

Plötzlich hörte ich ein Rascheln, hob meinen Kopf und schrie auf.

Der Bär war jetzt direkt vor meinem Auto! Er aß Blaubeeren. Ich bin zwar keine Expertin für Wildtiere, aber ich erkenne Blaubeeren, und ich hatte mein Auto neben einem kleinen Fleckchen davon am Straßenrand abgestellt.

Der Bär hob seinen Kopf und beäugte mich teilnahmslos. Ich hielt den Bären für ein Männchen, obwohl ich keine Ahnung hatte, warum. Obwohl ich wirklich eine Heidenangst vor dem Bären hatte, war er ein prachtvolles Geschöpf mit goldbraunem Fell. Nach meinem Schrei musterte er mich einen Augenblick lang neugierig, dann senkte er den Kopf und fraß weiter. Irgendwie schien es geradezu albern, dass diese riesige Kreatur an den Blaubeeren knabberte – ja, knabberte.

Ich schaute schweigend zu, vergaß meine missliche Lage und die anderen Katastrophen meines Lebens, während dieser mächtige Bär, der mich wahrscheinlich mit einem einzigen Prankenhieb umbringen könnte, weiter Blaubeeren fraß. Ein paar Augenblicke später verschwand der Bär im Wald, und ich war wieder allein. Ein Stich der Einsamkeit traf mich so hart, dass er mir den Atem raubte.

„Daphne, du brauchst jetzt dringend einen Plan", ermahnte ich mich selbst, sobald ich wieder zu Atem gekommen war.

Doch ich wusste nicht mal, wo ich mit einem Plan anfangen sollte, außer auf dieser Straße entlangzuwandern und zu hoffen, dass sie mich zum Resort führen würde.

Diese wirbelnde Angst, ein verdammter irrer Derwisch, machte sich wieder in meiner Brust breit. Ich wusste wirklich nicht, was ich tun sollte, außer zu laufen, und ich konnte nur beten, dass ich nicht zu weit laufen musste.

Gerade als ich drauf und dran war, den Kampf mit meinen Tränen zu verlieren, tauchte ein Truck vor mir auf.

„Juhu!" Ich hob buchstäblich meine Faust zum Jubeln. Ich hatte zwar nicht die geringste Ahnung, wer das war, aber ich wünschte inständig, er würde anhalten.

Ohne nachzudenken, sprang ich aus dem Geländewagen, rannte zur Mitte der Straße und fuchtelte mit den Armen wie eine Verrückte.

Da kam der schwarze Truck zum Stehen. Beim Anblick des Mannes hinter dem Lenkrad wurde ich ein wenig eingeschüchtert. Freundlich war nicht gerade das Wort, das mir bei seinem Anblick in den Sinn gekommen wäre.

Dann öffnete sich die Tür des Trucks, und er stieg aus. Meine Knie waren plötzlich wie Gummi. Oh. Mein. Gott. Sein Blick glitt zu meinem Geländewagen, der mit einem Rad im Schlamm steckte, bevor er auf mich fiel. Gut, dass ich ein paar Sekunden Zeit gehabt habe, mich zu wappnen.

Denn sobald sein Blick aus seinen eisblauen Augen auf mich fiel, durchzuckte mich ein Stromstoß, der alle Nervenbahnen in Flammen setzte. Der Mann war großgewachsen und kräftig gebaut. Seine breiten Schultern füllten sein T-Shirt aus. Mein Blick wanderte an seinen Armen hinunter, die schlank und kräftig waren und ein paar goldene Härchen aufwiesen. Er trug eine ausgebeulte und ausgeblichene Jeans, die in der Taille ein wenig nachgab, als er seinen Daumen in eine Gürtelschlaufe steckte.

Meinem Blick entging nicht der Streifen gebräunter Haut unterhalb seines T-Shirts, als er den Bund herunterzog und eine Seite eines muskulösen Vs enthüllte. Ich schluckte und richtete meinen Blick nach oben. Er hatte einen Kiefer wie gemeißelt, markante, schräge Wangenknochen und eine elegante Nase. Seine Lippen waren einfach großartig. Und dann, als wollte er mich quälen, hatte er ein Grübchen in der Mitte seines Kinns.

Ich musste eindeutig den Verstand verloren haben, denn ich spürte, wie meine Wangen heiß wurden und meine Haut am ganzen Körper kribbelte.

„Du musst Daphne sein", stellte er in schneidendem Ton fest.

Als Antwort kam nur ein Glucksen aus mir heraus. Dieser Mann raubte mir nicht nur den Atem, sondern auch die Worte. Und das war etwas völlig Neues für mich.

Kapitel Zwei

FLYNN

Die Frau vor mir gab eine Art gurgelndes Geräusch von sich und glotzte mich einfach an. Ich brauchte einen Augenblick, also war ich dankbar, dass sie mir den gab.

Verdammte Scheiße. Es gäbe wohl kaum einen Ort, an dem diese Frau nicht auffallen würde. Ihr kastanienbraunes Haar war zu einem Zopf geflochten und fiel in lockeren Strähnen um ihr Gesicht. Sie trug einen Rock, einen verdammten Rock, auf einer Schotterstraße mitten im Nirgendwo in Alaska. Schwarze Stiefel schmiegten sich an ihre Waden, und ich musste mich zwingen, meinen Blick nicht zu lange auf ihren wohlgeformten Beinen verweilen zu lassen. Eine seidige blaue Bluse rundete ihr Outfit ab und ich musste mich ganz schön anstrengen, um nicht auf den oberen Knopf zu starren, der ein wenig spannte. Sie sah aus, als hätte sie sich für irgendein aufreizendes Businessmeeting zurechtgemacht.

Sie hatte etwas von einer Prinzessin an sich. Anders ließ sich das nicht beschreiben.

Ihre jadegrünen Augen suchten mein Gesicht ab und ihre Wangen erröteten, während wir uns gegenseitig musterten.

„Woher kennst du meinen Namen?", fragte sie schließlich, hob ihr Kinn leicht an und straffte ihre Schultern.

„Nun, Prinzessin, ich vermute, du bist die Daphne, die für einen Monat im Resort gebucht hat."

Die Frau musterte mich mit unsicherem und misstrauischem Blick. Während ein leichter Windstoß ihr eine Haarsträhne über die Stirn wehte, stieß sie einen Luftzug aus, der ihr die Haare gekonnt aus den Augen blies. „Gut. Ich bin diese Daphne. Aber musst du mich unbedingt Prinzessin nennen?"

Lieber Gott. Diese Frau war schon etwas ganz Besonderes. Sie war klein, zierlich, adrett und vermittelte einen angespannten Eindruck. Ich hatte keine Ahnung, was sie sich bloß dabei gedacht hatte, einen Monat im Abenteuer- und Expeditionsresort meiner Familie zu buchen.

Ich war ganz schön durcheinander. Und zwar gleich zweifach, denn mein Körper schien sie für höllisch heiß zu halten. Ich konnte es nicht fassen, aber als sie in diesem überheblichen, spitzen Ton sprach und ihr Kinn noch ein bisschen mehr anhob, verkrampfte sich mein ganzer Körper und das Blut schoss mir in den Schwanz. Was zum Teufel war hier eigentlich los?

Daphne warf einen Blick zur Seite, und ich nahm mir einen Augenblick Zeit, um ein paar weitere Besonderheiten an ihr wahrzunehmen. Mein Blick fiel auf den oberen Knopf ihrer Bluse. Den wollte ich aufknöpfen. Und zwar am liebsten mit meinen Zähnen.

Ich zwang meinen Blick nach oben und fuhr an ihrem Kinn entlang und an der Art und Weise, wie sich ihr keckes Näschen am Ende nach oben neigte. Ihre Haut war rosig, genau wie ihre Lippen, die formvollendet aussahen. Gebogen wie eine verdammte Schleife. Noch schlimmer war, dass sie auf einer Seite ein kleines Grübchen hatte. Sie hatte noch nicht mal gelächelt, aber ich konnte schon erkennen, wie es sich dort verbarg und nur darauf wartete, zum Vorschein zu kommen.

Als sie zu mir zurückblickte, runzelte sie die Stirn vor Sorge. „Ich habe zwar keine Ahnung, warum du hier vorbeikommst, aber ich nehme nicht an, dass du mir in meiner, ähm, Situation helfen kannst", antwortete sie und deutete auf ihren kleinen SUV.

„Genau aus diesem Grund bin ich gekommen. Ich habe deinen Geländewagen aus der Luft gesehen. Und den Bären."

„Du hast mich aus der Luft gesehen?"

„Oh, ja. Das Flugzeug ist klein, und ich wollte gerade landen. Es war nicht schwer, deinen hellblauen Geländewagen am Straßenrand auszumachen und den großen braunen Bären, der neben dir gegrast hat."

„Vielen Dank. Aber du weißt nicht zufällig, wer das Resort leitet, oder?"

„Ich."

„Du bist Flynn Walker?"

„Stets zu Diensten", antwortete ich.

Daphnes Blick wanderte auf und ab, bevor er wieder auf meinem Gesicht landete. Wenn ich es nicht besser gewusst hätte, hätte ich angenommen, sie hätte mich abgecheckt. Aber ich wusste es besser. Das hatte diese zickige Prinzessin auf gar keinen Fall getan.

„Was dagegen, wenn ich mir mal deinen Wage ansehe?", fragte ich.

„Ich glaube kaum, dass du ihn bewegen kannst, er steckt fest", erwiderte Daphne, während sie in ihren Stiefeln und ihrem Rock mitten auf der Straße stand.

„Klar kann ich das, Prinzessin. Gib mir doch mal die Schlüssel." Während ich auf sie zuging, verharrte sie regungslos und ihre Wangen färbten sich immer rosiger. „Ich kriege ihn da schon raus, kein Problem."

Dann ging ich weiter, und sie wirbelte schnell herum und beeilte sich, mich einzuholen. „Also gut, die Schlüssel sind drin. Aber du musst sicher den Sitz zurückstellen."

Beim Auto angekommen, meinte ich mit einem Seitenblick: „Oh, da bin ich mir sicher. Was dagegen, wenn ich es versuche?"

„Tu dir keinen Zwang an", sagte sie und machte eine Handbewegung, als sie zurücktrat. „Wenn du mich aus dem Schlamm ziehen kannst, wäre das wunderbar."

Der Sitz küsste praktisch das Lenkrad. Ich schob ihn zurück, kletterte hinein und startete den Geländewagen. Nachdem ich die Tür geschlossen hatte, kurbelte ich das Fenster runter. „Geh besser ein paar Schritte zurück. Hier fliegt gleich jede Menge Schlamm durch die Luft."

Sie verschränkte die Arme und wölbte eine Augenbraue. „Einverstanden." Dann machte sie einige Schritte auf die andere Seite der Straße.

Nachdem ich den Motor angelassen hatte, überzeugte ich mich davon, dass der Allradantrieb eingeschaltet war. Ich überprüfte leicht, ob sie an dem einen Hinterrad überhaupt Bodenhaftung hatte. Nicht ein bisschen. Nach einem kurzen Blick auf die Bedienelemente des Fahrzeugs schaltete ich das Differenzialgetriebe ein. Sobald ich das Einrasten spürte, drückte ich das Gaspedal leicht durch und spürte das heftige Knirschen der Achse.

Einem weiteren Augenblick später schoss der Geländewagen vorwärts, und ich hörte Daphne aufschreien. Ich konnte noch nicht in ihre Richtung schauen und lenkte den Wagen auf die Straße, bevor ich ihn parkte und den Motor abstellte. Beim Aussteigen blieb mir der Mund offen stehen. Daphne war über und über mit Matsch verschmiert.

Ich musste ein Grinsen unterdrücken. Keine Ahnung, wie zum Teufel das passiert war. Von da aus, wo sie stand, hätte sie von den Schlammspritzern verschont bleiben müssen. Als ich ihr in die Augen sah, war sie kurz entsetzt, bevor sie lachend den Kopf zurückwarf.

Verdammt noch mal. Das Lachen dieser Prinzessin war tief und kehlig, wenn sie es zuließ.

Ich schmunzelte, als sie mir wieder in die Augen sah und ihr Lachen verstummte. „Grundgütiger. Ich habe doch bloß versucht, zu helfen und bin nach hinten gegangen, um der Karre einen kleinen Schubs zu verpassen."

„Du hast angeschoben?"

„Nein", erwiderte sie mit verlegenem Blick und schüttelte den Kopf. Dann hob sie eine Hand, um sich den Schlamm von der Wange zu wischen. Aber das half auch nicht weiter. „Ich bin genau in dem Augenblick angekommen, als du mit deiner Aktion Erfolg hattest."

Daphne sah nach unten. Sie hatte Schlamm im Gesicht, in den Haaren und auf der ganzen Vorderseite ihrer hübschen blauen Bluse. Auch auf ihrem Rock und ihren Knien waren Schlammspritzer zu sehen.

Verdammt, mit dem Schlamm sah sie unglaublich heiß aus.

Ich war kurz davor, meinen Verstand zu verlieren. Diese unangenehme Anziehungskraft zu Daphne, die wie aus heiterem Himmel aufgetaucht war, ergab überhaupt keinen Sinn.

Ich versuchte, mir das Lachen zu verkneifen, als sie wieder zu mir aufsah. Dann verdrehte sie die Augen, und ihr Grübchen kam zum Vorschein, als sie lächelte. „Schon gut. Lach ruhig."

Ich gluckste leise. „Tut mir leid. Du scheinst einfach nicht die Sorte Frau zu sein, die sich gerne die Finger schmutzig macht."

Da verblasste ihr Lächeln und etwas flackerte in ihren Augen auf, aber sie unterdrückte es schnell wieder. „Genau das möchte ich ja ändern. Vielleicht zeigst du mir jetzt den Weg zum Resort. Falls es dir noch nicht aufgefallen ist, sämtliche Lämpchen an meinem Armaturenbrett scheinen zu flackern. Mein Navi ist im Eimer und es gibt hier keinen Handyempfang, also war ich mir nicht mal sicher, ob ich überhaupt in die richtige Richtung fahre."

„Eins muss man dir lassen. Du bist einfach weitergefahren."

Sie nickte und hob ihr Kinn wieder ein wenig an.

„Dann komm doch mal mit."

Kapitel Drei

DAPHNE

Etwa zehn Minuten später stand ich neben Flynn und vergaß völlig, dass ich mit Schlamm überschüttet war. „Oh, wow", hauchte ich ehrfürchtig. „Das ist ja noch schöner als auf den Bildern."

Flynn richtete seinen verstörend scharfen Blick auf mich. Ich war ihm unglaublich nah gekommen, und seine Augen glichen keinen anderen, die ich je gesehen hatte. Das Blau war von einem dunklen Rand umgeben, fast so, als hätte ein Künstler die Ränder mit Holzkohle schattiert. „Es ist wirklich nett", bemerkte er.

„Nett?"

Er zuckte mit den Schultern. „Also gut, wunderschön."

Das winzige Zucken in einem seiner Mundwinkel reichte aus, um mir eine Gänsehaut zu verpassen. Oh. Mein. Gott. Wenn dieser Mann mir jemals ein Lächeln schenken würde, würde ich wahrscheinlich auf ihm herumklettern wie auf einem verdammten Baum.

Walker Adventures, das als eines der besten Resorts für Outdoor-Expeditionen in Alaska gilt, war nur einen Katzensprung von Diamond Creek entfernt, einer Stadt mit zahlreichen Restaurants und Touristenattraktionen, wie ich vermutet hatte. Aber als ich mich hier so umsah, konnte ich mir kaum vorstellen, dass es in der Nähe so etwas wie Zivilisation überhaupt gab. Es fühlte sich tatsächlich so an, als wären wir mitten im Nirgendwo.

Wir waren von Fichten umgeben. Das Resort, ein mächtiges Fachwerkgebäude, besaß eine dunkel gebeizte Holzverkleidung und ein blaues Stahldach, das fast vollständig mit Solarzellen ausgestattet war. Das Gebäude war achteckig und verfügte über raumhohe Fenster an allen Seiten und auf allen drei Etagen.

Flynn schritt vor mir her und hielt an der Treppe inne, die zu einer umlaufenden Terrasse führte. Er bestand darauf, sich meine Taschen zu schnappen, hängte sich eine über die Schulter und hielt die andere in seiner Hand. „Wollen wir reingehen?"

Ich hatte gar nicht bemerkt, dass ich wie erstarrt war, während meine Augen die Landschaft in sich aufgesaugt hatten. Das Resort lag mitten in den Hügeln, mit Bäumen auf der einen Seite und einem weiten Blick auf die Berge auf der anderen Seite. Die gleichen leuchtenden fuchsiafarbenen Blumen, die ich auf der Fahrt gesehen hatte, wuchsen in Büscheln an den Hängen. In der Ferne war eine Meeresbucht zu sehen und auf der anderen Seite die Berge.

„Ja!" Ich beeilte mich, Flynn einzuholen.

In meiner Eile blieb ich mit dem Absatz meines Stiefels im Kies stecken. Ich verhaspelte mich und kam leicht ins Straucheln. Flynn streckte die Hand aus, um mich zu stützen, und seine freie Hand legte sich um meinen Arm. Seine Berührung fühlte sich an wie ein Brandzeichen, und Hitze durchströmte mich.

„Schon vergessen, dass du voll mit Matsch bist?", fragte er und verzog eine Seite seines Mundes zu einer Andeutung eines Grinsens.

O Gott! Mein Körper vertrug kein Lächeln von ihm und schon gar nicht, dass er mich anfasste. Ich schluckte, als ich versuchte, wieder zu Atem zu kommen. Obwohl wir uns in der frischen Gebirgsluft befanden, schien sie plötzlich knapp zu werden.

Ich blickte nach unten und seufzte leise, während ich mich sammelte. Lieber Gott. Ich war völlig durcheinander, im wörtlichen und im übertragenen Sinne. Als ich wieder den Blick hob und den Schimmer von Wärme in seinen Augen sah, entschied ich, dass es gar nicht so schlimm sein konnte. Obwohl ich dazu geboren und erzogen worden war, viel Wert auf Äußerlichkeiten zu legen, hatte ich inzwischen auf äußerst drastische Weise zu spüren bekommen, dass Äußerlichkeiten keine Rolle spielten. Ganz und gar nicht.

„Das habe ich wohl ganz vergessen", bot ich mit einem tapferen Lächeln an.

„Dann komm doch einfach mal rein."

Flynn bedeutete mir, die Treppe vor ihm hochzugehen. In der Annahme, dass ich von hinten besser aussah als von vorne, beeilte ich mich auf dem Weg nach oben und wartete an der Tür.

„Es ist nicht abgeschlossen", verkündete er, als er oben an der Treppe ankam.

„Oh", quiekte ich, bevor ich nach der Tür griff, um sie zu öffnen. Da er schon meine Taschen trug, war das Mindeste, was ich tun konnte, ihm die Tür zu öffnen.

Ich trat ein und Flynn folgte mir. Der Eingangsbereich war schiefergrau gefliest. Reihen von Haken an beiden Wänden säumten den Eingang, und auf dem Boden befanden sich Gitterroste.

Flynn muss meine Verwunderung bemerkt haben, denn ich beäugte die Roste neugierig. „Die sind für den Winter. Wenn die Leute mit verschneiten Stiefeln und Klamotten hier reinkommen, fließt das Wasser ab, anstatt sich auf dem Boden zu sammeln. Keine Sorge, der Abfluss ist nicht nach draußen offen. Er liegt nur etwa fünf Zentimeter unter dem Boden und mündet in unser Abwassersystem."

„Oh, wie praktisch", erwiderte ich und blickte zu ihm auf.

Sein Blick suchte mein Gesicht ab, aber ich wusste nicht, wie ich seinen Gesichtsausdruck deuten sollte. Er schien äußerst geschickt darin zu sein, seine Gedanken zu verbergen. Aber da ich selbst Expertin darin war, nahm ich das nie jemandem übel.

„Ich zeige dir mal dein Zimmer", stellte er fest, während er an mir vorbeiging.

Er führte mich durch den hohen Torbogen in einen anderen Raum. Gleich dahinter befand sich auf jeder Seite eine Tür. Der Rest des Raumes war weit offen. Die Parkettböden schimmerten in der Sonne, die durch die Fenster schien. Auf der einen Seite standen ein kleines Sofa und ein paar Stühle um einen Holzofen aus Speckstein. In einem anderen Bereich befanden sich niedrige Bücherregale mit weiteren Stühlen, und in einem weiteren Bereich erhob sich eine riesige Couch mit einem Fernseher, der von der Decke herabhing. Es gab keine einzige Wand, die den Raum unterteilt hätte, aber er fühlte sich aufgrund der Aufteilung und Anordnung der Möbel wie drei separate Räume an.

Ich folgte Flynn quer durch den Raum und entdeckte in der Ecke eine hübsche Wendeltreppe. Wir stiegen hinauf, und er führte mich einen Flur entlang, bevor er eine Tür öffnete. Das Zimmer bot einen Blick auf die Felder und in der Ferne funkelte das Meer.

Die schlichte, minimalistische Einrichtung bestand aus einem Doppelbett mit einer flauschigen, cremefarbenen Steppdecke, einem Nachttisch auf jeder Seite und einer Kommode gegenüber dem Fußende des Bettes, direkt neben der Tür, vor der wir standen. Flynn stellte meine Taschen auf dem Boden vor der Kommode ab und deutete auf die Tür an der Seite des Zimmers. „Die Dusche ist da drin."

Damit machte er kehrt und wollte schon durch den Türrahmen verschwinden.

„Flynn."

Er wandte sich um, und nun ja – das war ein richtiger Mann – er strahlte eine raue, gewaltige Kraft aus. Die Art, wie er seine

Augenbrauen wölbte, hatte jedoch einen Hauch von Anmut. „Ja?"

„Auf der Website war zu lesen, dass es hier auch Verpflegung gibt."

Meine Worte waren nicht wirklich eine Frage, aber Flynn nickte. „Ja. Es gibt hier Verpflegung, Prinzessin."

Ich biss mir auf die Wangen, um nicht auf diesen kleinen Spitznamen zu reagieren. Er konnte ja nicht wissen, dass ich als kleines Mädchen genau diesen Spitznamen bekommen hatte.

Nachdem ich geduscht und mir eine Jeans mit Stiefeln und eine saubere Baumwollbluse angezogen hatte, hörte ich Stimmengewirr und nahm an, dass eine weitere Gruppe von Gästen eingetroffen war.

Ich hatte keine Ahnung, warum, aber ich fühlte mich ein wenig unruhig. Mir gingen Flynns eindringliche und strahlende Augen nicht aus dem Kopf. Und jedes Mal, wenn er mich Prinzessin nannte, durchzuckte mich ein Anflug von Verärgerung, der sofort von einem kleinen Anstieg meines Pulsschlags gefolgt wurde.

Gedankenverloren hielt ich an der Tür inne und genoss das kühle Gefühl des Türknaufs unter meiner Handfläche, bevor ich ihn herumdrehte. Nach einem tiefen Atemzug straffte ich meine Schultern und betrat den Flur.

Ein großer, schlaksiger junger Mann kam aus einer anderen Tür auf der anderen Seite des Flurs. Als er mich sah, schenkte er mir ein kurzes Grinsen. „Hallo du."

Ich wusste fast sofort, dass dieser junge Mann mit Flynn verwandt sein musste. Er hatte das gleiche bernsteinfarbene Haar, das von der Sonne geküsst worden war, und diese einzigartigen blauen Augen mit den rauchigen Rändern.

„Guten Tag", erwiderte ich höflich.

Er neigte anerkennend den Kopf und bedeutete mir, vor ihm die Treppe runterzugehen. „Du musst Daphne sein", stellte er dabei fest.

„Allerdings. Wie hast du das erraten?"

„Nun, die anderen Gäste sind schon da und ich habe noch keine Daphne kennengelernt. Ich bin Grant", stellte er sich vor, als er neben mir am Fuße der Treppe haltmachte. „Freut mich, dich kennenzulernen." Seine Hand umschloss meine, während er sprach. Er war genauso groß wie Flynn, wirkte aber jünger.

„Gleichfalls", antwortete ich, als ich seine Hand losließ.

Ich wandte mich um und sah etwa zehn Leute, die sich im Gemeinschaftsraum im Erdgeschoss tummelten.

„Wenn du Hunger hast", bot Grant an, „dann geh doch am besten gleich in die Küche."

Ich folgte seinem Fingerzeig und betrat durch eine der Türen, die den Torbogen zum Haupteingang säumten, die Küche. Tablets mit Vorspeisen standen auf dem Tresen.

Obwohl der Raum gemütlich wirkte, handelte es sich eindeutig um eine Industrieküche mit gewaltigen Geräten. Flynn werkelte am Herd, der an einer Kochinsel gegenüber der Theke an der Wand stand, und von dem großen rechteckigen Tisch an den Fenstern konnte ich die Hügel und das Meer in der Ferne sehen.

Flynn blickte auf, als ich eintrat. Etwas flackerte kurz in seinen Augen auf, als ich mich näherte, aber bevor ich es richtig deuten konnte, war es auch schon wieder weg. „Wie ich sehe, hast du dich schon frisch gemacht", sagte er zur Begrüßung.

Sofort spürte ich die Hitze in meinen Wangen. Ich wollte gar nicht daran denken, wie ich auf Flynn reagierte. Es schien, als müsste ich ihm nur zu nahe kommen, und schon wurde ich ganz wuschig.

„Möchtest du etwas trinken?", fragte er.

„Klar."

„Bier oder Wein oder etwas anderes?"

„Wein, bitte. Roten, wenn du welchen hast."

Flynn nickte und schaltete den Brenner unter der Pfanne aus, in der er gerade rührte. In einem weiteren Augenblick füllte er ein Glas mit dunklem Rotwein.

„Du fliegst also mit dem Flugzeug, sammelst verirrte Gäste

ein, wenn sie im Schlamm stecken bleiben, und kochst?", scherzte ich höflich.

Da wandte sich Flynn um und reichte mir das Glas Wein über den Tresen. Unsere Finger berührten sich, und ein elektrischer Schlag durchzuckte meinen Arm. Als Folge dieser leichten Berührung jagten kleine Feuerstöße über meine Haut.

Dann ließ er die Hand sinken, und ich krallte meine Finger um das Weinglas, um mich festzuhalten. Er spitzte die Lippen und mein Bauch wurde von den Schmetterlingen gekitzelt, die sich dort in Windeseile breit gemacht hatten.

„Normalerweise koche ich nicht, aber nicht, weil ich das nicht könnte. Ich bin eher für das Fliegen und das Abholen der Gäste zuständig. Aber unser Küchenchef hat letzte Woche gekündigt, also sind wir unterbesetzt. Bis dahin springe ich ein."

„Oh." Was für eine clevere Antwort. Um meine Nervosität zu überspielen, nahm ich einen Schluck Wein, aber ich nahm zu schnell einen zu großen Schluck. Ich prustete und spürte, wie der kühle Wein auf meine Bluse spritzte.

Dann sah ich Flynn in die Augen, in denen ein leichtes Glitzern lag. „Ich scheine jedes Mal, wenn ich in deiner Nähe bin, eine Sauerei zu veranstalten", brachte ich heraus. Meine Wangen waren glühend heiß und ich hätte die Hitze am liebsten einfach weggezaubert.

Kapitel Vier

FLYNN

„Wirf mir mal den Spanngurt rüber, ja?", rief ich Elias zu.

Schon flog der Gurt durch die Luft, und ich fing den Haken auf. Dann lehnte ich mich in den Stauraum im hinteren Teil des Flugzeugs, zog den Gurt fest und vergewisserte mich, dass der Haken fest saß. Elias kam von der anderen Seite des Flugzeugs und stützte seinen Ellbogen auf die Tragfläche, während ich mich aufrichtete und die Tür zum hinteren Abteil schloss.

„Später in der Woche haben wir eine Gruppe, die einen Ausflug nach Katmai gebucht hat. Kriegst du das hin?", fragte ich.

„Na klar. Wie sieht der Zeitplan bis dahin aus?", gab er zurück.

„Morgen sind drei Flüge geplant. Wie wäre es, wenn du einen am Morgen und am Nachmittag nimmst und ich den anderen am Nachmittag?"

Sofort nickte er. Elias Lowe würde in der Luft leben, wenn er könnte. Er war einer meiner engsten Freunde und hatte sich mir ein Jahr nach meinem Ausscheiden aus der Air Force angeschlossen. Wir hatten zusammen gedient, aber ich hatte die Armee vor ihm verlassen, weil ich vor sieben Jahren nach Hause zurückkehren und mich um meine Geschwister kümmern musste.

Ich hatte die Air Force genauso geliebt wie er, und sie unterstützte uns mit dem Geld, das wir benötigten. Menschen zahlten Unsummen für Rundflüge in Alaska und Reisen zu abgelegenen Reisezielen. Fliegen war nicht billig und auch nicht ganz ohne Risiko, aber es war es wert. Nach meiner Rückkehr musste ich nicht nur den Laden für Outdoor-Expeditionen meiner Familie auf Vordermann bringen, sondern mich auch um drei jüngere Geschwister kümmern. Bis jetzt hatte ich es geschafft, das College für Grant und Nora zu bezahlen. Meine jüngste Schwester Cat ging noch zur Schule.

Elias fuhr sich mit der Hand durch sein zerzaustes dunkelblondes Haar und nickte. „Du weißt doch, dass ich jeden Flug übernehme, den du mir anbietest."

„Klar weiß ich das. Es ist nur so, dass du nicht an zwei Orten gleichzeitig sein kannst."

„Das würde er jedenfalls zu gerne glauben", stellte eine Stimme fest.

Elias verdrehte die braunen Augen und warf einen Blick über seine Schulter. Tucker Harrison kam ins Blickfeld, während er durch den Eingang in den Flugzeughangar trat. „Was zum Teufel treibt ihr hier schon so früh?", fragte er, während er auf der anderen Seite der Tragfläche des Flugzeugs innehielt und beide Ellbogen darauf abstützte.

„Arbeiten", erwiderte Elias mit einem Lachen.

„Die passendere Frage wäre, warum du so verdammt früh auf bist?", konterte ich.

Tucker zuckte mit den Schultern. „Ich weiß. Ich habe letzte Nacht nicht gut geschlafen. Der neue Koch ist übrigens nur mittelmäßig im Kaffeekochen. Deiner ist um Längen besser."

„Verstanden. Also, hast du Lust auf ein paar Transportflüge?"

Tucker nickte. „Natürlich. Mit je weniger Leuten ich reden muss, desto besser."

Elias ließ seinen Blick seitlich zu Tucker schweifen. „Das wissen wir."

Tucker lächelte kurz. Er hatte im Umgang mit seinen

Freunden einen trockenen Humor, aber er hielt seinen Freundeskreis klein und eng. Wie Elias hatte er mit mir in der Air Force gedient. Als ich vor drei Jahren von ihm gehört hatte, lud ich ihn ein, bei mir zu arbeiten, und er sagte sofort zu. Tucker blieb lieber für sich, und Alaska war genau der richtige Ort dafür.

Ich tätschelte die Seite des kleinen Flugzeugs und fügte hinzu: „Du hast Post und Lebensmittel für vier Dörfer. Du solltest vielleicht einen Blick auf die Wettervorhersage werfen, aber ich schätze, dass du in zwei Tagen alles erledigt haben solltest.“

„Kein Problem. Wenn der Flieger startklar ist, breche ich gleich auf“, bot Tucker an und fuhr sich mit der Hand durch seine vollen braunen Locken.

„Der Vogel ist voll beladen“, antwortete ich und warf einen Blick über meine Schulter in den Lagerraum, um sicherzugehen, dass ich keine Kisten übersehen hatte.

Tucker schritt bereits auf den kleinen Raum zu, in dem sich allerlei Krimskrams und die Ausrüstung befand. Wenig später stieg er mit dem Flugzeug in den klaren Himmel auf.

Elias begleitete mich zu meinem Truck auf dem Parkplatz. „Nimmst du den Flug, der für heute Nachmittag geplant ist?“, fragte er, während ich mein Handy zückte und im Kalender durch den Zeitplan scrollte.

„Wenn du möchtest, kannst du ihn haben. Es ist eine Familie aus New York. Die waren sehr nett am Telefon.“ Mit einem weiteren Blick auf mein Display fügte ich hinzu: „Sie sollten in einer halben Stunde hier sein. Hast du vorher noch Lust auf einen Kaffee?“

„Als ob ich jemals zu einem Kaffee nein sagen würde“, antwortete er trocken.

Wir waren in Diamond Creek. Ich besaß zwar eine kleine Landepiste in der Nähe des Resorts, aber die war nur für den privaten Gebrauch. Wir unternahmen von dort aus keine richtigen Ausflüge. Die drei Flugzeughangars, die ich hier auf dem kleinen Flughafen in Diamond Creek besaß, waren für die sieben kleinen Flugzeuge meines Unternehmens bestimmt. Ab und zu musste ich selbst darüber staunen.

Als ich nach dem Tod meiner Mom von der Air Force zurückgekehrt war, waren die Finanzen heillos im Argen gewesen. Sie hatte mit meinem Stiefvater – der übrigens ein verdammtes Arschloch war – ein Expeditionsunternehmen gegründet, das nie richtig in Schwung gekommen war. Sobald ich wieder zu Hause war, beschloss ich, aus dem, was wir besaßen, etwas zu machen – ein riesiges Stück Land in der Nähe von Diamond Creek, wodurch es einigen Wert besaß, ein fast fertiges Resort und drei Flugzeuge. In den sieben Jahren, die seitdem vergangen waren, hatte ich das Resort fertiggestellt und mit unseren Flugreisen einen überraschenden Aufschwung erlebt.

Zum Glück, denn damit verdienten wir gutes Geld. Mit unserem Resort zwar auch, aber die Flüge waren unsere absolute Goldgrube. Ich konnte vor allem deshalb so stark erweitern, weil ich genug Piloten hatte, die die Flugzeuge fliegen konnten. Außer Elias und Tucker waren noch zwei weitere Freunde aus der Air Force, Gabriel Hall und Diego Jackson, dazugekommen, um für mich zu arbeiten. Tuckers Schwester, Aubrey, würde nächstes Jahr zu uns stoßen. Grant, mein fünf Jahre jüngerer Bruder, hatte letztes Jahr seine Pilotenausbildung abgeschlossen. Damit hatte ich sechs Piloten, mich selbst eingeschlossen. Auch meine Schwester Nora absolvierte gerade ihre Pilotenausbildung.

Ich vertraute ja nicht vielen Leuten, aber diese Jungs waren wie eine Familie für mich. Ich hatte zu jedem einzelnen von ihnen uneingeschränktes Vertrauen.

„Verdammt, ist viel los hier", sagt Elias, als ich meinen Truck auf den Parkplatz vor dem Red Truck Coffeeshop lenke.

„Hier ist immer viel los", erwiderte ich. „Aber Cammi ist schnell, die hat unseren Kaffee im Handumdrehen fertig."

Wir reihten uns in die Schlange vor dem Red Truck Coffeeshop ein, der nicht ohne Grund diesen Namen trug. Er war in einem alten roten Truck untergebracht, der zu einem Drive-by-

Café umgebaut worden war, und befand sich direkt vor der Abzweigung zu den Hafenanlegern in Diamond Creek.

Am Schalter angekommen, begrüßte uns Cammi mit einem breiten Lächeln. „Hallo, Jungs. Fliegt ihr heute in die Sonne?", fragte sie, und ihre blauen Augen funkelten.

Cammi leitete das kleine Café meist allein, mit gelegentlicher Hilfe während der Stoßzeiten. Man konnte sich fast immer darauf verlassen, sie zu sehen, wenn man auf einen Kaffee vorbeikam.

Ich deutete mit dem Daumen in Elias' Richtung. „Heute Nachmittag fliegt er. Ich muss einige Reparaturen an einem unserer Flieger durchführen."

Cammi griff nach einem ihrer unverwechselbaren roten Pappbecher. „Das Übliche für jeden von euch?"

„Ich nehme heute einen Extrashot in meinen", antwortete ich.

Elias nickte knapp. „Das Gleiche."

Cammi fing an, unsere Kaffees vorzubereiten. „Ihr bekommt wohl nicht genug Schlaf?"

Ich zuckte mit den Schultern. „Es ist einfach viel los im Moment. Jeden Herbst nehme ich mir vor, es ruhiger anzugehen, aber das passiert nie."

Cammi nickte zustimmend. „Das stimmt. In den letzten Jahren scheint die Touristensaison länger zu dauern und immer mehr los zu sein. Als ob es die Leute eilig hätten, alles zu sehen, bevor die Gletscher schmelzen."

Sie reichte mir einen Kaffee, den ich an Elias weitergab. Dann kramte ich etwas Geld aus meinem Portemonnaie, während sie meinen vorbereitete. „Wann machst du für den Winter dicht?"

Cammi zuckte leicht mit den Schultern. „Da gibt es keinen fixen Termin. Ich warte einfach, bis es ruhiger wird. Normalerweise ist das Ende Oktober oder Anfang November der Fall." Sie hielt inne, um einen Deckel auf meinen Kaffee zu setzen. „Hier, bitte sehr." Damit schob sie mir den zweiten Kaffee über den Tresen.

Beim Bezahlen blickte ich wieder zu Elias. Der war auffallend ruhig. Es war mir nicht entgangen, dass er kaum etwas sagte, wenn wir hier auf einen Kaffee einkehrten. Aber er war auch sonst nicht der gesprächigste Typ.

„Behalte den Rest", sagte ich, als sie begann, ihre Kassenschublade zu öffnen und das Geld zu zählen.

Cammi blickte auf. „Das ist aber unglaublich viel Wechselgeld, Flynn", widersprach sie.

„Und dein Kaffee ist unglaublich gut. Nicht wahr, Elias?" Ich stupste ihn mit meinem Ellbogen an.

Doch als er aufblickte, nickte er nur.

„Übertreibe es mal nicht mit den Komplimenten, Elias", stichelte Cammi.

„Schönen Tag noch", erwiderte ich und hob meinen Kaffeebecher anerkennend hoch.

Auf dem Weg zurück zum Flughafen fragte ich: „Was ist denn immer mit dir los, wenn wir bei Cammi sind?"

Elias zuckte mit den Schultern, während ich meinen Blick seitwärts zu ihm schweifen ließ. „Nichts."

„Wenn du meinst."

Elias nahm einen Schluck von seinem Kaffee. „Ich muss ihr ja nicht jedes Mal aufs Neue versichern, dass der Kaffee dort hervorragend ist", murmelte er nach einem Augenblick.

Ich schwieg und bog in die Straße ein, die zur Startbahn führte. Der Flughafen von Diamond Creek hatte zwei davon. Eine für die Flugzeuge, die von den Flughäfen in Anchorage und gelegentlich aus Juneau kamen. Parallel dazu verlief eine kürzere Start- und Landebahn, an der die Hangars für die Kleinflugzeuge lagen. Viele der kleinen Flugzeuge waren in Privatbesitz, aber genauso viele gehörten kleinen Unternehmen wie meinem.

Als ich nach dem Tod meiner Mutter nach Hause zurückgekehrt war und die Schulden vor Augen gehabt hatte, die sie hinterlassen hatte, musste ich schnell eine Lösung finden. Nicht nur für mich, sondern auch für meine drei jüngeren Geschwister. Meine Mutter hatte bereits nach dem Tod meines Stiefvaters damit zu kämpfen gehabt, sich über Wasser zu halten. Sie hatte sich nie beklagt, aber es war klar, dass sie gerade so über die Runden kam. Ich hatte meinen Vater nie kennengelernt und war mit zweiunddreißig Jahren der Älteste von uns vier. Dann kamen die drei Kinder, die meine Mom mit meinem Stiefvater bekommen hatte – Grant, Nora und Cat. Grant war fünf Jahre jünger als ich, Nora zwei Jahre jünger als er, und Cat war das kleine Überraschungsei.

Nachdem ich nach Hause zurückgekehrt war, hatte ich das Angebot an Ausflügen in unserem kleinen Ferienort aufgestockt. Ich hatte es geschafft, die hinterlassenen Schulden innerhalb von sieben Jahren abzubezahlen und Grant und Nora das College zu finanzieren. Cat war jetzt sechzehn und die Letzte, die ich durch das College bringen musste.

Es wäre eine Untertreibung gewesen, zu behaupten, dass mein Leben hauptsächlich aus Arbeit bestand. Von Sonnenaufgang bis Sonnenuntergang war ich nur am Schuften. Zum Glück waren die Tage in Alaska während der Hochsaison länger, denn jede einzelne Stunde zählte.

Nachdem ich angehalten hatte, sah ich zu Elias hinüber. „Du hast also alles für heute Nachmittag vorbereitet?"

„Ich bin vor Sonnenuntergang zurück."

„Dann bis später. Guten Flug!"

Elias hielt kurz inne und legte seine Hand locker auf den Türgriff. „Immer."

Als ich losfuhr und mich dem Stoppschild für den Highway näherte, der mich an Diamond Creek vorbei nach Hause führen würde, winkte mir mein Freund Trey Holden aus seinem Truck zu.

Ich hielt an und kurbelte mein Fenster herunter. „Hey, Mann, was gibt's?", fragte ich und lehnte mich mit dem Ellbogen an das Fenster.

„Ich habe da was, worüber du nachdenken solltest", begann

Trey. „Ich habe vor, mein Flugzeug und das dazugehörige Business zu verkaufen."

„Wirklich?", fragte ich und überschlug sofort die Zahlen in der immer aktuellen Bilanz in meinem Kopf.

Trey war ein befreundeter Pilot, der ein viel kleineres Unternehmen in unserer Branche betrieb. Er war allein mit seinem Flugzeug und arbeitete nur nebenbei. Außerdem war er Anwalt, was ihn meiner Meinung nach sehr gut auf Trab hielt.

Trey nickte. „Ja. Emma ist wieder schwanger." Ein breites Lächeln breitete sich auf seinem Gesicht aus.

„Herzlichen Glückwunsch! Ich weiß doch, dass du auf ein weiteres Kind gehofft hast. Wann ist der Geburtstermin?"

„In einem halben Jahr."

„Das ist doch klasse. Ich freue mich wirklich für dich. Da nehme ich an, dass du gerne etwas weniger arbeiten würdest?"

„Ganz genau. Und näher an zu Hause bleiben. Ich habe jetzt schon mehr zu tun, als ich bewältigen kann. Ehrlich gesagt würde ich mich freuen, wenn ich für dich einspringen und Flüge für dein Unternehmen übernehmen könnte. Das würde meine Sehnsucht nach dem Fliegen stillen, und ich müsste mich nicht um das Geschäftliche kümmern. Ich schließe die Saison ab, weil ich zu viele Flüge verbucht habe, aber du gibst mir im Winter Bescheid, wofür du dich entscheidest. Ich würde lieber an dich verkaufen als an irgendjemand anderen."

„Vielleicht bekommst du woanders mehr Geld, als ich dir bieten kann. Ich bin nur ehrlich", bot ich an.

Trey zuckte mit den Schultern. „Vielleicht. Aber ich vertraue dir, und ich mag dich. So, das war's. Ich muss jetzt los. Es warten schon Kunden auf mich."

Wir winkten einander zu und ich fuhr los, wobei ich ernsthaft über Treys Angebot nachdachte. Zum einen hätte ich damit ein weiteres Flugzeug und einen Hangar. Zweitens hätte ich sofort einen Ersatzpiloten, und Trey war äußerst zuverlässig. Drittens: mehr Geld.

Kapitel Fünf

DAPHNE

Am Strand atmete ich die frische, salzige Luft ein und genoss die Aussicht. Das eiskalte Wasser der Kachemak Bay plätscherte an meinen Füßen, während sich kleine Wellen am Ufer brachen. Mein Blick fiel auf einen tiefroten Felsbrocken, und ich beugte mich vor, um ihn aus dem kalten Wasser zu heben. Er war superleicht, und ich vermutete, dass es sich um ein Stück ausgehärtete Lava handelte.

Ich trocknete ihn an meiner Jeans, steckte ihn in meine Tasche und spazierte weiter am Ufer entlang. Nora hatte mir den Weg zu diesem Pfad gezeigt, als ich ihr erzählt hatte, dass ich am Strand spazieren gehen wollte. Sie hatte mir versichert, dass der Weg häufig benutzt wurde und ich mir keine Gedanken über wilde Tiere machen musste. Zwar hatte sie mich gewarnt: „Es gibt immer ein paar wilde Tiere, aber ich würde dich nicht dorthin schicken, wenn ich befürchten müsste, dass du auf ein paar Braunbären triffst. Elche gibt es überall. Mach einfach jede Menge Krach und schreie sie an, wenn nötig.“

Da es auf diesem Trip darum ging, neue Dinge auszuprobieren, hoffte ich, dass sie die Angst, die ich in mir verspürte, nicht bemerkt hatte.

Ich war jetzt seit fast fünf Tagen in Alaska. Bis jetzt hatte jeder Tag etwas Neues gebracht, angefangen mit der Wanderung, die Flynns jüngerer Bruder Grant geplant hatte. An einem anderen Tag war ich mit einem Boot zum Fischen auf dem Wasser unterwegs gewesen, und hatte mehrere Wanderungen in der Nähe des Resorts unternommen.

Ich war regelrecht auf der Flucht, aber ich hatte nicht viel Zeit für mich. Am dritten Tag hatte Flynn angeboten, sich die technischen Probleme an meinem gemieteten SUV anzusehen und sie auf magische Weise behoben. Obwohl ich bezweifelte, dass es Magie war. Es kam mir nur so vor, weil ich keine Ahnung von Autos und Elektrik hatte.

Doch als ich ihm Geld anbieten wollte, sah er mich mit seinem eisblauen Blick an, schüttelte den Kopf und verwarf den Vorschlag. Ich war mir ziemlich sicher, dass er mich kaum ausstehen konnte. Mir kam es allerdings so vor, als ob sich in meinem Körper immer dann ein Schalter umlegte, wenn ich in seiner Nähe war. Alle meine Nerven spielten verrückt, und ich konnte nicht mehr klar denken. Er machte mich so richtig heiß, wie ich das vorher noch nie erlebt hatte. Jedes Mal, wenn ich in seiner Nähe war, pochte mein Herz so heftig, dass es sich anfühlte, als wollte es aus meiner Brust springen. Dabei hatte ich gedacht, ich hätte mit so einer Art von Leidenschaft längst abge-schlossen.

Flynn machte mich richtig rattig. Ganz recht, total spitz. Dabei sah er mich kaum länger als ein paar Sekunden an. Er nannte mich immer noch Prinzessin, was mich ganz schön wuschig machte, aber ich war entschlossen, mir das nicht anmerken zu lassen.

Während ich so vor mich hinlief und ab und zu mit der Schuhspitze über Steine stolperte, blitzte Brandons Gesicht in meinen Gedanken auf. Sein Tod war nun schon ein Jahr her – auf den Tag genau – und doch konnte ich mich immer noch an seine runden blauen Augen und sein albernes Lächeln erinnern. Er war wirklich ein alberner kleiner Junge gewesen – das war das rich-tige Wort.

Ich war seltsam erleichtert, als ich an diesem Tag festgestellt hatte, dass ich immer noch atmen und mich bewegen konnte. Denn der Verlust meines Sohnes raubte mir zeitweise buchstäblich den Atem und ließ mich regelrecht taumeln.

Bei einem so schwerwiegenden Verlust passieren mehrere Dinge gleichzeitig. Zum einen war ich eine absolute Meisterin darin geworden, so zu tun, als ob ich alles schaffen könnte. An manchen Tagen konnte ich das zwar nicht, aber an anderen Tagen lernte ich, einen Fuß vor den anderen zu setzen und das Leben zu meistern, ohne dass es so aussah, als wäre ich vor Trauer völlig übergeschnappt. Mit der Zeit begann der stechende Schmerz nachzulassen und abzunehmen.

Manche Leute machen sich Sorgen, dass sie das Gesicht ihres Kindes vergessen könnten. Manchmal wünschte ich mir, ich könnte das, wenn auch nur, um den Schmerz der Erinnerung zu lindern. Ich klammerte mich an diese Erinnerungen, als würde ich ein Sammelalbum öffnen und alle meine Lieblingsfotos durchblättern.

Plötzlich nahm ich im Wasser ein Plätschern wahr und schaute hinaus, doch zunächst konnte ich nicht viel erkennen. Mein Blick glitt hinauf zu den Bergen auf der anderen Seite des Wassers. Cat hatte mir neulich vom Ankündigungsschnee erzählt. Mit ihren sechzehn Jahren steckte Flynns jüngere Schwester voller Wissen, das sie auch nur allzu bereitwillig weitergab. Sie liebte es, zu reden.

Anscheinend wurde der erste Schnee, der die Gipfel der Berge bedeckte, Ankündigungsschnee genannt. Cat hatte mir erzählt, dass er manchmal schon im Oktober oder November kam, aber so weit war es noch nicht. Ankündigungsschnee hin oder her, die Berge waren einfach atemberaubend. Die Sonne schimmerte auf der aufgewühlten Wasseroberfläche, während ich auf das Wasser hinausblickte.

Da tauchte ein Köpfchen aus dem Wasser auf, vielleicht fünf Meter vom Ufer entfernt. Es war eine Robbe, und mein Herz pochte vor Begeisterung. Das Tier beäugte mich aufmerksam, und ich konnte seine feuchten dunklen Augen sehen. Nach einem Augenblick tauchte die Robbe unter und dann wieder auf. Lächelnd dachte ich daran, dass Brandon bestimmt auch gerne eine Robbe gesehen hätte.

Und schon war es um mich geschehen. Ich hatte das Gefühl, als hätte ein Messer meine Lunge und mein Herz auf einmal durchbohrt. Der Schmerz war heftig, und mir brannten regelrecht die Augen.

Doch daran hatte ich mich inzwischen gewöhnt. Sobald ich wieder zu Atem gekommen war, setzte ich meinen Weg fort. Ein Blick auf meine Uhr verriet mir, dass ich nun schon eine Stunde am Strand entlanggelaufen war, also beschloss ich, lieber umzukehren.

Ich verfolgte meine Schritte zurück und fand schließlich den schmalen Pfad durch die hohen Gräser hinter dem felsigen Strand. Die Landschaft ging schon rasch in einen Mischwald mit hoch aufragenden Fichten über, und die goldgelben Blätter der Birken flatterten durch die Luft und überzogen den Weg unter meinen Füßen, fast wie eine Begrüßung.

Um eine Ecke, unweit der Stelle, an der ich mein Fahrzeug geparkt hatte, hörte ich ein schnaufendes Geräusch. Wie erstarrt sah ich mich um und erblickte einen riesigen Elch. Cat hatte mir erst gestern verraten, dass diese Tiere kurzsichtig waren, aber auch wenn der betreffende Elch mich nicht sehen konnte, war er sich meiner Anwesenheit durchaus bewusst. Er blickte mich an und scharrte mit den Füßen auf dem Boden.

Ich fluchte leise: „Oh, Scheiße."

Aber wie Nora gesagt hatte, hielt der Elch Abstand und schien sich mir nicht zu nähern. Für mich hätte der direkte Weg zwar geradeaus geführt, aber genau dort befand sich auch der Elch. Also wandte ich mich nach links und verschwand zwischen den Bäumen, wobei ich mich vergewisserte, dass er mir nicht folgte. Ich beschloss, einen Umweg zu nehmen, der weit genug weg war, und dann wieder in einer Schleife zurückzukehren.

Ein paar Minuten lang war alles in Ordnung, während ich mir

meinen Weg zwischen den Bäumen hindurch suchte. Dann schwenkte ich nach rechts, um wieder zurück zur richtigen Richtung zu gelangen. Eine weitere Minute später stand ich vor einer steilen Felsklippe. Es waren vielleicht gerade mal drei Meter, aber es war nicht der schöne, ebene Weg, den der Elch versperrt hatte.

„Daphne, klettere einfach rauf. Du schaffst das schon", flüsterte ich mir zu.

Und das tat ich auch. Natürlich schürfte ich mir dabei den Ellbogen auf und zerriss meine Jeans, aber gut. Ich dachte schon, ich wäre aus dem Gröbsten raus, bis ich auf einem matschigen Fleck ausrutschte und in einem Busch landete, dem fiesesten Busch, der mir je begegnet war, mit spitzen Stacheln an seinen dicken Ästen. Ich blutete zwar nicht, aber es tat trotzdem höllisch weh.

Zischend kam ich wieder auf die Beine und war erleichtert, dass ich meinen blauen SUV durch die Bäume sehen konnte. Ich hoffte nur, dass mein Elchfreund sich nicht weiter den Weg zum Parkplatz gebahnt hatte. Wenn doch, war ich aufgeschmissen.

Zum Glück war keine Spur von dem Elch zu sehen und innerhalb weniger Minuten war ich wieder auf dem Rückweg zu Walker Adventures. Cat hatte sogar die offizielle Adresse für mich in mein Navi eingegeben.

„So vergisst du nie, wie du zu uns zurückkommst", hatte sie heute Morgen mit einem verschmitzten Grinsen festgestellt.

Eigentlich wäre ich gern in Diamond Creek geblieben, um irgendwo einen Kaffee zu trinken oder was zu essen, aber mein aufgeschürfter Ellbogen tat weh, und ich war total verdreckt. Der Ort war niedlich, mit bunten Schildern an der Hauptstraße und Touristen überall. Obwohl in ein paar Wochen der Herbst vor der Tür stand und die Tage kühl und die Nächte geradezu frostig wurden, schien das den Besucherstrom nicht zu bremsen.

Etwa zwanzig Minuten später kam ich genau an der Stelle vorbei, an der ich den Bären gesehen hatte, als mein Reifen im Schlamm stecken geblieben war. Ich konnte mir ein Lächeln nicht verkneifen. Flynn musste mich für verrückt gehalten haben. Ich war auf jeden Fall overdressed.

Nicht, dass ich allzu viele schicke Klamotten mitgenommen hätte, aber im Internet war das Resort als High-End-Resort angepriesen worden. Es war sicher nicht billig, und das Essen war richtig lecker. Und ich war ein echter Snob, wenn es ums Essen ging. Ich hatte früher meine eigene Bäckerei und ein Café betrieben und liebte es, zu kochen und zu backen.

Ich verdrängte eine Erinnerung, die kurz in meinem Kopf aufflackerte – eine Erinnerung an Brandon auf einem Hocker, den ich für ihn besorgt hatte, während er mir beim Kekse backen geholfen hatte.

Wenigstens bot diese Reise nach Alaska eine solche Abwechslung zu meinem Leben, dass ich mich nicht allzu sehr mit solchen Dingen beschäftigte. Ich brauchte Abstand und ich brauchte Freiraum.

Mein Herz machte einen kleinen Sprung, als ich um die Ecke bog und das kleine Resort in Sichtweite kam. Das Gebäude war wunderschön, und die Aussicht war atemberaubend. Ich fühlte mich immer noch wie ein Kind in einem Süßwarenladen, das sich über das Neue und die überwältigende Schönheit freute.

Seufzend stellte ich den Wagen ab und betrachtete den Schlamm an meinem Knie und die Schramme an meinem Ellbogen. Obwohl das längst nicht so schlimm war wie an meinem ersten Tag, an dem ich überall Schlamm abbekommen hatte, versuchte ich doch, vor Flynn nicht wie eine Idiotin dazustehen.

Aber dann sagte ich mir, dass es sowieso keine Rolle spielte, was er dachte. Unsere Welten waren so weit voneinander entfernt, dass die verrückte Reaktion meines Körpers auf ihn schon wieder abklingen würde. Und das musste sie auch.

Augenblicke später tastete ich nach dem Türgriff, der zum Haupteingang führte, als die Tür aufschwang. Mein Puls ging hoch wie eine Rakete beim Anblick von Flynn, der dort stand. Wie immer trug er eine ausgeblichene Jeans und ein langärmeliges T-Shirt. Wenn es hier draußen so etwas wie eine Uniform gab, dann war das zweifellos seine.

Das T-Shirt vermochte kaum seinen durchtrainierten und attraktiven Körper zu verbergen. Seine eisblauen Augen musterten mich von oben bis unten. Zu meiner Überraschung verengte sich sein Blick vor Sorge.

„Was ist denn passiert?", fragte er.

Noch bevor ich antworten konnte, schob er mich durch die Tür. „Komm, wir verarzten dich mal und machen dich dann wieder frisch."

„Ich komme schon klar", erwiderte ich eilig. Es gefiel mir nicht, von irgendjemandem etwas zu brauchen.

Und schon gar nicht wollte ich mich Flynn aufdrängen. Wenn ich zu viel Zeit in seiner Nähe verbrachte, fühlte ich mich meist, als wäre ich völlig aus der Bahn geworfen worden und würde um mein Gleichgewicht ringen. Und mir war siedend heiß am ganzen Körper. Das lag daran, dass er heiß war, viel zu heiß für meinen Verstand.

Doch Flynn schob all meine Bedenken beiseite. Er zog mich durch eine Tür an der Rückseite der Küche, die in einen nicht öffentlichen Bereich des Resorts führte. Wir durchquerten einen Raum, der wie ein Wohnzimmer aussah, und betraten ein großes Badezimmer, in dem Flynn begann, den Schrank zu durchwühlen. Als Nächstes hatte er mich am Waschbecken und wusch mir den Ellbogen ab.

„Sag mir, wenn es brennt", sagte er.

Ich bezweifelte sehr, dass ich das überhaupt bemerken würde. Mein Atem war flach, mein Herz hämmerte in meiner Brust und mein Bauch war voll mit Schmetterlingen.

Flynn war ganz nah bei mir, jeder einzelne kräftige und begehrenswerte Zentimeter von ihm. Seine Berührungen waren sanft und zärtlich und meine Augen waren von seinen Händen wie gefesselt. Er hatte riesige Hände mit langen, fast eleganten Fingern. So kräftig er auch war, er bewegte sich mit einer selbstbewussten Anmut.

Nachdem er meinen Ellbogen ordentlich gesäubert und mit einem Verband versehen hatte, schaute er auf mein Bein hinunter, das vom Knie aufwärts mit Schlamm verschmiert war, und auf den ausgefransten Riss in meiner Jeans. „Ich schätze, du musst dich umziehen, damit ich mir das näher ansehen kann."

Obwohl Flynn mir den Verstand raubte und mir die Luft zum Atmen nahm, schien ich noch nicht ganz durchgedreht zu sein. „Schon gut", stieß ich atemlos hervor, und war ganz verlegen. „Ich komme schon damit klar."

Da hob sich sein Blick zu meinem. Großer Gott. Sein Blick war eindringlich. „Hast du etwa Bekanntschaft mit einer Teufelskeule gemacht?"

„Hm?", fragte ich ungemein gewandt.

Er deutete auf die Einstiche an der Seite meiner Jeans, wo ich auf dem fiesen Busch gelandet war.

„Oh, so heißt dieser furchtbare Busch also? Teufelskeule?"

Da zogen sich Flynns Lippen an einer Ecke leicht nach oben. „Ja, Prinzessin. Wenn es ein niedriger Strauch mit dicken Stängeln und fiesen Dornen war, dann war es die Teufelskeule."

„Nun, das Ganze hat auf jeden Fall höllisch wehgetan. Wenn es dir nichts ausmacht, mache ich mir mein Knie selbst sauber und wir treffen uns draußen. Oder ich nehme mir etwas von dem Erste-Hilfe-Zeug und kümmere mich in meinem Zimmer darum." Ich musste mich schleunigst aus Flynns Nähe befreien, bevor ich noch irgendeine Dummheit anstellte.

Einen Augenblick lang verharrte er, wo er war, und ich spürte seine Unentschlossenheit. Er sagte jedoch nichts und trat einen Schritt zurück. Als sich die Tür hinter ihm schloss, war ein lautes Klicken im gefliesten Badezimmer zu vernehmen.

Ich war erleichtert, wieder allein zu sein, denn ich konnte es kaum ertragen, Flynn so nahe zu sein, und nahm mir einen Augenblick Zeit, um mich zurechtzufinden. Das Bad besaß eine riesige ovale Wanne in einer Ecke und eine wirklich hübsche Dusche mit Regenbrause und anderen Armaturen an den Wänden. Gerade jetzt hätte ich eine Dusche dringend gebrauchen können, also stellte ich mir vor, dass sie himmlisch sein würde.

Mit einem Kopfschütteln schlüpfte ich aus meiner Jeans und säuberte mein Knie. An der Stelle, auf der ich gelandet war, hatte ich mir nicht mal die Haut verletzt. Die Stelle war lediglich rot und gereizt. Dann untersuchte ich die Spuren der Teufelskeule. Es waren nur drei Kratzer, und sie sahen harmlos aus, aber sie taten weh.

Nachdem ich meine Jeans wieder angezogen hatte, legte ich alles in den Erste-Hilfe-Kasten zurück und verließ das Badezimmer. Flynn wartete am Fenster und schaute auf die Berge hinaus. Seine Hände steckten in den Taschen und er sah nachdenklich aus.

Ich räusperte mich. Da wirbelte er rasch herum und ließ seinen Blick über mich schweifen. Dass Flynn sich so um mich sorgte, verunsicherte mich. Sein Blick fühlte sich an wie ein Feuerstrahl auf meinem Körper. Ich vermutete nicht, dass er das beabsichtigte, aber mein Körper hatte durchaus seinen eigenen Kopf, wenn es um Flynn ging.

„Alles in Ordnung?"

„Aber natürlich. Vielen Dank für die Hilfe." Unsicher, was ich nun unternehmen sollte, verschränkte ich meine Finger ineinander. „Ähm, ich gehe dann mal."

Flynn fuhr fort, als ob ich nichts gesagt hätte. „Wo die Teufelskeule dich erwischt hat, wird es eine Weile wehtun, aber das ist auch schon alles. Ibuprofen hilft. Wenn du keins hast, haben wir welches da."

„Verstehe. Vielen Dank."

In diesem Augenblick schritt Flynn durch den Raum und war blitzschnell bei mir angekommen. „Hast du eigentlich geplant, einen Ausflug mit dem Flugzeug zu machen?"

Während er weiter an mir vorbeiging, drehte ich mich einfach um und folgte ihm. „Das würde ich schon gerne. Ich war nur noch nie in einem so kleinen Flugzeug."

Während Flynn die Tür öffnete, hielt er inne und betrachtete mich. Sein Blick war unergründlich, aber das war er ja fast immer. „Es wird dir gefallen. So hat man die schönste Aussicht. Die Familie, die heute angekommen ist, hat bald einen Flug reserviert. Es sollte noch ein Platz frei sein, wenn du mitkommen möchtest.“

„Mensch, Flynn, fast hat es den Anschein, als wolltest du bloß nett sein.“

Kapitel Sechs

FLYNN

Darüber musste ich fast lachen. Ab und zu erblickte ich einen Funken der Frau, die ich hinter der Maske von Daphne vermutete. Sie war so zugeknöpft, dass sie offensichtlich irgendetwas mit sich herumschleppte. Allerdings hatte ich keine Ahnung, was es war und erinnerte mich fast täglich daran, dass es mich auch nichts anging.

Ich verbiss mir ein Lächeln. „Das kriege ich durchaus hin, Prinzessin. Und jetzt komm, du möchtest doch das Abendessen nicht verpassen."

Daphne hob ihr Kinn ein wenig an, als sie an mir vorbeiging, und ich widerstand dem Drang, auf ihren süßen Hintern zu tippen. Ich war bestürzt, wie sehr ich meine Hände verkrampfen musste. Daphne würde mich noch vor dem Ende ihres Aufenthalts in den Wahnsinn treiben. Dabei fragte ich mich, woher sie eigentlich das Geld hatte, um einen Monat in Alaska zu verbringen. Und das auch noch ganz allein.

Ich stellte mir bei Daphne immer mehr Fragen. Allerdings traute ich mich nicht, auch nur eine einzige davon laut auszusprechen. Meine Neugierde ihr gegenüber war völlig unangemessen. Ich hatte nämlich überhaupt keine Zeit für eine Frau, schon gar nicht für eine, die jeden Nerv in mir wachrief. Irgendjemand, oder irgendetwas musste ihr schwer zugesetzt haben. Und ich wollte unbedingt wissen, wer oder was.

Ich erkannte Schmerz in anderen, da ich ihn selbst nur allzu gut kannte. Ab und zu sah ich die Schatten in ihren Augen, und ich beobachtete, wie sie sich zusammenzog. Mühsam schüttelte ich den Kopf, um meine Neugierde zu vertreiben.

Ungefähr eine Stunde musste ich mich um jede Menge Gäste kümmern, erleichtert über die Ablenkung. Das Resort konnte bis zu dreißig Leute gleichzeitig beherbergen, und wir waren komplett ausgebucht. Wir waren schon die ganze Saison über ausgebucht gewesen und auch die Saison davor. Das Geschäft mit den Rundflügen hatte schon früher begonnen. Jetzt, wo der Laden immer voller wurde, war mein Zeitplan noch verrückter als je zuvor.

Ich war es gewohnt, viel zu tun zu haben. Bei der Air Force war mein ganzer Tag verplant gewesen. Damals war ich von Sonnenaufgang bis Sonnenuntergang beschäftigt gewesen und manchmal sogar in der Nacht, aber mein Zeitplan war wie eine Uhr gelaufen. Alles hatte ein System und eine Struktur gehabt, sogar Notfälle.

Fliegen in Alaska zählte zu den waghalsigsten Berufen, denn das Wetter war unberechenbar, genauso wie die Landschaft. Es gab zu viele Unwägbarkeiten, um sie alle einzuplanen. Ich hatte schon damit gerechnet, dass das Fliegen meine Herausforderung sein würde, und so war es auch. Es hielt mich ständig auf Trab.

Doch was ich für den leichteren Teil der Führung dieses aufstrebenden Resorts gehalten hatte, erwies sich als alles andere als einfach. Die Gäste waren unberechenbar, und das Personal zu managen, das ich brauchte, um den Betrieb aufrechtzuerhalten, war eine noch größere Herausforderung.

In der Küche sah ich mich nach der Frau um, die ich erst letzte Woche eingestellt hatte, aber Tonya war nirgends zu finden. Ich durchquerte den Raum, steckte meinen Kopf in die große Speisekammer und fand sie dort, während sie eine Text-nachricht auf ihrem Handy schrieb.

„Tonya?", rief ich von der Tür aus.

Sie blickte auf und schien völlig unbeeindruckt davon zu sein, dass ich sie gerade in der Speisekammer beim Faulenzen erwischt hatte. „Ja?"

„Wie sieht es mit dem Abendessen aus?"

Genervt blitzten ihre Augen auf. Sie lehnte mit der Schulter an den Regalen der Vorratskammer und bewegte sich nicht mal.

Ich hatte die Schnauze so voll davon. Am liebsten hätte ich sie auf der Stelle gefeuert, aber im Augenblick war sie meine einzige Unterstützung. „Schon mal was von Kochen gehört?", drängte ich.

Na toll. Jetzt sah sie verletzt aus.

„Ich bin doch gleich da, Flynn", murmelte sie. „Ich wollte gerade ein paar Zutaten holen."

Auf dem Weg aus der Speisekammer blieb mein Blick sofort an Daphne hängen. Sie saß an dem langen Tisch im vorderen Bereich des Raumes und unterhielt sich mit Cat.

Beim Anblick ihres Lächelns und des Grübchens auf ihrer Wange spürte ich ein Ziehen in meinem Bauch. Daraufhin stürmte ich sofort aus der Küche.

Gerade als ich mich durch die Tür in den Hauptraum schob, stießen Gabriel und Diego fast mit mir zusammen, die aus der entgegengesetzten Richtung kamen. Diego zog die Brauen zusammen. „Wo willst du denn hin?"

„Ich hole nur schnell was aus meinem Truck", erwiderte ich fast bellend.

Zorn und Ärger schienen die Kehrseite meines Verlangens nach Daphne zu sein. Sie verunsicherte mich und brachte mein Leben ins Wanken. Ich hatte meine eigenen Ziele, und eine heiße, durchgeknallte Prinzessin, die mich allein durch ihre bloße Gegenwart quälte, gehörte bestimmt nicht dazu.

Sie ist gar nicht so sehr Prinzessin, wie du vielleicht meinst, spottete eine Stimme in meinen Gedanken.

Halt verdammt noch mal die Klappe.

Aber das war sie wirklich nicht. Natürlich hatte sie diese gewisse Ausstrahlung einer Prinzessin. Selbst wenn sie leger gekleidet war, war sie superschick. Aber sie war auch ziemlich bodenständig. Sie erwartete von niemandem, dass er sie bediente. Wenn überhaupt, dann sträubte sie sich dagegen, um Hilfe zu bitten. Als ich ihr angeboten hatte, mir die Elektrik ihres Mietwagens anzuschauen, hatte sie eine ganze Minute lang auf ihrer Unterlippe gekaut und mich damit in den Wahnsinn getrieben, bevor sie schließlich doch eingewilligt hatte.

Und jetzt war ich hier und dachte an Daphne. Wieder einmal. Ich lief ziellos zu meinem Truck und tat so, als würde ich etwas im Handschuhfach suchen. Ich benahm mich wie ein Idiot, nur um den Anschein zu erwecken, dass ich die Küche aus einem anderen Grund verlassen hatte, als Daphne aus dem Weg zu gehen.

Bei meiner Rückkehr war ich erleichtert, dass Gabriel und Diego an der Kücheninsel saßen. Nora hatte sich zu Cat und Daphne und einigen anderen Gästen an den Tisch gesetzt. Tonya war glücklicherweise am Arbeiten.

Als ich an den Jungs vorbeiging, fragte ich: „Bier? Ich habe frisches Bier von der Diamond Creek Brewery."

„Immer", antwortete Diego mit einem schnellen Grinsen und Gabriel nickte.

Nachdem ich den Biersiphon aus der örtlichen Brauerei besorgt hatte, schnappte ich mir drei Pintgläser und zerrte einen Hocker an die Ecke der Kücheninsel. Ich redete mir ein, dass das nicht daran lag, um heimlich einen Blick auf Daphne werfen zu können.

Dabei war sie so verdammt heiß. Nachdem sie die Schramme an ihrem Knie gesäubert hatte, hatte sie sich ein Baumwoll-T-Shirt mit Rundhalsausschnitt übergezogen. Am liebsten wäre ich mit meiner Zunge über die Rundungen ihrer Brüste gefahren. Dazu trug sie eine Jeans.

Daphne war nicht unbedingt mein Typ. Sie war immer gut gekleidet, auch wenn sie bloß Jeans und ein T-Shirt trug. Sie war zierlich und adrett mit ihren herrlichen Brüsten und mehr als verlockend, schon allein weil der Rest von ihr schlank war.

„Ja, ich weiß", drang Gabriels Stimme an meine Ohren.

Ich schaute in seine Richtung und fragte: „Du weißt was?"

„Du gaffst schon wieder Daphne an", meinte Diego mit einem verschmitzten Grinsen.

„Nein, tue ich nicht", log ich.

„Alles klar, tust du nicht", antwortete Gabriel freundlich.

Mit seinen kastanienbraunen Haaren und seinen strahlend blauen Augen war Gabriel ein Anziehungspunkt für alleinstehende Frauen, die das Resort besuchten, und für alle, die sich in Diamond Creek aufhielten, wenn er in die Stadt fuhr, um ein wenig Spaß zu haben.

Gabriel war einer meiner engsten Freunde, und ich würde ihm mein Leben anvertrauen. Er hatte mir sogar schon einmal das Leben gerettet. Bei einer anderen brenzligen Rettungsaktion hatte ich mich revanchiert. Was Frauen betraf, so liebte Gabriel die Abwechslung und hatte wahrscheinlich nie mehr als eine Nacht mit ein und derselben Frau verbracht.

Nach meiner Bemerkung verengten sich seine Augen berechnend. „Wenn du sie nicht klarmachst, tue ich es vielleicht."

Nur über meine Leiche. Ich nahm einen Schluck von meinem Bier und warf ihm einen strengen Blick zu. „Untersteh dich. Vielleicht ist sie ja nicht die Richtige für mich, aber sie ist ganz bestimmt nicht zu deinem Vergnügen hier."

„Na gut, du schuldest mir hundert Dollar", antwortete Diego.

„Wirklich?", konterte ich.

„Nein, Gabriel. Er hat mit mir gewettet, dass du ihm das verbieten würdest, wenn er das zu dir sagt. Ich habe aber nicht geglaubt, dass du die Eier dazu hast. Ich schätze, ich habe mich wohl getäuscht."

Gabriel gluckste. „Mach dir keine Sorgen, Mann. Keiner von

uns hier würde Daphne anbaggern. Es ist doch sonnenklar, dass du auf sie stehst."

Ich verdrehte die Augen und nahm einen weiteren Schluck von meinem Bier. „Leck mich."

„Daphne ist die erste Frau, für die du dich auch nur annähernd interessierst. Dir würde es durchaus nicht schaden, auch mal lockerer zu werden. Das Leben muss nicht nur aus Arbeit bestehen und so verdammt ernst sein", riet Diego.

„Ihr wisst, dass ich immer noch das Geld für Cats Studium zusammenkratzen muss. Das bedeutet Arbeit, und zwar eine ganze Menge." Ich zuckte mit den Schultern und ärgerte mich darüber, wie verteidigend ich mich fühlte.

„Und du verdienst ja auch eine ganze Menge", erklärte Gabriel. „Übrigens habe ich Trey Holden getroffen. Er hat erwähnt, dass er dir den Vortritt lassen möchte, wenn er sein Geschäft nach dem Ende der Saison zum Verkauf anbietet. Ich schätze, es wäre klug von dir, darauf einzugehen."

„Stimmt. Ich spreche mit der Bank, sobald ich die Zeit dazu finde. Ich selbst habe das Geld nicht. Dazu habe ich zu viel in den Ausbau des Resorts und des Flugbetriebs gesteckt."

„Was dir auch verdammt gut gelungen ist", sagte Diego mit einem entschlossenen Nicken.

In diesem Augenblick hielt Cat, sechzehn Jahre alt und mit einer Einstellung, die mich in den Wahnsinn treiben würde, neben uns an. „Darf ich morgen mit Jonathon in seinem Boot rausfahren?", fragte sie und meinte damit ihren neuen Freund. Ich wusste nicht mal, ob er wirklich ihr Freund war, aber ich hatte keine Ahnung, wie ich ihn sonst hätte nennen sollen.

„Nein, auf keinen Fall." Cat öffnete schon den Mund, um zu widersprechen, aber ich schüttelte erneut den Kopf. „Ich bin ganz bestimmt nicht damit einverstanden, dass du mit jemandem in die Bucht fährst, der noch nicht erwachsen ist."

„Er war schon oft mit dem Boot unterwegs", murmelte Cat.

„Er ist erst sechzehn. Er kann doch kaum Erfahrung haben.

Das Wetter kann da draußen jederzeit umschlagen. Ich fühle mich einfach nicht wohl dabei."

„Und wenn ich jemanden mitnehme?", konterte sie.

Ich schüttelte wieder den Kopf. „Nur wenn es ein Erwachsener ist, mit dem ich mich unterhalten kann."

„Flynn, du sagst doch zu allem Nein."

Ich nahm einen Schluck von meinem Bier, um mich zu stärken. „Cat, ich sage ganz bestimmt nicht zu allem Nein. Bitte lass diese kindischen Widerworte. Aber ich werde meine Meinung gewiss nicht ändern."

Cat seufzte und klang dabei ganz bedrückt. „Ich begreife nicht, warum das so eine große Sache ist. Es ist ja nicht so, dass wir auf dem Boot rummachen."

„Ich war auch mal ein Teenager. Glaub mir, Jonathon hofft das Gegenteil", murmelte ich.

Cat starrte mich an. Diego biss sich auf die Wangen, um sich das Lachen zu verkneifen. Gabriel hatte sich abgewandt, obwohl ich sehen konnte, wie seine Schultern bebten.

„Gut. Kann ich morgen mit Daphne nach Diamond Creek fahren?", fragte Cat.

„Bis du schon mit deinen Hausaufgaben fertig?"

Morgen war Samstag, aber Cat war verdammt schlau und belegte schon jetzt Collegekurse im Rahmen eines Highschool-Programms, um sich für das College vorzubereiten.

Cat nickte schnell. „Natürlich." Auch wenn sie versucht, mich bei so ziemlich allem an meine Grenzen zu bringen, habe ich nie an ihr gezweifelt, wenn sie über ihre schulischen Leistungen Auskunft gab. Sie nahm die Schule superernst und gab sich die größte Mühe.

„Dann, ja. Aber ich muss erst mit Daphne sprechen."

Cat verdrehte die Augen, senkte dann aber anerkennend ihr Kinn. „Gut." Dann drehte sie sich um und hüpfte aus dem Essbereich.

„Bin gleich wieder da", rief ich, als ich aufstand und den Raum durchquerte, um mich Daphne zu nähern.

Es war nicht gerade hilfreich, dass mein Körper jedes Mal, wenn ich in Daphnes Nähe kam, auf Touren kam, als ob er jeden Moment zu einem Wettrennen losstarten würde. Daphne hatte sich gerade von demjenigen abgewandt, mit dem sie sich unterhalten hatte, und stand am Fenster.

Ich blieb neben ihr stehen und schaute hinaus, um die Wolken zu betrachten, die am Himmel über der Bucht auftauchten. Sie hatten die untergehende Sonne noch nicht verdrängt, aber das stand kurz bevor. Tief durchatmend richtete ich meinen Blick auf Daphne. Doch als ich mich zu ihr herumdrehte, schaute sie immer noch nach vorne.

Gott, war sie schön. Ihre kastanienbraunen Haare fielen ihr jetzt bis zur Hälfte des Rückens. Es war mit goldenen Strähnchen durchzogen, so als hätte sie ein wenig Sonnenschein in ihren Locken eingefangen. Ihre Nase war keck nach oben geneigt, und am liebsten hätte ich ihre hübschen rosa Lippen geküsst. Jetzt war ich endgültig dabei, meinen Verstand zu verlieren.

„Cat hat mich gefragt, ob sie morgen mit dir nach Diamond Creek fahren kann. Ich nehme an, sie hat dich zuerst gefragt", begann ich.

Da drehte sich Daphne zu mir herum. Für den Bruchteil einer Sekunde wurde mir siedend heiß und es kribbelte in meiner Wirbelsäule. Dann schnellte ihre Zunge heraus und sie leckte sich über die Lippen.

„Allerdings. Ich würde sie gerne mitnehmen, da sie sich gut auskennt. Ich habe ihr aber auch schon klar gemacht, dass sie dich fragen muss", antwortete Daphne.

„Ich bin einverstanden. Aber ich warne dich, sie wird dir die Ohren abkauen."

Daphnes Lächeln entfaltete sich langsam, und es war wie ein Schlag in die Magengrube. Meine Eier zogen sich zusammen. „Damit komme ich schon klar. Cat ist entzückend. Falls du es noch nicht gewusst hast: Sie betet dich an. Sie prahlt fast jedes Mal, wenn ich mit ihr rede, mit dir."

Ich lachte leise. „Tatsächlich? Wie gut, denn sie wird noch ein paar Jahre bei mir bleiben."

Da sah ich die Fragen, die in Daphnes Augen auftauchten. Ich hatte allerdings keine Lust, sie zu beantworten. Stattdessen spielte ich den Arsch. „Aber tu mir einen Gefallen und bleib nicht wieder am Straßenrand stehen."

DAPHNE

Mein Handy vibrierte auf der Kommode in meinem Zimmer im Resort. Hier war es zwar gerade mal sechs Uhr morgens, aber das bedeutete, dass es in Atlanta bereits zehn Uhr morgens war. Ich erwartete nicht viele Anrufe, also nahm ich an, dass es jemand von zu Hause war.

Trotz der Lage hatte ich hier guten Empfang, denn auf einem Bergrücken in der Nähe befand sich ein Mobilfunkmast. Während ich mein Handy von der Kommode nahm, warf ich einen Blick auf das Display und sah den Namen meiner Mutter aufblitzen.

Das Handy vibrierte noch zwei Mal in meiner Hand, bevor ich mit dem Daumen über den Bildschirm strich und das Handy an mein Ohr hielt. „Hey, Mom."

„Daphne! Wie geht es dir, Liebes?"

Meine Mutter klang freundlich und hatte eine Extraportion Fröhlichkeit in ihren Tonfall gepackt. Ich wusste, dass ich auf keinen Fall unachtsam sein durfte. Mein Bauch krampfte sich vor Anspannung zusammen.

„Mir geht's gut, Mom. Und dir?"

„Nun, ich habe mich schon gefragt, wann du wohl endlich

aufgeben und nach Hause kommen würdest. Alaska ist nicht unbedingt dein Stil."

Ich biss die Zähne zusammen und schlang meinen freien Arm um meine Taille, während ich aus dem Fenster schaute. Eigentlich hatte ich keine Ahnung, was mein Stil war.

„Mir gefällt es hier." Meine Stimme klang sanft, trotz der Enge in meiner Brust und dem eisigen Gefühl der Angst in meinem Magen. „Wie geht es dir?", wiederholte ich.

„Nicht gut. Ganz und gar nicht. Wir brauchen dich hier. Dein Vater braucht deine Hilfe, um mit einigen unserer Geschäftspartner klarzukommen."

„Mom, wenn ich nach Hause komme, werde ich das Restaurant nicht wieder eröffnen. Und ich werde mit Sicherheit nicht mehr im Unternehmen mitarbeiten."

„Daphne", begann meine Mutter und ihr Tonfall war genau so, wie ich erwartet hatte − scharf und abwertend. „Ich weiß doch, dass du am Boden zerstört bist wegen Brandons Tod."

Mir stockte der Atem. Mein Herz fühlte sich an, als würden sich hunderte winziger Risse darin auftun und es könnte in tausend Teile zerspringen. Ich schwieg, und nach einem weiteren Augenblick konnte ich wieder atmen. Die Stimme meiner Mutter drang wieder über das Rauschen in meinen Ohren.

„Ich weiß, was Pete getan hat, kommt dir unentschuldbar vor, aber nichts ist unverzeihlich. Wir alle gehen jeden Tag in unserem Leben Kompromisse ein. Also reiß dich zusammen und komm wieder nach Hause."

„Nein", antwortete ich mit fester Stimme, die kräftiger klang, als ich erwartet hatte. „Ich weiß zwar noch nicht genau, was ich tun werde, aber ich werde die Sache auf keinen Fall unter den Teppich kehren. Pete hat mich mit einer Person betrogen, die ich für meine Freundin gehalten habe, und das zu einem furchtbaren Zeitpunkt. Hier geht es nicht nur um Vergebung. Darum bemühe ich mich ja, aber Vergebung bedeutet nicht, dass ich mich wieder mit allen anfreunden muss. Und schon gar nicht bedeutet es, dass ich mich mit Leuten versöhnen und mit ihnen zusammenarbeiten soll, denen ich in meinem Leben niemals vertrauen werde. Bei Vergebung geht es einzig und allein darum, Frieden für mich selbst zu finden.“

„Daphne, dein Vater braucht dich. Pete ist in diesem Geschäft unverzichtbar, genau wie du. Er braucht euch beide, und er ist darauf angewiesen, dass es funktioniert.“

Gott, meine Mutter war einfach unglaublich. Sie konnte sich einfach nicht in meine Lage versetzen. Sie wünschte sich, dass ich das Ganze unter den Tisch fallen lasse.

„Mom, das kannst du dir abschminken. Macht weiter, aber ohne mich. Ich brauche nichts von euch. Ich weiß, das bringt dich auf die Palme, aber Gram hat mir alles hinterlassen.“ Ich war das einzige Enkelkind väterlicherseits. Nachdem mein Leben in die Brüche gegangen war, war meine Großmutter eine der wenigen Leute, an die ich mich wenden konnte. Ich hatte zwar auch sie verloren, aber sie hatte mir ein wenig Spielraum in meinem Leben verschafft, indem sie mir alles hinterlassen hatte, was sie besessen hatte. „Ich komme schon allein zurecht. Wenn du mir ständig damit in den Ohren liegst, treibt mich das bloß noch weiter von dir und Dad weg. Ich lege jetzt auf. Mach’s gut.“

Ich bekam nicht mit, was meine Mutter als Nächstes sagte, denn ich legte einfach auf. Meine Hand zitterte dabei heftig. Ich war erleichtert, dass das Bett direkt neben mir stand, denn plötzlich sank ich in mich zusammen und mein Handy fiel auf die Matratze.

Einen Monat vor dem Tod meines kleinen Jungen hatte ich erfahren, dass mein Ex, Pete, seit über einem Jahr eine Affäre mit einer engen Freundin hatte, die mit mir zusammenarbeitete. Mein Ex war der Stellvertreter meines Vaters in seinem angesehenen Investment- und Immobilienverwaltungsunternehmen in Atlanta. Pete und ich waren quasi das Vorzeigepaar oder so ähnlich. Unsere Familien verfolgten gemeinsame geschäftliche Interessen, und so war es eigentlich eine feine Sache, dass wir uns verliebten und heirateten. Von wegen. Es sollte sich herausstellen, dass alles auf Sand gebaut war.

Ich war dazu erzogen worden, höflich zu sein und nur das zu tun, was meine Familie brauchte. Ich hatte nie in Frage gestellt, ob ich für meinen Vater arbeiten würde. Meine Eltern waren nicht gerade warmherzig, aber ich hatte fälschlicherweise geglaubt, dass sie sich für mich einsetzen würden, als alles in die Luft flog. Ha.

Mitnichten. Alle hatten mir eingeredet, ich solle mich mit Pete versöhnen, der meine Freundin gevögelt hatte, während unser Sohn im Sterben lag.

Ich war die erste Anlaufstelle in Sachen Öffentlichkeitsarbeit im Unternehmen meiner Familie gewesen. Es war meine Aufgabe gewesen, alles gut aussehen zu lassen und aus jeder Situation das Beste herauszuholen. Aber das konnte ich nun nicht mehr, nicht, wenn ich mich dadurch selbst verriet.

Ich atmete mehrmals tief durch, während ich vor den Fenstern hin und her ging. Ich musste jetzt unbedingt die giftige Energie freisetzen, die durch den Anruf meiner Mutter ausgelöst worden war. Zwar hatte ich keine Ahnung, wohin ich nach dieser Reise gehen würde, aber seit ich in Alaska angekommen war, war ich mir über eines im Klaren.

Ich würde nie und nimmer nach Atlanta zurückkehren, um dort zu leben. Dort hielt mich nichts und niemand. Es gab viel zu viele Bindungen, von denen ich mich lösen musste. Dass mein kleiner Junge nicht mehr da war, hatte ein klaffendes Loch in mein Leben gerissen und eine Wunde in meinem Herzen hinterlassen, von der ich mir nicht vorstellen konnte, dass sie jemals aufhören würde zu bluten. Das Einzige, was ich in Atlanta vermisste, war mein Restaurant.

Meine Eltern hatten das Restaurant als mein „Eitelkeitsprojekt" bezeichnet. Ich kochte und backte für mein Leben gern. Ohne mir auch nur einen Cent von meinen Eltern zu leihen, hatte ich einen Kredit aufgenommen und das Restaurant eröffnet. Um es zu schaffen, hatte ich meine Arbeitszeit im Familienbetrieb reduziert. Entgegen den Zweifeln meiner Eltern hatte sich meine kleine Bäckerei mit Café ganz schön gemausert.

Natürlich war mir klar, dass das zum Teil auch Glück gewesen war. Denn zu jedem Erfolg gehört auch eine Portion Glück und gutes Timing.

Als bei Brandon eine seltene Form eines Hirntumors diagnostiziert wurde, hatte ich mich eingehend erkundigt und wusste, dass seine Überlebenschancen denkbar schlecht waren. Also hatte ich auf dem Höhepunkt des Erfolgs mein Restaurant geschlossen, um mehr Zeit mit meinem Sohn zu verbringen. Ich wollte einfach keine Minute mit ihm verpassen. Diese Monate hatten sich wie gestohlene Zeit angefühlt. Ich hatte versucht, die Launen des Schicksals zu nutzen und die Zeit anzuhalten.

Mir fiel erst auf, dass ich weinte, als ich spürte, wie eine heiße Träne meine Wange hinunterlief und auf meiner Haut abkühlte. Ich strich mir mit dem Ärmel über die Wangen und überlegte, ob ich nicht überhaupt stundenlang weinen sollte.

Mein Blick fiel aus dem Fenster auf das Feld mit den verblühenden rosafarbenen Blumen, von denen ich jetzt wusste, dass es sich um Feuerblumen handelte. Dann sah ich über die Wipfel der Fichten hinweg auf das funkelnde Wasser der Meeresbucht in der Ferne. Ich war hierher gekommen, um mal das Tempo zu drosseln, aber vor allem war ich nach Alaska gekommen, um herauszufinden, was ich wirklich wollte. Ich brauchte die Weite des Kontinents zwischen meiner Familie und mir.

Vielleicht hatte ich noch nicht die Antwort, nach der ich suchte, aber ich wusste, dass ich nicht länger in diesem Zimmer sitzen und weinen wollte. Also schnappte ich mir meine Fleecejacke und eilte hinaus auf den Flur. Nach dem Frühstück würde ich Cats Bitte, mit mir nach Diamond Creek zu fahren, gerne nachkommen. Dabei würde sie mir bestimmt ein Ohr abkauen, und genau das brauchte ich jetzt.

Kapitel Acht

FLYNN

Drei Wochen nach Daphnes Ankunft

„Daphne!", rief ich.

Sie wandte sich um und ihr kastanienbraunes Haar wehte in der Brise. Ich hatte mich mittlerweile an das leise Brummen gewöhnt, das meinen Körper wie eine konstante elektrische Spannung durchlief, auch wenn ich es geflissentlich unbeachtet ließ.

„Ja?" Sie kam auf mich zu, wo ich neben meinem kleinen Flugzeug stand.

In den drei Wochen, die Daphne hier war, hatte sie aufgehört, Blusen und schöne Stiefel zu tragen, aber irgendwie sah sie immer noch wie eine Prinzessin aus. Heute trug sie eine Jeans, die sich wie angegossen an ihre durchtrainierten Oberschenkel schmiegte, bevor sie in einem Paar pinkfarbenen Gummistiefeln mit schwarzen Tupfen verschwand. Darüber trug sie ein tailliertes T-Shirt, auf dem *Kickass Woman* in rosa Glitzer direkt über ihren Brüsten prangte. Gott steh mir bei.

„Macht es dir was aus, dich auf den Flügel zu setzen?", fragte ich.

„Wie bitte?", konterte sie in einem knappen, aber ungläubigen Ton.

„Ja, ich brauche ein wenig Gewicht, um das Heck des Flugzeugs abzusenken. Und ich schätze, du hast die optimale Größe."

Daphne blieb der Mund offen stehen, bevor sie ihn schnell wieder schloss. „Ich weiß jetzt gar nicht, wie ich diese Bemerkung auffassen soll."

„Ich bin nur praktisch veranlagt, Prinzessin."

Sie sagte kein Wort zu mir, aber ich wusste, dass es sie ärgerte, wenn ich sie so nannte. Aber ich konnte einfach nicht widerstehen, sie auf die Palme zu bringen. Vielleicht lag das ja daran, dass sie mir die ganze Zeit über zu schaffen machte, und zwar auf die denkbar ungünstigste Weise. Vielleicht hätte mir das zu denken geben sollen, aber ich versuchte, nicht zu viel an Daphne zu denken. Sie überflutete meine Sinne ohnehin immer mehr.

„Ich helfe gerne. Ich glaube nur nicht, dass ich da hochklettern kann", antwortete sie, während sie den fraglichen Flugzeugflügel betrachtete.

„Komm doch mal her", antwortete ich und machte eine Handbewegung.

Sobald sie bei mir angekommen war, legte ich meine Hände um ihre Taille. Und das war ein Fehler. Ein Riesenfehler. Drei ganze Wochen lang hatte ich es tunlichst vermieden, Daphne zu nahe zu kommen. Wenn ich sie anfasste, war das für meine Sinne wie eine Berührung mit einem stromführenden Draht. Jedes Nervenende funkte und vibrierte auf ihrer Frequenz.

Aber ich hatte keine andere Wahl, als weiterzumachen, obwohl ich die Hitze ihrer Haut durch ihr dünnes Baumwollshirt spüren konnte. Ich musste mich räuspern, um etwas sagen zu können. „Kann es losgehen?", fragte ich und meine Stimme klang heiser.

Daphnes jadegrüne Augen hielten die meinen fest und verfinsterten sich, als wir uns musterten. Für eine völlig verrückte Sekunde hätte ich sie fast geküsst.

Doch als sie ihr Kinn leicht anhob, riss ich mich wieder zusammen. Das tat sie immer, wenn sie sich über etwas unsicher war. Zwar waren diese Augenblicke in der Zeit, in der sie hier war, seltener geworden. Doch obwohl sie nicht viel preisgegeben hatte, konnte ich mir denken, dass sie durch und durch ein Stadtkind war.

„Klar", flüsterte sie. Der Tonfall dieses einzigen Wortes ließ mein Herz zusammenzucken. Verdammte Scheiße. Es war schon schlimm genug, dass ich Daphne begehrte. Ich musste jetzt nicht auch noch Gefühle für sie entwickeln.

Rasch hob ich sie hoch und ließ ihre Hüften auf den Flugzeugflügel gleiten. Wie erwartet, neigte sich das Flugzeug nach hinten und die hintere Tür wurde abgesenkt, damit ich einer älteren Passagierin leichter ins Flugzeug helfen konnte.

Gegen jeden gesunden Menschenverstand blieben meine Hände genau dort, wo sie waren, nämlich um ihre Hüften. Ich konnte ihre weiche Haut unter meinem Griff spüren. Dann sah ich hoch und erkannte das schnelle Flattern ihres Pulses an ihrem Hals. Mir lief das Wasser im Mund zusammen. Ich wünschte mir so sehr, mich nach vorne zu beugen und ihre Haut zu schmecken.

Plötzlich wich ich zurück. „Ausgezeichnet."

Nachdem ich der älteren Frau, die mit ihrer erwachsenen Tochter und ihrem Schwiegersohn zu uns gekommen war, und den anderen beiden Passagieren ins Flugzeug geholfen hatte, drehte ich mich herum, um Daphne von der Tragfläche herunterzuhelfen.

Ich wusste nicht, ob es nun gut oder noch schlimmer war, dass ich versuchte, mich gegen den lustvollen Schauer zu wappnen, der mich in dem Augenblick überfallen würde, in dem ich meine Hände wieder auf Daphne legen würde.

Schlimmer, auf jeden Fall schlimmer. Denn meine Bemühungen waren nutzlos und erinnerten mich nur daran, wie wenig Kontrolle ich in Bezug auf Daphne hatte.

In dem Augenblick, in dem ich meine Hände auf ihre Hüften

legte, strömte ihr Duft zu mir. Aus irgendeinem Grund haftete ihr ein leicht zuckriger Geruch an. Ich hatte noch niemals jemand anderen als köstlich bezeichnet, aber ich wusste, dass Daphne genau so schmecken würde. Und das in mehr als einer Hinsicht.

Zügig hob ich sie hoch und sprang praktisch zurück, sobald ihre Füße sich wieder auf dem Kies befanden. „Du kriegst heute die Aussicht", stellte ich fest und wies mit einer Geste auf den vorderen Teil des Flugzeugs.

„Wirklich?" Ihre hübschen grünen Augen leuchteten auf, und es fühlte sich an, als würde sich eine weitere seidene Ranke um mein Herz schlingen.

Ich versuchte, meine Reaktion auf sie zu zügeln, und stieß scharf meine Antwort hervor. „Aber sicher doch."

Während ich die Vorderseite meines kleinen Flugzeugs umrundete, öffnete ich die Tür und bedeutete ihr, einzusteigen. Verdammt! Dabei erhaschte ich einen wunderschönen Blick auf ihren herzförmigen Hintern. Das löste einen weiteren Anfall von Verlangen in mir aus.

Ich war mir ziemlich sicher, dass sie mich für ein verdammtes Arschloch hielt, da ich in ihrer Nähe leicht genervt und launisch war. Alles in allem hatte sie wahrscheinlich recht. Ich war erleichtert, dass sie in etwa einer Woche aus dem Resort verschwinden würde und ich wieder zur Normalität zurückkehren konnte, wie meine kleine Schwester neulich festgestellt hatte.

Eigentlich hatte Cat gefragt: „Was zum Teufel ist nur los mit dir, Flynn? Kannst du nicht einfach normal launisch sein?"

Ein paar Stunden später hatte ich drei meiner Passagiere an ihrem nächsten Ziel in einer Lodge am Rande von Willow Brook, Alaska, abgeliefert und wollte mit Daphne direkt zurück nach Hause. Als sie gefragt hatte, ob sie heute mitkommen könnte, weil sie die Bergkette nochmal sehen wollte, hatte ich zugesagt, in dem Glauben, wir würden Gesellschaft haben. Dummerweise hatte ich total verschwitzt, dass unsere Gesellschaft nur für die erste Etappe der Reise vorgesehen war.

Während ich mich vergewisserte, dass das Gepäckfach unter dem Flugzeug ordnungsgemäß gesichert war, läutete mein Handy. Da wir uns in der Nähe von Willow Brook befanden, hatten wir einen guten Empfang.

Schnell zog ich das Handy aus meiner Tasche. „Hier ist Flynn", rief ich.

„Hey Flynn, hier ist Nate Fox. Ich habe gehört, dass du am Flughafen in Willow Brook bist und gerade nach Süden fliegst."

„Ja. So sieht mein Flugplan aus, ich fliege zurück zu meinem Haus bei Diamond Creek."

„Du musst mir unbedingt einen Gefallen tun."

Obwohl Alaska geografisch sehr weitläufig ist, gab es unter den Bewohnern der kleinen Städte, die über den ganzen Staat verstreut sind, ein enges Gemeinschaftsgefühl. In einigen Berufen, vor allem bei den Buschfliegern, war das Gemeinschaftsgefühl sogar noch stärker ausgeprägt. Wir teilten ein gemeinsames Ziel und waren für viele Leute die Verbindung zu Freunden, Familie, Vorräten, medizinischer Versorgung und vielem mehr.

Obwohl wir uns nicht sehr oft sahen, kannte ich Nate schon seit Jahren. Wenn er einen Gefallen brauchte, zögerte ich nicht lange. Und ich wusste, dass er jederzeit dasselbe für mich tat.

„Was immer es ist, du kriegst es."

Nate gluckste. „Das nenne ich mal Vertrauen, Alter."

„Ich vertraue darauf, dass du mich nicht um etwas Albernes bittest."

„Wir haben einige Lebensmittel und Vorräte für Henry Stanson, die auf ihre Auslieferung warten. Macht es dir etwas aus, sie auf deinem Weg bei ihm vorbeizubringen?"

Henry besaß eine abgelegene Fischer- und Jagdhütte zwischen Willow Brook und Diamond Creek. Da es sich nur um einen kleinen Umweg handelte, war es ein einfacher Gefallen.

Weniger als eine Stunde später brachte ich mein Flugzeug mit der Lieferung von Lebensmitteln und Vorräten in die Luft.

Der Wind hatte etwas aufgefrischt, und das Flugzeug schaukelte leicht in der Luft. Ich warf einen Blick zu Daphne, aber die schien völlig unbeeindruckt zu sein.

„Genießt du die Aussicht?", rief ich über das laute Dröhnen des Motors hinweg.

Daphne strahlte mich mit einem breiten Lächeln im Gesicht an. „Und wie! Danke, dass ich heute mitkommen durfte."

Und bevor ich es verhindern konnte, verzog sich mein Mund zu einem Lächeln. „Wann immer du möchtest."

Als wir an der nächsten Hütte ankamen, herrschte bereits ein heftiger Wind. Es war Spätsommer und es ging schon auf den Herbst zu, deshalb wurde es nachmittags und abends immer kühler. Beim Aussteigen aus dem Flugzeug war der Wind so kühl, dass Daphne die Arme um ihre Taille schlang und mit den Füßen auf den Boden stampfte.

„Wow, es ist aber verdammt schnell kalt geworden", brüllte sie über den Wind hinweg.

Wir befanden uns tief in den Kenai Mountains. Eine Stunde Luftlinie entfernt von zu Hause und mehr als tausend Meter höher. Es war so windig, dass ich mir unsicher war, ob es wirklich ratsam war, erneut abzuheben.

Unaufgefordert begann Daphne, mir beim Ausladen der Kisten zu helfen. So prinzessinnenhaft sie auch wirkte, sie war nicht gern untätig. Sobald es etwas zu tun gab, war sie zur Stelle.

Henry kam aus der Hütte gelaufen. „Brauchst du Hilfe mit den Sachen?"

„Es sind noch zwei Kisten im Flugzeug", antwortete ich und deutete mit dem Kinn über die Schulter.

Ich hatte hier schon einmal Vorräte ausgeliefert und wusste daher, dass ich in Henrys Hütte rechts abbiegen musste, um in einen riesigen Lagerraum für Lebensmittel und Waren zu gelangen. Wenig später standen wir im Eingangsbereich seiner Lodge.

Henry lebte schon lange in Alaska. Er war mit Mitte zwanzig hierhergezogen und war jetzt fast achtzig. Er betrieb eine einfache Fischerhütte, viel weniger komfortabel als mein Resort.

Henrys Hütte war einfach und schlicht. Er kümmerte sich ausschließlich um Gäste, die jagen und fischen wollten. Es gab keine Besichtigungstouren oder andere Extras.

Da er schon so lange hier war, konnten ihm auch die gelegentlichen Wetterextreme in Alaska nichts anhaben. Ich war hier aufgewachsen, also machte mir das Wetter ebenfalls nicht viel aus. Im südlichen Teil des Bundesstaates erlebten wir zwar weniger brutale und eisige Kälte als im nördlichen Teil, aber Wind, Regen und Schnee gab es hier reichlich. Und in einem kleinen Flugzeug konnte der Wind ein unbarmherziger Gegner sein.

Henry sah mir in die Augen. „Wenn ich du wäre, würde ich hierbleiben. Ich habe gerade den Wetterbericht gecheckt. Der Wind nimmt zu, und der Sturm soll die ganze Nacht andauern. Regen und Nebel sind bereits im Anmarsch."

Ich wusste genau, dass Henrys Vorschlag das Richtige war. Ich wusste nur nicht, was Daphne von einer Übernachtung hier halten würde. Mein Blick traf sich mit dem ihren, als sie zu mir aufsah.

In den jadegrünen Tiefen ihres Blicks lag ein Hauch von Angst, aber dann reckte sie ihr Kinn in die Höhe. Verdammt noch mal. Das wurde immer schlimmer. Jedes Mal, wenn sie ihr Kinn so anhob, eine kleine, eigensinnige Bewegung, törnte mich das total an.

„Henry hat Recht. Macht es dir was aus, die Nacht hier zu verbringen?", fragte ich.

„Natürlich nicht", erwiderte sie und ihre Stimme überschlug sich am Ende.

———

Ungefähr eine halbe Stunde später blickten Daphne und ich uns über das Bett hinweg an.

„Es wird schon gut gehen. Ich schlafe auf dem Boden", bot sie an.

„Du schläfst ganz bestimmt nicht auf dem verdammten Boden, Prinzessin“, erwiderte ich, und meine Worte kamen schärfer rüber, als ich beabsichtigt hatte. Ich warf einen Blick auf den besagten Boden. Der war aus Hartholz und wenig einladend. Als ich sie wieder ansah, zuckte ich mit den Schultern. „Ich allerdings auch nicht. Wir teilen uns das Bett einfach und alles ist in Ordnung. Ich verspreche, dass ich nicht beiße. Wenn nötig, kannst du ja ein paar Kissen zwischen uns stopfen. Aber jetzt lass uns erst mal was essen.“ Ich wartete nicht einmal auf ihre Antwort, als ich das Zimmer verließ.

Kapitel Neun

DAPHNE

Flynns Worte hallten in meinem Kopf nach. *Du schläfst ganz bestimmt nicht auf dem verdammten Boden, Prinzessin.*

Seit ich erfahren hatte, dass wir uns nur ein Zimmer in dieser eher zweckmäßigen Hüttc teilen konnten, überlegte ich fieberhaft, wie ich mit dieser Situation umgehen sollte. Mein Verstand war wie ein Hamster im Rad, der sich immer und immer wieder drehte, ohne einen Ausweg zu finden.

Nun war es mitten in der Nacht, und ich wachte auf, weil der Schutzwall aus Kissen völlig ausradiert war. Und das konnte ich nicht mal Flynn anlasten. Ich musste die Dinger aus dem Weg geräumt haben und klammerte mich jetzt an ihn, als wäre er mein persönlicher Teddybär.

Er war überall warm und hart. Nachdem ich mich wochenlang gefragt hatte, wie sein Körper wohl unter seiner Kleidung aussah, klebte ich nun regelrecht an ihm. Obwohl ich ihn nicht sehen konnte, konnte ich ihn ganz sicher fühlen.

Sein Arm war um meinen Rücken geschlungen, seine große Handfläche lag auf meinem Po und seine Finger berührten mich fast zwischen meinen Schenkeln. Meine Hand ruhte auf einem seiner Brustmuskeln und bevor ich mich zurückhalten konnte, gingen meine Finger auf Erkundungstour. Denn ich konnte meine Neugierde nicht zügeln.

Wem wollte ich was vormachen? In der Dunkelheit, während der Wind in heftigen Böen gegen das Haus rauschte, hatte ich das Gefühl, dass mein Herz im Einklang mit dem Sturm draußen schlug. Ich wollte Flynn. Das Leben und das damit verbundene Durcheinander hatten mich davon überzeugt, dass ich vielleicht nie wieder Verlangen verspüren würde, deshalb war das Bedürfnis nach ihm umso größer.

Bis jetzt hatte ich Flynn noch nicht mal angefasst. Wie Licht, das plötzlich einen dunklen Raum durchflutet, sobald eine Jalousie geöffnet wird, strömte mein Verlangen dorthin, wo ich dachte, dass ich es nicht mehr aushalten würde. Meine Wangen waren so heiß, dass ich wusste, dass mein Gesicht knallrot sein musste. Seit dem Tag, an dem ich Flynn kennengelernt hatte, wütete dieses Brennen in mir. In mehr als einer Nacht hatte ich mich mit meinen Fingern zum Höhepunkt gebracht, während ich mir ihn dabei vorgestellt hatte.

Dieselben Finger fuhren nun über seine Brust und seine Schultern, bevor sie weiter nach unten wanderten. Oh, wow. Er hatte einen echten Waschbrettbauch. Ich konnte die harten Grate mit meinen Fingern abzählen.

Ich fuhr fast aus der Haut, als ich seine Stimme hörte, die wie rauer Samt in der Nacht klang. „Was hast du vor, Daphne?"

Flynn rührte sich nicht und sagte auch sonst nichts, aber ich spürte, wie sich sein Körper darauf einstellte, wach zu sein. Eine unterschwellige Anspannung durchströmte ihn, und sein Herz pochte gegen seine Rippen. Ich hatte keinen Zweifel daran, dass er mein Herz spüren konnte, das wild gegen seine Seite schlug.

„Keine Ahnung", log ich.

Obwohl die höfliche und vernünftige Stimme in meinem Kopf mich anschrie, rührte ich mich nicht. Es war, als ob ein elektrischer Strom zwischen Flynn und mir geflossen wäre. Funken sprühten über die Oberfläche meiner Haut und flüssiges Verlangen strömte durch meine Adern. Plötzlich wurde die Luft im Raum knapp. Ich bekam kaum mehr als einen flachen Atemzug in meine Lunge.

Ich erwartete, dass Flynn erkennen würde, dass seine Hand meinen Hintern berührte und mich von sich schubsen würde. Der Mann war mir gegenüber immer nur abweisend und launisch gewesen. Im besten Fall bekam ich die Andeutung eines Lächelns.

„So viel zu deiner Kissenbarriere", murmelte er.

Da kroch ein fast hysterisches Lachen meine Kehle hoch. Ich versuchte, es zu unterdrücken, aber ein kleiner Teil entkam mir doch. Flynn überraschte mich, als ich das Grollen eines Lachens in seiner Brust unter meiner Handfläche spürte – denn, ja, meine Hand lag immer noch auf seiner Brust. Und die war unglaublich – seine Haut war warm und glatt und mit einem Hauch von Haaren bedeckt. All die harten Stellen hätte ich am liebsten mit meinen Händen und meiner Zunge erkundet, wenn ich ganz ehrlich sein wollte.

„Wow, Prinzessin, du hast gelacht."

Und zum ersten Mal nervte mich der Spitzname, den er mir verpasst hatte, nicht mehr. Ich lachte wieder. Endlich wagte ich einen Blick auf ihn und stützte mein Kinn auf meine Hand über seiner Brust.

In der Ecke des Zimmers leuchtete eine Art fluoreszierendes Nachtlicht. Er hatte gestern Abend versucht, es auszuschalten, aber anscheinend war das unmöglich. Der kleine silberne Lichtstreifen in der Ecke ließ sein Gesicht größtenteils im Schatten verschwinden, aber ich konnte seine Augen sehen. In dem Augenblick, in dem ich ihn ansah, waren sie auf meine gerichtet. Ich hatte gar keine Ahnung, was ich von all dem halten sollte.

Ich war über alle Maßen erregt. Ich konnte die glitschige Hitze zwischen meinen Schenkeln deutlich spüren. In dem Augenblick, in dem ich Flynn in die Augen sah, wusste ich, dass auch er erregt war. Seine Augen suchten meine. Im Zimmer war es leise, aber draußen tobte der Sturm, der in einem rhythmischen Auf und Ab auf das Dach prasselte. Der Regen schlug heftig gegen das Fenster neben dem Bett.

Mit jedem Schlag meines Herzens rauschte das Blut durch meine Ohren. Ich konnte Flynns Herzschlag spüren, der heftig und schnell pochte. Ich spürte auch, wie seine harte, heiße Eichel mein Knie, das auf seiner Hüfte ruhte, streifte. Denn ich hatte mich regelrecht an seine Seite geklebt und ihn praktisch im Schlaf bestiegen.

„Sag mir, was du willst, Prinzessin."

Flynns Stimme klang belegt und dumpf, und seine Worte überraschten mich. Auch wenn ich nicht ganz begriff, warum ich ihn so sehr begehrte, so wusste ich es doch bis ins Mark. Jede Zelle in meinem Körper war auf ihn eingestimmt.

Mit der Kraft meines Verlangens, in der Dunkelheit dieses Raumes, an einem Ort, an dem ich noch nie zuvor gewesen war, während draußen um uns herum ein Sturm tobte, fielen meine üblichen Schutzwälle in sich zusammen. Und ich sprach die reine Wahrheit aus. „Dich."

Ich spürte, wie Flynns Herz gegen meine Handfläche schlug, als ich dieses eine Wort aussprach. Während seine Augen in dem spärlichen, silbrigen Licht meine suchten, spannte ich mich an. Doch was er dann sagte, überraschte mich. „Einverstanden." Er sagte es ganz locker, sein Tonfall war entspannt und ganz anders als die sonst so schroffe Art, wie er zu mir sprach. „Das passt gut, weil ich dich nämlich auch will."

Bei seiner direkten und unverblümten Aussage durchfuhr mich ein kleiner Schauer. Wieder einmal überraschte ich mich selbst, indem ich näher rückte und ihm einen Kuss auf die kleine Vertiefung an seinem Hals hauchte. Ich wollte ihn schmecken, also küsste ich ihn.

Danach gab ich ihm einen weiteren Kuss auf die Seite seines Halses, und diesmal streckte ich meine Zunge heraus. Er roch nach Holz und frischer Seife von der Dusche von vorhin.

Sein raues Knurren durchfuhr mich so sehr, dass ich es kaum ertragen konnte. Seine Hand drückte meinen Hintern und strich dann in einer wilden, hitzigen Bewegung meinen Rücken hinauf. Seine Finger glitten durch mein Haar, als er mir in den Nacken griff und mich näher an sich heranzog. Es machte mir überhaupt nichts aus, dass er mich über seinen Körper zog und meine Knie zu den Seiten abrutschten, sodass ich rittlings auf ihm saß.

So hatte ich das zwar nicht geplant, aber ich spürte, wie sein Schwanz durch seine Boxershorts hindurch zwischen meinen Schenkeln kitzelte. Dabei stieß ich ein unbeholfenes Stöhnen aus.

Flynns leises Glucksen ließ meinen Bauch zusammenzucken und ich sah das Aufblitzen seines Lächelns in der Dunkelheit.

Kurz bevor seine Lippen auf meine trafen, sagte er: „Werd' bloß nicht frech, Prinzessin. Ich habe hier das Sagen."

Gerade als ich meinen Mund öffnen wollte, um ihm zu widersprechen, verschlug es mir die Sprache, weil er seinen Mund auf meinen presste. Er zog mich näher an sich heran und ließ seine Zunge tief in mich eindringen.

Ich war völlig aus der Übung, wenn es ums Küssen ging, um alles, was auch nur im Entferntesten mit Flirten, Romantik oder Sex zu tun hatte. Trotzdem war ich mir sofort sicher, dass Flynn der beste Küsser des ganzen Universums war.

Ich schmolz mit jeder Berührung seiner Zunge mit der meinen zusammen. Er neigte meinen Kopf zur Seite und küsste mich so leidenschaftlich, dass ich ziemlich sicher war, in Flammen aufzugehen. Aber das kümmerte mich gar nicht. Ich wollte bloß in dieses Feuer eintauchen und zu Asche verbrennen, wenn Flynn mich nur weiter küsste.

Seine Zunge streichelte meine fast träge. Er hatte es überhaupt nicht eilig. Zwischen diesen tiefen, heftigen Küssen zog er sich zurück, um mir heiße Küsse auf die Mundwinkel zu verpassen, leicht in meine Unterlippe zu knabbern und alle möglichen unverständlichen Dinge zu murmeln. Auch wenn ich nicht alle dieser Worte verstand, wusste ich doch, wie sie sich anfühlten – unanständig, flirty, schmutzig und irgendwie süß.

Ich merkte kaum, wie er uns auf den Rücken legte, während

meine Haare völlig wild auf die Kissen verteilt waren und eine seiner Hände mein T-Shirt nach oben schob. Die schwielige Oberfläche seiner Handfläche auf meiner Haut ließ Funken sprühen, die in die Luft stiegen und dann wieder auf mich herabfielen, während ich versuchte, Luft zu holen und jedes Gefühl in mich aufzunehmen.

„Mmm, Prinzessin", murmelte er gegen meinen Bauch und die Stoppeln auf seinen Wangen taten ihr Übriges, um mich heiß und begierig zu machen. Ich schob meine Beine unruhig hin und her, mein Kitzler pochte. Ich war so feucht, dass meine Erregung mein Seidenhöschen klatschnass gemacht hatte.

„Du bist so verdammt schön." Er stützte sich auf einen Ellbogen und streichelte eine meiner nackten Brüste. Meine Brustwarze war bereits straff und schmerzhaft und bettelte um seine Berührung. Er gab sie mir, indem er sie zwischen Daumen und Zeigefinger rollte und dann neckisch hin und her strich.

Da keuchte ich auf und rief: „Flynn!"

„Ich bin ja da, Prinzessin." Anschließend streichelte er meine andere Brust, während meine Hüften gegen seinen Oberschenkel wippten, der zwischen meinen Knien ruhte. „Öffne deine Augen."

Ich zog meine Augenlider hoch und stellte fest, dass er mich musterte. „Ich möchte diese wunderschönen Augen sehen, wenn du kommst", murmelte er.

Oh. Mein. Gott. Er war so unverblümt und direkt, und das machte mich mehr an, als ich mir je hätte vorstellen können. Seine Hand glitt über meinen zitternden Bauch und umfasste meinen Schamhügel. Ich wippte unruhig.

„Du willst mich ja wirklich", neckte er mich. „Oh ja, Prinzessin. Oh, oh, oh."

„Das habe ich doch gesagt", keuchte ich, als er mit einem Finger leicht über die feuchte Seide strich, seine Berührung streifte meine Perle und ich biss mir auf die Lippe, um nicht aufzuschreien.

Nach einer weiteren Sekunde schob er die Seide beiseite, und zwei Finger fuhren durch meine Falten. Ich war glitschig nass und scheute mich überhaupt nicht.

„Flynn, bitte", bettelte ich, während er mit seinen Fingern meine geschwollene Klitoris rieb.

„Öffne deine Augen", forderte er daraufhin erneut heiser.

Ich war fast wahnsinnig vor Verlangen, aber ich gehorchte und war sofort von seinem Blick gefangen. Dann versenkte er einen Fingerknöchel tief in mir und fügte anschließend einen weiteren hinzu, dessen Gefühl mich fast ins Delirium trieb. Ich konnte gar nichts mehr sehen, während ich darum kämpfte, mich auf ihn zu konzentrieren.

„Du fühlst dich so gut an, Prinzessin", murmelte er und beobachtete mich aufmerksam, während er seine Finger in mein Innerstes hinein- und wieder herausbewegte.

Meine Hüften schaukelten bei jedem Stoß, während ich meiner süßen Erlösung entgegenstrebte. Der Druck baute sich immer weiter auf und zog sich in mir zusammen, bis ich am ganzen Körper zitterte.

„Schenk ihn mir." Sein heiseres Kommando brachte mich zum Äußersten.

Ich schloss meine Augen und mein Kopf fiel zurück in die Kissen. Ein lustvoller Rausch durchströmte mich und verstärkte sich immer weiter, als ich spürte, wie seine Zunge um meine Klitoris wirbelte, während er leicht daran saugte. Mein Höhepunkt dauerte immer länger an, während mich ein Schauer nach dem nächsten überfiel.

Sobald alles vorbei war, hatte ich praktisch vergessen, wer ich war und wo ich war. Alles außer Flynn.

Mein Bewusstsein kam bruchstückhaft zurück und ich spürte Flynns leichte Berührung, während seine Handfläche über meinen Bauch glitt. Dann drückte er mir einen Kuss auf die Seite einer Brust, bevor er mein T-Shirt herunterzog.

Kapitel Zehn

FLYNN

Der Regen peitschte gegen die Fenster. Der Wind rauschte durch dieses Tal und fegte in regelmäßigen Abständen über das Dach. In meinem Inneren war es genauso aufgewühlt, wenn nicht sogar noch turbulenter.

Es fühlte sich an, als hätte sich der Sturm selbst in meinem Körper eingenistet. Die Lust peitschte mit der gleichen Wucht auf mich ein wie der Wind und der Regen draußen. Daphne – die verschlossene Prinzessin – war absolut hinreißend, wenn sie sich gehen ließ. Sie hatte mich regelrecht erschlagen.

In dieser dunklen, stürmischen Nacht, in der wir in unserem eigenen kleinen Reich eingeschlossen waren, vergaß ich das Gewicht von allem, was auf meinen Schultern lastete. Ich hatte auch die Wirkung unterschätzt, die Daphne auf mich haben konnte.

Ihre Haut war seidig und warm. Ich konnte der Versuchung kaum widerstehen, noch einen Schritt weiterzugehen. Deshalb nahm ich meinen letzten Funken Selbstbeherrschung zusammen und stemmte mich dagegen.

Ich stützte mich auf einen Ellbogen, riss Daphnes T-Shirt fast herunter und nahm sie in die Arme. Ich konnte ihren Herzschlag spüren, wo ihr Brustkorb gegen meinen Oberkörper drückte. Ihr Puls raste, während meiner durch meinen Körper hallte und ich langsam wieder zu Atem kam.

Verdammter Mist. Wir waren keinen Schritt weiter gekommen. Ich hatte mich noch nicht einmal in ihr vergraben, aber ich wusste, dass ihr Innerstes einladend und feucht war und sich fest zusammenzog. Ich war atemlos, fassungslos und über alle Maßen verunsichert. Ich hatte immer die volle Kontrolle. Außer anscheinend, wenn es um Daphne ging.

Als Henry es als Glück bezeichnet hatte, dass wir uns ein Zimmer teilen konnten, weil er fälschlicherweise angenommen hatte, dass Daphne und ich ein Paar waren, hätte ich ihm fast widersprochen. Aber als er dann auch noch erwähnte, dass es das einzige verfügbare Zimmer war, wollte ich kein Fass aufmachen. Ich wollte mir nicht den Arsch abfrieren und auf dem Holzboden schlafen, und ich wollte auch nicht, dass Daphne das tat. Für mich war die Kissenbarriere, die sie anfangs zwischen uns aufgebaut hatte, kein Problem. Es ging ja schließlich nur ums Schlafen.

Doch mit einem Mal fühlte sich dieser Schlaf zutiefst vertraut an. Wenn ich Daphne jetzt von mir wegschieben würde, würde es nur Fragen geben, also verhielt ich mich betont gelassen.

„Flynn?" Daphnes Stimme war sanft und leicht belegt.

Ich erinnerte mich im Stillen daran, ruhig zu bleiben.

„Ja?"

„Ich komme mir total egoistisch vor."

„Weswegen?"

Da spürte ich ihre Augen in der Dunkelheit auf mir und öffnete meine Augen. In dem Augenblick, in dem ich ihrem Blick in dem schummrigen Raum begegnete, fühlte sich mein Herz zu ihr hingezogen, und ich spürte ein Ziehen in meinem Bauch. Ein überwältigendes Gefühl der Verunsicherung durchflutete mich.

Dann fasste ich mir ein Herz und wiederholte: „Weswegen?"

Das Licht war zu schwach, um es mit Sicherheit sagen zu

können, aber ich war mir ziemlich sicher, dass sie rot wurde. Und ich wusste genau, wie verdammt süß sie war, wenn sie rot wurde. „Ja, Prinzessin?" forderte ich sie auf.

Sie seufzte und stieß mir mit dem Ellbogen leicht in die Rippen. „Als ich gesagt habe, dass ich dich will, habe ich eigentlich das volle Programm damit gemeint", stellte sie schließlich fest.

Verdammt! *Diese* Frau. Auch wenn sie so verschlossen und zurückhaltend war, war sie so verdammt ehrlich, dass sie den Eispanzer um mein Herz aufbrach.

„Ich weiß, aber ich schätze, wir sollten jetzt nicht weitermachen."

Ich spürte, wie ihr Blick den meinen suchte. Mir war nicht so recht klar, wie sie so tief in mich hineinsehen konnte. Es kam mir vor, als wäre sie direkt in mein Herz geklettert.

Egal, wie das jetzt bei ihr angekommen war, sie sagte nichts weiter dazu. „Oh, in Ordnung."

Dann hielt sie meinem Blick einen langen Augenblick stand und etwas flackerte in ihren Augen, bevor sie nickte und ihren Kopf zurück in die Kissen sinken ließ.

Ich schlief ein, während Daphne sich neben mir zusammenrollte. Obwohl ich versuchte, meinem Verstand einzureden, dass das eine denkbar schlechte Idee war, konnte ich mich einfach nicht dazu durchringen, sie loszulassen.

Sie fühlte sich so herrlich an. Und ich war es so unglaublich leid, immer alle auf Abstand zu halten.

———

Vier Tage später

„Du willst mich doch wohl verarschen."

Cat zuckte nur frech mit den Schultern und verdrehte die Augen. „Nö, auf keinen Fall."

„Scheiße!"

Meine andere Schwester, Nora, kam in die Küche des Resorts gestürmt und warf mir einen spitzen Blick zu. „Ich habe gedacht, wir wollten nicht mehr so viel fluchen."

Daraufhin brach Cat in Gelächter aus. „Flynn ist ein hoffnungsloser Fall. Wir sollten eine Schimpfwortkasse aufstellen, damit ich wenigstens ein wenig Geld damit verdienen kann."

„Mach dich jetzt endlich für die Schule fertig", murmelte ich, stützte meine Ellbogen auf den Tresen und fuhr mir mit den Händen durch die Haare.

Zum Glück verließ Cat den Raum. Als ich meinen Kopf hob, begegnete ich Noras Blick.

„Was ist denn passiert?", fragte sie.

„Die Frau, die ich als Köchin eingestellt habe, hat die Arbeit hingeschmissen. Sie ist einfach abgehauen."

„Du meinst Tonya?"

„Ja, Tonya. Sie ist heute Morgen einfach auf und davon, ohne auch nur Frühstück zu machen."

Mein Blick fiel auf die Uhr über der Tür. Es war gleich halb sieben. Bald würden Gäste nach unten kommen und Essen erwarten.

Nora verschränkte ihre Arme und warf mir einen weiteren entrüsteten Blick zu. „Manchmal kannst du als Chef eben ein richtiges Arschloch sein."

„Ich brauche doch nur einen neuen Koch. Ist das denn so schwer?"

Gerade drehte ich mich von meiner Schwester weg, als Daphne die Küche betrat. Sie blickte von mir zu Nora und wieder zurück. In der Zwischenzeit war ich vollauf damit beschäftigt, all die irren Vorgänge in meinem Körper zu unterdrücken, die sich immer in ihrer Nähe ereigneten. Sobald Daphne den Raum betrat, stellten sich alle Haare an meinem Körper auf. Es fühlte sich an, als ob zwischen uns elektrische Spannung hin und her zischte.

„Ich kann doch kochen", sagte Daphne.

In den vier Tagen, die seit unserer Nacht in Henrys Hütte und dem kleinen Zwischenspiel, das sich buchstäblich in mein Gehirn eingebrannt hatte, vergangen waren, hatten Daphne und ich uns darauf geeinigt, so zu tun, als wäre das nie passiert. Allerdings gab es ein kleines Problem. Wir konnten die Chemie einfach nicht ignorieren, die nie versiegen wollte.

Ich hatte alle Hände voll zu tun, um mich abzulenken, und musste mich um die anderen Gäste des Resorts kümmern. Dazu kamen noch meine neugierigen, rechthaberischen und viel zu scharfsinnigen Geschwister.

Apropos. Nora warf mir einen wissenden Blick zu, aber dem schenkte ich keine Beachtung. Es mochte verrückt sein, auf Daphnes Angebot einzugehen, aber ich hatte keine Zeit, um darüber nachzudenken. In den nächsten zwanzig Minuten musste ich zu einem Rundflug aufbrechen. Diese Trips brachten uns Geld ein, Geld, das ich für Cats College-Fonds und alles andere brauchte. Wichtiges Geld.

„Kannst du wirklich kochen, Prinzessin?"

„Nennt er dich echt immer Prinzessin?", warf Nora ein.

Daphne zuckte unbeeindruckt mit den Schultern, während sie Nora ansah. „Nicht immer, aber manchmal." Dann traf ihr Blick wieder den meinen. „Ja, ich kann wirklich kochen. Es wird dich vielleicht überraschen, wenn du erfährst, dass manche Leute sogar behaupten, ich könne das ganz ausgezeichnet. Ich habe früher eine Bäckerei geführt."

Ich hatte Fragen – und zwar jede Menge, denn trotz meiner Bemühungen war ich unendlich neugierig auf Daphne. Schon vor diesem Abend war mir nicht entgangen, dass sie eine verdammt gute Pokerspielerin abgegeben hätte. Sie ließ sich nie in die Karten schauen. Ich ahnte, dass hinter ihrer Entscheidung, allein nach Alaska zu kommen, mehr als irgendeine der üblichen Geschichten steckte. Sollte ich jemals den Kampf gegen meine Neugierde verlieren, würde ich alle ihre Geheimnisse erfahren. Aber nicht jetzt.

„Also gut. Wenn du die Verpflegung für heute übernehmen kannst, bin ich dir wirklich was schuldig."

„Was er meint, ist, dass er dich dafür bezahlt", mischte sich Nora hilfsbereit ein.

„Ich regle das schon. Bist du ...?", begann ich.

Doch Daphne schritt bereits in die riesige Vorratskammer und machte eine abweisende Handbewegung über ihre Schulter. „Flynn, ich komme schon klar. Ich kann im Handumdrehen etwas zaubern. Ich brauche keine Anleitung oder Hilfe. Versprochen."

Daraufhin stieß meine Schwester ein lachendes Schnauben aus und ich warf ihr einen bösen Blick zu.

Dann folgte ich Daphne in die Vorratskammer und lehnte mich mit der Schulter an den inneren Türrahmen. „Danke."

Sie hatte sich bereits eine Tüte Mehl unter den Ellbogen geklemmt und stöberte in dem großen Kühlschrank. Als sie sich aufrichtete, schloss sie die Kühlschranktür und schaute in meine Richtung. „Nichts zu danken. Ich kann dir versichern, in der Küche kenne ich mich am besten aus."

Ich wünschte, dazu könnte ich etwas sagen. In den Wochen, in denen sie hier war, hatte Daphne ganz offensichtlich mit Selbstzweifeln zu kämpfen. Doch in diesem Augenblick wirkte sie ruhig, gefasst und zuversichtlich. Das hätte ich am liebsten angesprochen, aber das wäre irgendwie schräg gewesen, also sagte ich einfach: „Danke. Ich meine das ernst."

Daphne nickte gerade, als mein Bruder Grant aus dem Zimmer nebenan rief: „Wo zum Teufel ist Flynn?"

„Du gehst jetzt besser."

Und ich ging. Obwohl ich von ihrer Ankündigung, dass sie kochen konnte, einigermaßen überrascht gewesen war, bezweifelte ich nicht, dass Daphne das hervorragend konnte. Sonst hätte sie das ja auch nicht behauptet. Ich wusste nicht viel über sie, aber Daphne sagte entweder gar nichts oder die Wahrheit.

Kapitel Elf

DAPHNE

Nachdem ich drei Tage lang für die Gäste des Resorts gekocht und gebacken hatte, fühlte ich mich so gut wie seit Jahren nicht mehr. Die Messlatte für mein Wohlbefinden lag zwar so niedrig, dass es nicht schwer war, sie zu überbieten, aber trotzdem. Es tat gut, sich nützlich zu fühlen, und es tat gut, sich daran zu erinnern, dass es Dinge gab, die ich bewältigen konnte.

Es sagte etwas aus, dass ich mich so gut fühlte, obwohl ich von dem Irrsinn, der sich in dieser stürmischen Nacht zwischen Flynn und mir ereignet hatte, total aufgewühlt war. Es war schwer, nicht daran zu denken. Außerdem war es fast unmöglich, es zu vergessen, wenn er immer in der Nähe war und dabei immer so umwerfend aussah.

Zum Beispiel jetzt. Flynn stand an der Theke und schnappte sich ein Stück Käse, den Grant in riesige Würfel geschnitten hatte. Als mein Blick an Flynns langen Fingern hängenblieb, erinnerte ich mich sofort daran, wie sie sich angefühlt hatten. In mir. Meine Augen – eigensinnig, ungehorsam und gierig – verfolgten die Bewegung seines Unterarms, während er den Käse zu seinem Mund hob.

Ja, seines Unterarms. Ich fand Flynns Unterarme nämlich total heiß. So schlimm stand es um mich. Ich nahm mir absichtlich einen Augenblick Zeit, um die Unterarme von Grant zu betrachten, der neben Flynn stand. Dieser leerte gerade ein Glas Wasser und stellte es ab. Doch das Beugen seiner Unterarme beeindruckte mich nicht im Geringsten. Es war sogar ziemlich langweilig, seine Unterarme zu betrachten.

„Ich finde, Daphne sollte hier anfangen", erklärte Cat, während sie in der Küche herumhüpfte und in ihren Socken über den Boden rutschte, um schließlich an Flynns Seite stehen zu bleiben.

Flynn zupfte mit seiner freien Hand an ihrem Pferdeschwanz. „Womit soll Daphne anfangen?"

„Daphne sollte als Köchin hierbleiben", trällerte Cat fröhlich, als ob das das Naheliegendste auf der ganzen Welt wäre.

Nora, mit der Cat offenbar gesprochen hatte, bevor sie in die Küche gekommen war, folgte ihr in die Küche. „Ich habe nicht gerade viel Glück mit Bewerbern. Du kannst manchmal ein ziemliches Arschloch sein", stellte sie fest, stützte eine Hand in ihre Hüfte und warf Flynn einen strengen Blick zu. „Diamond Creek ist nicht so groß, und das spricht sich herum. Marley von der Ski Lodge hat mir erzählt, dass Harry von der letzten Frau, die du eingestellt hast, gehört hat, dass du zu ihr gesagt hättest, sie wäre zu langsam."

Ich biss mir auf die Lippe, um nicht zu lachen, als Noras Blick meinen traf und sie mir zuzwinkerte. Grant stieß ein schnaubendes Lachen aus, sagte aber nichts weiter.

„Und wir alle wissen, dass du das wahrscheinlich tatsächlich getan hast, also mach dir keine Mühe, es abzustreiten", fügte Nora hinzu.

Flynn seufzte. „Ich hoffe, Harry hat sie nicht eingestellt. Das Restaurant ist wesentlich schneller getaktet als wir hier. Tonya hätte doch nicht mal einen Zahn zugelegt, wenn sie von einer hungrigen Bärenherde verfolgt worden wäre."

„Ich bin dabei." Mit einem Mal lösten sich diese Worte aus meinem Mund, ohne dass ich das überhaupt gewollt hätte.

Flynn wirbelte herum und warf mir einen prüfenden Blick zu. „Solltest du nicht Ende der Woche abfliegen?"

„Egal. Ich muss nicht zurück."

Unter Flynns Blick, der sich anfühlte wie ein Röntgenblick in meine Seele, wurde ich plötzlich ganz kribbelig. Vielleicht wollte ich gar nicht damit herausplatzen, und vielleicht war das auch einfach nur bescheuert. Aber vielleicht war es auch genau das, was ich jetzt brauchte.

„Also gut, Prinzessin, du bist eingestellt", antwortete er knapp.

Kapitel Zwölf

FLYNN

Daphne glotzte mich an, ihre Wangen färbten sich rosa, bevor sie auf die Pfanne vor sich hinunterblickte und die Flamme darunter ausschaltete. Sie hob ihr Kinn leicht an, bevor ihre kastanienbraunen Wimpern wieder nach oben flogen, und mir lief ein elektrischer Schauer über den Rücken. Ich hatte wohl gerade wahrhaftig den Verstand verloren.

Cat stieß ein Quieken aus, das mich plötzlich daran erinnerte, dass ich nicht allein mit Daphne war. Sie hatte die seltsamste Wirkung auf mich und ließ mich augenblicklich vergessen, dass noch andere Leute in der Nähe waren. Seit meinem vorübergehenden Ausbruch aus der Wirklichkeit in jener Nacht hatte ich sie nicht mehr angerührt – ja, ich hatte mich ihr nicht mal bis auf einen halben Meter genähert. Aber nichts schien meine Leidenschaft für sie eindämmen zu können.

Ich stopfte mir noch ein Stück Käse in den Mund und verließ mit Grant im Schlepptau die Küche.

„Gute Wahl. Daphne ist die beste Köchin, die wir je hatten, und du brüllst sie auch nicht an." Ich warf einen Blick in seine Richtung, nur um sein schelmisches Glitzern in den Augen und ein neckisches Grinsen zu sehen. „Du musst bloß die Finger von ihr lassen."

Kapitel Dreizehn

DAPHNE

„Ach, komm schon", flehte Nora. „Ich brauche Gesellschaft. Außerdem warst du noch gar nicht im Restaurant der Lodge. Du musst dir doch auch mal die Konkurrenz ansehen."

„Konkurrenz?" Mein Blick schweifte aus dem Fenster, wo ich nichts als Berge, Bäume und das Meer in der Ferne sah. „Ich halte ein Restaurant in einer Skihütte in dreißig Kilometern Entfernung nicht gerade für eine Konkurrenz."

Nora funkelte mich an. „Was muss ich denn noch alles tun, um dich zu überreden, mitzukommen? Ich möchte nicht alleine losziehen, weil ich noch jede Menge Besorgungen zu erledigen habe, und Besorgungen sind langweilig."

„Das hättest du doch bloß sagen müssen. Kein Grund, mir ein schlechtes Gewissen zu machen. Wann soll es losgehen?"

„Passt es heute Nachmittag?"

Als ich nickte, begannen Noras braune Augen zu strahlen. „Prima. Ich komme dann zu dir." Schließlich ließ sie ihren Blick über mein Shirt schweifen. „Das solltest du vielleicht noch wechseln."

Ich schaute auf besagtes Shirt hinunter. Die Vorderseite war über und über mit Mehl überzogen, weil ich angefangen hatte,

Teig zu kneten, ohne daran zu denken, meine Schürze anzuziehen. Das war aber nicht das Problem. Auf einer meiner Brüste befand sich zudem noch ein riesiger Kaffeespritzer als Akzent.

Zu dem schielte ich nun hin. „Den habe ich noch gar nicht bemerkt. Danke für den Hinweis."

Hastig rannte ich los und passte nicht auf, als ich die Wendeltreppe hinaufjoggte. Flynn anscheinend auch nicht, als er begann, die Treppe herunterzulaufen. Wir hatten es in den letzten Wochen erstaunlich geschickt geschafft, einander aus dem Weg zu gehen. Seit „jener Nacht", wie ich sie nannte, hatte ich mich bemüht, Abstand zu halten. Außerdem hatte ich versucht, nicht zu viel darüber nachzudenken.

Obwohl es mir gelungen war, Abstand zu halten, hatte ich völlig versagt, nicht daran zu denken. Flynn beherrschte meine Gedanken und verdrängte alles andere, wenn ich mal eine freie Minute hatte.

Und nun standen wir kurz vor einem Zusammenstoß auf der Wendeltreppe. Ich hatte nur die Wahl, zurückzuweichen und wie ein Feigling auszusehen oder mich seitlich an ihm vorbeizudrücken.

„Entschuldige." Lieber Gott, meine Stimme klang rau.

Als ich mich zur Seite drehte, um an ihm vorbeizukommen, blieb mein Fuß an einer Stufe hängen und ich stolperte. Flynn, wie immer standhaft und stark, fing mich mit einer Hand an der Hüfte und der anderen an der Schulter auf, als ich gegen ihn stolperte.

„Ganz ruhig", murmelte er.

Jetzt war ich buchstäblich an ihn gepresst, und meine Brustwarzen standen stramm. Ich konnte nirgendwohin zurückspringen und ich wusste, dass meine Wangen knallrot waren, als ich zu ihm aufblickte.

„Tut mir leid", stieß ich atemlos hervor.

Meine Füße schienen wirklich wie festgeklebt zu sein. Mein einziger Trost war, dass Flynn sich auch nicht zu bewegen schien.

Da er mir genauso gründlich aus dem Weg ging wie ich ihm, glaubte ich nicht, dass er das mit Absicht tat.

Für einen kurzen Augenblick glaubte ich schon, er würde mich küssen. Mein Körper lehnte sich förmlich in ihn hinein, während sich mein Blick von seinem Traktorstrahl löste und auf seinen Lippen landete.

Oh, verdammt noch mal. Ich wusste genau, wie gut Flynn küssen konnte. Zudem wusste ich, dass er mit seinem Mund fast überall auf meinem Körper wahre Wunder vollbringen konnte. Ich erinnerte mich noch lebhaft an das Gefühl, wie sich sein Mund um eine meiner pochenden Brustwarzen geschlossen hatte, während sich seine Finger in der Dunkelheit der Regennacht in meine glitschige Mitte gebohrt hatten. Hitze durchfuhr mich und mein Herz hämmerte so stark und schnell, dass ich mir sicher war, dass er es hören konnte.

„Flynn!", rief plötzlich jemand.

Ich stieß erschrocken einen röchelnden Atemzug aus. Unwillkürlich versuchte ich zurückzuspringen, nur um auf der Treppe wieder das Gleichgewicht zu verlieren. Flynn, mein Retter in der Not, hielt mich wieder aufrecht.

Die beiden Stellen, an denen seine Hände auf mir lagen – meine linke Hüfte und meine rechte Schulter – fühlten sich wie gebrandmarkt an, und die Hitze seiner Berührung war so heftig, dass Funken durch meinen ganzen Körper sprühten.

„Flynn!", rief die Stimme wieder.

„Ich schätze, da braucht dich jemand", flüsterte ich.

„Ja. Das ist Grant."

Er ließ seine Hände von mir los. Wir sprachen kein Wort mehr, als ich schließlich mit rasendem Herz in der Brust und feuchtem Höschen an ihm vorbeischlurfte.

Im Eiltempo stürmte ich in mein Zimmer und fing mich, bevor ich die Tür tatsächlich zuschlug. Ich knallte sie nicht aus Wut zu. Aber meine zum Zerreißen gespannten Nerven und der rasende Puls hatten meinen Körper so auf Touren gebracht, dass mir alles zu schnell und zu heftig vorkam.

Ich hielt in der Mitte meines Zimmers inne und schloss die Augen, um meinen außer Kontrolle geratenen Puls und die Hitze, die durch meinen Körper raste, einzudämmen. Ich übte tiefe Atemtechniken, die ich in der Therapie gelernt hatte, um mich nach der Begegnung mit Flynn wieder in den Griff zu bekommen. So schlimm war es um mich geschehen.

Ich war wegen ihm in einen regelrechten Rausch verfallen. Diese Nacht, der ich nicht widerstehen hatte können, war ein Anfall von reinem Wahnsinn gewesen. Ich redete mir ein, dass das alles nie passiert wäre, wenn ich nicht so sehr aus dem Häuschen gewesen wäre.

Ich öffnete die Augen, ballte meine Hände zu kleinen Fäusten und ließ sie wieder los, bevor ich meine Arme wie Windmühlen schwang. Auch diesen Trick hatte ich gelernt, als ich tief in der Trauer versunken war, unter einer erdrückenden Last, von der ich nicht glaubte, sie jemals abschütteln zu können. Mein Therapeut hatte mir geraten, meinen Körper als Werkzeug zur Ablenkung einzusetzen, um meine Gedanken aus den Furchen meines Verstandes zu vertreiben. Und das hat tatsächlich geklappt, auch wenn ich gar nicht daran geglaubt hatte.

Nach ein paar Hampelmännern eilte ich durch mein Zimmer zu dem kleinen Kleiderschrank und holte ein sauberes Shirt heraus. Ich kümmerte mich nicht so sehr um mein Aussehen, wenn ich arbeitete, aber ich versuchte, nicht zu viele Flecken zu machen. Als ich mir das Shirt über den Kopf zog, wurde mir klar, dass ich ungeduldig darauf wartete, dass der Tag vorbei war. Ich hatte mich schon die ganze Zeit lang auf das Abendessen mit Nora gefreut. Um ehrlich zu sein, war ich ziemlich neugierig auf das Nachtleben in Diamond Creek.

Obwohl ich schon ein paar Mal alleine in die Stadt gefahren war und auch ein- oder zweimal, um mit Cat Besorgungen zu machen, die immer hilfsbereit war und auch den Überblick darüber behielt, was wir für die Küche brauchten, hatte ich noch nicht viel Zeit zum Vergnügen dort verbracht. Während ich jetzt die Wendeltreppe hinuntereilte, versperrte mir Flynn nicht den Weg, sodass ich es ohne Probleme nach unten schaffte.

In Alaska wurde mir klar, dass ich mich ganz gut alleine durchschlagen konnte. Obwohl meine Entscheidung, hierher zu kommen, eher Zufall gewesen war, hatte sie sich doch als gut für mich erwiesen. Abgesehen von meinem unstillbaren Verlangen nach Flynn.

Kapitel Vierzehn

FLYNN

Während des Wendemanövers blickte ich auf den Gletscher zwischen zwei Berggipfeln, der im Sonnenschein blau glühte und wie aus einer anderen Welt wirkte. Ich hörte ein paar Rufe aus dem hinteren Teil des Flugzeugs und neigte mich zur Seite, um eine bessere Sicht auf das Geschehen zu ermöglichen. Dann hielt ich mich entlang der Berge, die die Kachemak Bay umgaben, bevor ich nach Diamond Creek zurückkehrte.

Der Großteil dieses Gebiets war unbebaut, besonders auf der anderen Seite der Bucht. An den Ufern lagen ein paar Dörfer der indigenen Bevölkerung Alaskas verstreut.

Ich hatte die Gruppe für den Vormittag nach Seldovia, einer der ältesten Orte der Gegend, geflogen, um das malerische Städtchen zu besichtigen. Innerhalb einer halben Stunde war ich gelandet und hatte das Flugzeug in den Hangar gerollt, nachdem alle ausgestiegen waren. Es war schon später Nachmittag und ich ging wie üblich alles im Flugzeug durch, bevor ich für den Tag abschloss. Ich räumte gerade ein paar Sachen in unserem Lagerraum ein, als ich hörte, wie jemand meinen Namen rief.

Nachdem ich den Kopf herausstreckte, sah ich Elias auf mich zukommen. „Hier drinnen", rief ich.

Sein Kopf drehte sich in meine Richtung und seine Schritte

hallten in dem riesigen Raum wider, als er zu mir herüberkam. Er blieb in der Tür stehen, stützte seine Schulter gegen den Türrahmen und fragte: „Wie viele Trips haben wir morgen?"

„Vier. Du bist für zwei vorgesehen. Passt das?"

Elias nickte. „Klar. Ich plane nur gerade meinen Tag. Meine Mom kommt morgen Abend an."

„Ach ja, richtig. Sie übernachtet doch im Resort, oder?"

„Genau. Mach dich schon mal darauf gefasst, dass sie so neugierig ist wie eh und je", meinte er schmunzelnd.

„Fliegt sie nach Diamond Creek oder nach Anchorage?"

„Bis nach Diamond Creek. Ich habe ihre Flüge organisiert."

„Sie wird sich freuen, dich zu sehen." Ich schloss den Reißverschluss meiner Reisetasche und warf sie mir über die Schulter. „Bist du selbst mit dem Auto da oder fährst du mit Gabriel?"

„Ich bin heute Morgen mit ihm mitgefahren. Und jetzt habe ich gehofft, dass du mich mitnimmst."

„Kein Problem", antwortete ich, während wir uns umdrehten und gemeinsam hinausgingen. „Macht es dir etwas aus, wenn ich noch einen Kaffee hole?"

„Natürlich nicht."

Ein paar Minuten später standen wir auch schon in der Schlange beim Red Truck Coffeeshop. Cammi war heute nicht da und der Typ, der sie vertrat, sah ein bisschen überfordert aus. Sobald wir dran waren, war Elias ziemlich kurz angebunden mit ihm.

Ich warf ihm einen Blick zu und witzelte: „Nimm's nicht persönlich. Er ist bloß nicht gut drauf, weil Cammi nicht da ist."

Da hörte ich, wie Elias sich fast an seinem Kaffee verschluckte, und wandte mich um, um ihm auf den Rücken zu klopfen. „Ich bin sicher, dass sie morgen wieder da ist, oder?"

Der Typ nickte. „Ja, sie zieht um, also bin ich hier, während sie Leute zusammentrommelt, die ihr dabei helfen. Gleich morgen früh ist sie wieder im Laden. Ich hoffe, der Kaffee ist gut."

Ich nahm einen Schluck. „Köstlich, wie immer." Dann gab ich dem Jungen ein zusätzliches Trinkgeld.

Elias blieb während des ganzen Gesprächs schweigsam. Sobald wir wieder in meinem Truck saßen, rief er: „Du kannst mich echt mal."

Ich zog eine Augenbraue hoch, grinste und ließ meinen Wagen an. „Ich oder Cammi?"

„Du brauchst gar nicht so aufmüpfig grinsen, ich sag nur: Daphne."

Elias war nie zurückhaltend, und es war nicht das erste Mal, dass er mir wegen Daphne auf den Sack ging.

Er wusste ja nicht, dass ich so geisteskrank gewesen war, meiner völlig unangebrachten und lächerlichen Anziehungskraft auf Daphne nachzugeben. Bei der bloßen Erwähnung von Daphne durchzuckte mich ein Schauer und ich erinnerte mich sofort an ihren Körper, der in meinen Armen erschaudert war. Ich hatte keine Ahnung, was ich mir in jener Nacht gedacht hatte. Wahrscheinlich hatte ich überhaupt nicht nachgedacht. Und was noch schlimmer war: Ich bereute, dass ich nicht gleich aufs Ganze gegangen war. Aber mein blödes und völlig unangebrachtes Ehrgefühl hatte mich in Schach gehalten.

Und jetzt hatte ich keine Ahnung, ob ich jemals wieder so eine Chance bekommen würde. Aber ich wusste, dass die Chemie zwischen uns nicht nachlassen würde. Während ich abbog, konzentrierte ich mich auf die Straße. „Und was, wenn? Du bist nicht Cammis Boss. Du kannst mit ihr anstellen, was du möchtest. Außerdem bin ich mir sicher, dass sie dich auch mag."

Elias verengte seine Augen, als ich in seine Richtung blickte. „Verdammt noch mal, spiel jetzt bloß nicht den Kuppler."

Ich gluckste. „Das könnte ich auch zu dir sagen."

Ich spürte sein Achselzucken. „Wie auch immer. Außerdem glaube ich nicht, dass es so schlimm ist, dass du Daphnes Boss bist. Es ist ja nicht so, dass euch eine Personalabteilung auf den Fersen wäre."

Als ich langsamer wurde, um auf die Straße abzubiegen, die

uns zum Highway führte, erregte ein Hupen meine Aufmerksamkeit. Ich blickte nach links und sah meine Schwester Nora, die mit Daphne auf dem Beifahrersitz in ihrem Truck wie wild herüberwinkte.

Ich glotzte einen Augenblick zu lange, und Elias warf schon ein: „Siehst du? Ein Blick auf sie und dir fehlen die Worte."

Da wandte ich mich um und knuffte ihn leicht in die Schulter. „Du kannst mich mal."

„Ich oder Daphne?" Er lachte, als er mir meine eigenen Worte entgegenschleuderte. Als er sich gar nicht mehr einkriegen konnte, hob ich eine Hand, um Nora und Daphne zuzuwinken, und biss mir auf die Wange, um die beiden nicht zu fragen, wohin sie unterwegs waren.

Kapitel Fünfzehn

DAPHNE

„Oh, mein Gott", stöhnte ich, als ich gerade schlucken wollte. „Dieses Essen ist göttlich. Wenn ich hier in Diamond Creek ein Restaurant führen würde, wäre das eine ernsthafte Konkurrenz. Eigentlich wäre es überall eine ernsthafte Konkurrenz."

Ich nahm noch einen Bissen von dem mit Balsamico glasierten Lachs und genoss jede Sekunde, die er in meinem Mund war. „Wie schmeckt deiner?", fragte ich, während ich einen Schluck Wein trank.

„Göttlich, genau wie du gesagt hast." Nora hatte sich die Heilbutt-Tacos bestellt. Ich hatte schon ein paar Bissen genommen und ihr im Gegenzug etwas von meinem Lachs angeboten. Heilbutt-Tacos sind ein unverwechselbares Gericht in Alaska und schmecken köstlich. Der cremige und zarte Fisch harmonierte hervorragend mit der Salsa aus Koriander und Pfirsich.

Nora nahm einen weiteren Bissen und lehnte sich in ihrem Stuhl zurück. „Ich muss dringend einen Gang zurückschalten, um den unglaublichen Geschmack richtig genießen zu können. Aber ich muss sagen, dass dein Essen genau so gut ist wie das hier."

„Du brauchst mich nicht mit Komplimenten zu überhäufen",

erwiderte ich, bevor ich einen weiteren Bissen von meinem Lachs nahm.

„Das weiß ich doch, aber ich möchte, dass du weißt, dass dein Essen verdammt gut ist. Wenn ich das richtig verstanden habe, hast du früher eine Bäckerei geführt. Richtig?"

„Richtig. Die habe ich ganz allein auf die Beine gestellt. Ich koche für mein Leben gerne. Dass eure letzte Köchin gekündigt hat, war ein wahrer Segen. Ich kann tun, was mir Spaß macht, ohne den Druck, ein Restaurant zu führen."

Nora nahm noch einen Bissen von ihren Heilbutt-Tacos und beäugte mich dann misstrauisch. „Darf ich mal neugierig sein?", fragte sie mit einem Grinsen um die Mundwinkel herum.

„Ich bin mir ziemlich sicher, dass du das ohnehin wärst, aber da du so nett gefragt hast, erlaube ich es dir", erwiderte ich trocken.

Nora lachte gerade, als sich eine Frau unserem Tisch näherte. Nora kannte sie offensichtlich, denn ihr Gesicht verzog sich zu einem breiten Lächeln. „Hey, Delia." Sie stand auf und zog die Frau in eine kurze Umarmung. „Das ist meine Freundin Daphne", sagte sie und deutete auf mich. Ich wusste nicht, ob ich mich tatsächlich zu Noras Freundinnen zählen durfte, aber mir wurde ein bisschen warm ums Herz, als sie mich als solche bezeichnete. „Sie ist unsere neue Köchin."

Ich wollte schon aufstehen, aber Delia wedelte mit der Hand, sodass ich mich wieder auf meinem Stuhl niederließ. „Bitte bleib doch sitzen. Ich habe gehört, dass dein Essen ganz hervorragend ist", erwiderte sie und ihre blauen Augen funkelten. Mit ihren honigblonden Haaren und ihrem warmen Lächeln war Delia einfach bezaubernd.

„Du hast von meinem Essen gehört?" In meiner Brust kribbelte es. Obwohl ich mich in der Küche selbstbewusst fühlte, war es immer wieder beängstigend zu erfahren, was andere fähige Köche wohl dachten. Da ich aus einer Stadt kam, in der die Gründung eines neuen Restaurants ein halsbrecherisches Unterfangen war, gefiel mir sehr, wie unbekannt ich hier war.

Delias Augen funkelten. „Natürlich. Ich bin sicher, man fühlt sich da draußen wie am Ende der Welt, aber ihr seid nur zwanzig Minuten entfernt. Alle Gäste kommen nach Diamond Creek, um einzukaufen und noch mehr zu essen.“

„Wir lieben sie und ich habe Flynn schon eingeschärft, sie nicht wie ein Arschloch zu behandeln“, meldete sich Nora zu Wort.

Da sprudelte mein Lachen heraus. „Bis jetzt ist er mir ganz gut aus dem Weg gegangen.“

„Er hat nun mal ein Händchen für gute Köche“, meinte Nora entschlossen. „Übrigens, habt ihr die letzte Köchin eingestellt, die uns gekündigt hat?“ Ihr Blick wanderte zu Delia.

Delia schüttelte den Kopf. „Marley hat mir erzählt, dass sie sich beim Vorstellungsgespräch tatsächlich über Flynn beschwert hat. Obwohl es nicht zu meinen Aufgaben gehört, Flynn zu verteidigen, macht das nie einen guten Eindruck.“

Nora nickte, während ich schwieg, weil ich der Meinung war, dass ich in diesem Punkt nicht viel zu sagen hatte. Dann fiel Delias Blick wieder auf mich. „Willkommen in der Gegend. Wenn du weiterhin so gut kochst, wie man munkelt, brauchst du dir keine Sorgen zu machen, dass Flynn dich schikaniert.“

Delia verabschiedete sich mit einem leichten Druck auf meine Schulter und hielt sofort inne, um nach einem anderen Tisch zu sehen, als sie sich entfernte.

„Sie scheint wirklich nett zu sein“, stellte ich fest, nachdem ich einen Schluck von meinem Wein genommen hatte.

„Delia ist klasse. Obwohl wir beide hier in der Gegend aufgewachsen sind, habe ich sie erst in den letzten Jahren richtig kennengelernt. Sie war mir in der Schule ein paar Jahre voraus, und du weißt ja, wie das ist. Wie auch immer, sie leitet das Restaurant hier. Sie war jahrelang alleinerziehende Mutter, aber dann hat sie sich in Garrett Hamilton verliebt, dessen Familie diese Ski Lodge gehört. Er ist ein angesagter Anwalt, der aus Seattle hierhergezogen ist. Sein Bruder Gage betreibt die Hütte zusammen mit seiner Frau. Garrett hat hier Urlaub gemacht und sich in Delia verliebt. Es war alles ziemlich romantisch", erklärte Nora. „Es ist schön zu sehen, dass es ihr so gut geht. Und wenn sie schon von deinem Essen gehört hat, ist das ein gutes Zeichen."

Ich verdrehte die Augen. „Ich weiß das Lob zu schätzen, aber das hat nichts mit dem Geschäft zu tun. Die Leute essen so oder so bei uns. Sie kommen vielleicht ab und zu zum Mittag oder Abendessen nach Diamond Creek, aber ..." Ich zuckte mit den Schultern und sagte nichts mehr.

„Ich weiß, aber wir wollen doch, dass das Essen gut ist. Und du scheinst gegenüber Flynns Benehmen ein dickes Fell entwickelt zu haben", bot sie mit einem frechen Lächeln an.

„Ich weiß nicht so recht. Er wird schon mal brummelig, aber er schnauzt mich nicht so oft an."

Nora sah aus, als würde sie über etwas nachdenken, aber dann erhob sie einfach ihr Wasser und nahm einen Schluck. „Schmeckt dir der Wein?", fragte sie und deutete auf mein Glas. Sie blieb bei ihrem Wasser, da sie fahren musste, aber sie bestand darauf, dass ich diesen Wein probierte.

„Wirklich lecker. Hast du gesagt, dass er aus der Gegend kommt?"

„Ja. Von der Diamond Creek Brewery. Die machen auch Wein. Ich beknie Flynn immer wieder, ab und zu bei ihnen einzukaufen, aber er behauptet, das wäre zu teuer. Er macht sich ständig Sorgen ums Geld."

„Das habe ich auch schon mitbekommen."

Ich war so neugierig, so verdammt neugierig auf alles, was mit Flynn zu tun hatte, aber ich wollte mich nicht mit seiner Schwester über ihn auslassen.

Nora gab mir trotzdem Antworten. „Er macht sich seine Gedanken, weil er zu einem Haufen Schulden nach Hause zurückgekehrt ist. Grant hatte gerade mit dem College begonnen und ich war in der Highschool, als unsere Mom gestorben ist. Er hat mich und Grant durch das College gebracht und er hat Cat seit ihrem neunten Lebensjahr großgezogen. Er achtet immer darauf, dass er genug gespart hat, damit sie auch aufs College gehen kann. Ich ziehe ihn also nur auf, aber er ist der beste große Bruder, den ich mir vorstellen kann. Auch wenn er manchmal ganz schön schräg drauf ist."

Mein Herz machte einen komischen Purzelbaum in meiner Brust. Flynn war ein unglaublicher Mann und zudem so heiß, dass ich kaum aufhören konnte, an diese eine Nacht zwischen uns zu denken.

„Wow", antwortete ich. „Ihr habt echt Glück, ihn zu haben."

Nora nickte energisch. „Ja, er hat die Air Force für uns verlassen und ist nach Hause gekommen. Aber ich schätze, er war ohnehin bereit dazu. Wir alle machen ihm zwar manchmal die Hölle heiß, aber in Wahrheit sorgen wir uns bloß um ihn."

Gerade als ich dachte, Nora hätte ihre Neugier schon wieder vergessen, stellte sie ihre Frage. „Was für ein Leben hattest du eigentlich, dass du es dir leisten konntest, allein für einen Monat nach Alaska zu kommen? Wie hast du einfach all deine Pläne umschmeißen können, um hier zu bleiben und für uns zu arbeiten?"

„Das ist aber jetzt mehr als eine Frage", antwortete ich mit einem erschrockenen Lachen.

Nora zuckte ungeniert mit den Schultern. „Was macht das schon? Wir alle lieben dich und sind überglücklich, dass du geblieben bist."

„Ich bin mir ziemlich sicher, dass Flynn mich nicht liebt", murmelte ich.

Darüber musste Nora lachen. „Er liebt dein Essen, er liebt es, dass du ihm aus der Patsche geholfen hast, und er wird dich noch mehr lieben, wenn du bleibst."

Ich nahm einen Schluck von meinem Wein und drehte das Glas in meinen Fingern, bevor ich es absetzte. „Meine Antwort ist nicht einfach. Eines habe ich im letzten Jahr jedoch schon herausgefunden: Es ist immer besser, ehrlich zu sein. Die ganze Geschichte ist ein wenig heftig, also wenn du sie nicht hören möchtest, ist das völlig in Ordnung."

Noras Blick ernüchterte, als sie mich wieder ansah. „Erzähl mir bitte davon."

„Um deine erste Frage zu beantworten: Ich konnte mir einen Monat in Alaska leisten, weil ich mein Restaurant geschlossen habe und in einer begüterten Familie aufgewachsen bin." Ich zuckte mit den Schultern. „Das ist einfach nur Glück. Ich glaube nicht, dass ich das Geld verdient habe, und meine Familie schon gar nicht. Glaub mir, ich würde das Geld eintauschen, wenn ich könnte. Mein ganzes Leben ist vor anderthalb Jahren irgendwie aus den Fugen geraten. Ich hatte einen Sohn, Brandon. Ich war verheiratet, hatte mein Restaurant und viele Freunde. Ich habe mein Leben für ziemlich gut gehalten. Dann hat man bei Brandon im Alter von vier Jahren eine seltene Form eines Gehirntumors diagnostiziert."

Noras Augen weiteten sich und sie drückte ihre Hand auf ihre Brust über ihrem Herzen. „Oh, nein. Das tut mir so leid."

Ich hatte so oft geübt, das zu erzählen, dass ich es tatsächlich schaffte, ohne völlig zusammenzubrechen. Meine Brust fühlte sich zwar etwas hohl an, aber ich konnte atmen und mein Herz schlug hartnäckig weiter.

„Vielen Dank. Die Überlebenschancen bei diesem Krebs sind überhaupt nicht gut. Wir wussten fast sofort, dass er nicht überleben würde."

„Was für eine Art von Krebs?", fragte Nora leise.

„Medulloepitheliom. Er ist äußerst selten und wird meist bei kleinen Kindern diagnostiziert. Die durchschnittliche Überlebensrate liegt bei fünf Monaten."

Ich schluckte durch den schmerzhaften Knoten in meiner Kehle, als mir nun doch Tränen in die Augen stiegen. Ich blinzelte schnell und fuhr fort. „Er ist vier Monate später gestorben."

Da streckte Nora ihre Hand über den Tisch aus und ergriff meine. Wir standen uns nicht nahe, zumindest noch nicht, aber ihre Berührung war so warm und herzlich, dass ich fast weinen musste.

Ich riss mich zusammen und sprach weiter. „All das war

schrecklich, und das wünsche ich wirklich niemandem. Aber einen Monat bevor Brandon gestorben ist, habe ich herausgefunden, dass mein Mann eine Affäre mit einer meiner engsten Freundinnen hatte."

„Oh, mein Gott. Das ist ... einfach nur furchtbar!" Nora schaute entsetzt drein.

Normalerweise half mir meine Wut über diesen Teil der Erklärung hinweg, und so war es auch diesmal. „Ja, es war furchtbar. Er hat behauptet, es hätte daran gelegen, dass ich gefühlsmäßig so unnahbar war. Ich weiß nicht recht. Ich glaube nicht, dass ich das jemals wirklich erfahren werde. Aber er hat mich wohl nicht wirklich geliebt. Um ehrlich zu sein, weiß ich auch nicht, ob ich ihn überhaupt geliebt habe. Vielleicht habe ich die Vorstellung von dem, was wir hatten, geliebt, aber angesichts dieser tatsächlichen Bedrohung ist das alles als oberflächlicher Schwindel entlarvt worden. Der letzte Monat war heftig. Meine Freundin, oder besser gesagt meine Nicht-Freundin", sagte ich, während ich mit meinen Fingern Anführungszeichen in die Luft machte, „versuchte, sich zu entschuldigen. Sie war erschüttert, als alles ans Licht gekommen ist, weil ich mir nicht die Mühe gemacht habe, es geheim zu halten. Aber mir ist es zu mies gegangen. In dem Augenblick war mir einfach nicht mehr wichtig, den Schein für andere zu wahren."

Nora schüttelte den Kopf, ihre Augen waren geweitet. „Mein Gott. Hat sie gedacht, du würdest die Sache ihr zuliebe geheim halten?"

„Ich habe wirklich keine Ahnung. Aber das spielt für mich auch keine Rolle. Nach Brandons Tod bin ich irgendwie zusammengebrochen. Ich hatte mein Restaurant bereits geschlossen, nachdem wir von Brandons Diagnose erfahren hatten, aber ich habe mich geweigert, wieder für das Familienunternehmen zu arbeiten. Mein Vater leitet ein Investitionskonsortium, und die Familie meines Exmannes sind seine Partner. Meine Freundin, die eine Affäre mit meinem Ex gehabt hat, hat ebenfalls dort gearbeitet. Mein Vater war zwar so nett, sie zu feuern, aber er hat mir zu verstehen gegeben, dass ich mich mit meinem Ex abfinden müsse, da er zu wichtig für die Firma wäre. Ich hasse meine Eltern nicht, aber was ihnen wichtig ist, spielt für mich keine Rolle. Immer geht es nur ums Geschäft."

Als ich zu Nora hinüberschaute, um herauszufinden, wie sie darauf reagierte, schwieg sie, also fuhr ich fort. „Ich war eine Zeit lang bei einem Therapeuten. Als ich endlich so weit war, dass ich mich mit allem auseinandersetzen konnte, wollte ich eine so radikale Veränderung, um vielleicht herauszufinden, was ich in Zukunft von meinem Leben erwarten könnte. Ich bin fast zufällig auf euer Resort gestoßen. Bei meiner Onlinesuche habe ich eine Anzeige gesehen. Ich habe sie angeklickt und festgestellt, dass der Ort weit genug weg ist und sich so sehr von allem unterscheidet, was ich bisher gemacht habe, dass es vielleicht genau das ist, was ich brauche."

„Ich kann nicht glauben, was du durchgemacht hast", hauchte Nora.

„Ich komme schon klar", sagte ich. Und das meinte ich auch so. „So schrecklich das alles auch war, wenigstens musste ich mir keine Sorgen machen, die Rechnungen zu bezahlen. Ich habe etwas Geld von meiner Großmutter geerbt, das hat mich über Wasser gehalten. Ich kann jetzt nachts durchschlafen. Da ich immer noch nicht weiß, was ich langfristig machen möchte, braucht ihr euch keine Sorgen zu machen, dass ich meinen Job in nächster Zeit aufgebe. Außerdem gefällt er mir. Ihr habt überhaupt keine Erwartungen, also kann ich jeden Tag etwas anderes ausprobieren und machen, worauf ich Lust habe. Und das macht riesigen Spaß."

Nora sah wirklich besorgt aus, sie zog die Stirn in Falten und musterte mein Gesicht. „Wirklich, Nora, ich komme schon klar. Ich habe mir geschworen, immer die Wahrheit zu sagen, wenn ich gefragt werde. Kein Grund für Mitleid mit mir. Basta", erklärte ich entschieden.

„Dein Sohn ist gestorben. Ich kann einfach nicht fassen, wie schwer das gewesen sein muss."

„Oh, das war schon schwer, ja. Aber ich lebe immer noch und ich kann Freude empfinden. Ein Verlust ist immer schwer, egal um wen es sich handelt. Deine Mutter ist gestorben, als du noch zur Schule gingst, richtig?"

„Nun, ja. Das war hart, wirklich hart. Aber sie war meine Mom, nicht mein Kind. Auch wenn sie früher gestorben ist, als ich mir je gewünscht hätte, rechnet man immer damit, dass die Eltern zuerst gehen."

„Ich glaube nicht, dass man Situationen wirklich vergleichen kann. Es ist alles relativ. Aber erzähl mir doch mal von deiner Familie."

Nora schwieg ein paar Sekunden lang, bevor sie ihr Kinn zur Bestätigung senkte. „Du bist einer der stärksten Menschen, die ich kenne. Also, meine Familie. Nun, du kennst uns ja alle. Flynn ist mit seinem Vorsprung von sieben Jahren der Älteste. Er hat einen anderen Vater, den wir nie kennengelernt haben. Unsere Mom hatte nicht gerade das beste Urteilsvermögen bei Männern, aber sie war unglaublich. Flynns Dad ist abgehauen, noch bevor er geboren worden war. Sie hat ihn allein aufgezogen, bis sie unseren Dad kennengelernt hat. Dann sind Grant, ich und zuletzt Cat gekommen, aber die war bestimmt nicht das Schlusslicht."

Ich schnaubte ein Lachen. „Auf keinen Fall."

„Jedenfalls war unser Dad ein ziemlicher Arsch. Er war nicht wirklich fies, aber er hat die ganze Zeit nur rumgevögelt und ist gekommen und gegangen, wie er Lust hatte. Geldtechnisch sind wir gerade so über die Runden gekommen. Meine Mom hat nach dem Tod ihrer Eltern das Grundstück geerbt. Dad war Bauunternehmer, also haben sie mit dem Resort begonnen und den Betrieb aufgenommen, aber dann ist er wieder mal abgehauen. Eines Tages ist er an einem Herzinfarkt gestorben und hat unsere Mom mit einem Haufen Schulden und einer Menge anderer Probleme zurückgelassen. Flynn hat zwar Geld geschickt, wann immer er konnte, aber beim Militär hat er nicht gerade viel verdient. Unsere Mom hat an einer genetisch bedingten Autoimmunerkrankung gelitten und ist schließlich an den Folgen dieser Krankheit gestorben. Ich vermisse sie immer noch."

„Das glaube ich. Ich bin froh, dass ihr euch gegenseitig habt."

Nora lächelte sanft. „Stimmt. Manchmal treiben wir uns zwar gegenseitig in den Wahnsinn, aber Flynn hält uns alle zusammen. Wenn er nicht nach dem Tod unserer Mutter nach Hause gekommen wäre, wären Cat und ich vielleicht in einem Kinderheim gelandet. Grant war auf dem College, aber er hatte nicht viel Geld und das Gericht befürchtete, dass er uns nicht finanziell unterstützen könnte. Flynn hat sich sofort aus der Ferne eingeschaltet. Er musste ganz schnell nach Hause kommen. Und dann hat er sich auch noch mit mir herumschlagen müssen, als ich sechzehn war."

Ich lächelte. „Ich wette, das hat Spaß gemacht."

Nora zuckte leicht mit den Schultern. „Bestimmt. Heute können wir darüber lachen, aber ich war wahrscheinlich ein richtiges Miststück."

„Er liebt dich, so viel ist klar." Ja, das stimmte. Flynn war vielleicht nicht so gut auf mich zu sprechen, aber seine Liebe zu seiner Familie war unverkennbar.

„Und nun habe ich mir zum Ziel gesetzt, eine Freundin für ihn zu finden", bemerkte Nora.

Ich verschluckte mich fast an dem Schluck Wein, den ich gerade getrunken hatte. „Ist das dein Ernst?"

„Ja! Er muss einfach mal lockerer werden. Vielleicht hilft ihm ja Sex dabei. Für ihn gibt es nur Arbeit, Arbeit und noch mehr Arbeit und niemals Spaß."

Da beschloss ich zu schweigen. Ich konnte mit dem Gefühl der Besessenheit, das ich verspürte, gar nichts anfangen. Eigentlich hatte ich kein Recht, mich Flynn gegenüber besitzergreifend zu fühlen.

Dabei wollte ich ihn einfach nur ganz für mich allein haben. Auch wenn ich nie damit gerechnet hätte, jemals wieder irgendjemanden zu wollen. Ganz zu schweigen davon, dass ich mir ziemlich sicher war, dass ich nicht sein Typ war.

„Vielleicht bist das ja du", meinte Nora und warf mir einen prüfenden Blick zu.

„Oh, nein", antwortete ich und hielt eine Hand hoch. „Wage es bloß nicht, mich mit irgendjemand zu verkuppeln, und schon gar nicht mit Flynn."

„Ich vermute, dass er nur deshalb nicht in der Küche mit dir rummotzt, weil er total auf dich abfährt."

Meine Wangen glühten, aber ich schaffte es, mich nicht an meinem Getränk zu verschlucken.

Kapitel Sechzehn

FLYNN

Spät in der folgenden Nacht fuhr ich durch die Dunkelheit und beobachtete, wie der Mond über den Bergen aufging. Ich hatte einen ungeplanten Ausflug nach Anchorage unternommen, um einige Teile für einen Flugzeugmotor zu besorgen, nachdem eine unserer Maschinen Probleme bekommen hatte.

Ich hatte angenommen, dass alle schon schlafen würden, sobald ich zum Resort zurückkam. Obwohl ich den zusätzlichen Abstecher nicht unbedingt gebrauchen konnte, war ich doch erleichtert über die Abwechslung. Gestern Abend hatte Nora mir Daphnes Geschichte erzählt. Ich hatte mich bislang immer für einen ziemlich abgebrühten Kerl gehalten. Sieben Jahre in der Air Force und zwei Einsätze im aktiven Dienst hatten mich mit einigen schwierigen Situationen kämpfen lassen, aber nichts, was ich erlebt hatte, fühlte sich so grausam an wie das, was Daphne durchgemacht hatte.

An diesem Morgen hatte ich sie in der Küche beobachtet, während sie das Frühstück für alle unsere Gäste zubereitet und gleichzeitig die anstehenden Mahlzeiten für das Mittag- und Abendessen vorbereitet hatte. Sie hatte ihren Sohn verloren und einen schmerzhaften Verrat erlitten, aber sie machte mit ihrem hartnäckigen Funken an Lebensfreude trotzdem einfach weiter. Wie ein Sonnenstrahl, der durch die Ritzen kroch.

Mit dem Wissen um ihre Geschichte wurde mir der Spitzname, den ich ihr gegeben hatte, gleich noch viel sympathischer. Sie hatte tatsächlich diesen Prinzessinnen-Touch. Sie besaß genügend Frechheit und Temperament, um es allen zu beweisen.

Als sie sich umgewandt hatte und ihre atemberaubenden grünen Augen von der anderen Seite des Raumes auf meine getroffen waren, hatte ich mich wieder an diese Nacht des blanken Wahnsinns erinnert. Derzeit konnte ich es gar nicht gebrauchen, irgendwelche Gefühle für Daphne zu entwickeln. Also hatte ich mich beeilt und behauptet, ich müsse zwei unserer Flieger checken.

Die anderen Flugzeuge brauchten wir für Touristenausflüge, also war ich mit meinem treuen Truck über den Bergpass nach Anchorage gefahren. Es war schon nach Mitternacht, als ich vom Highway auf die Straße abbog, die mich nach Hause führen würde. Auf dem Parkplatz war ich überrascht, dass das Licht in der Küche noch an war, aber ich ging davon aus, dass jemand es einfach angelassen hatte. Im übrigen Resort war es ruhig, und die Lichter des Bewegungsmelders gingen an, als mein Truck sie auslöste.

Meine Stiefel knirschten im Kies, während ich meine Schlüssel einsteckte. Leise stieg ich die Treppe hinauf. Nachdem ich durch den hinteren Flur zum Eingang der Privaträume meiner Familie gelangt war, ließ ich meine Schlüssel in die Schale auf dem Tisch neben der Tür fallen. Nora war letztes Jahr in ein kleines Haus in der Nähe gezogen, und Grant pendelte zwischen hier und dem Bett der Frau hin und her, das er gerade wärmte. Jetzt waren es also nur noch Cat und ich. Cats Licht war noch an, also schaltete ich es aus und stellte fest, dass sie beim Lesen eingeschlafen war. Ich lief durch das Zimmer, nahm das Buch von ihrer Brust, schob das Lesezeichen hinein und legte es auf ihren Nachttisch.

Dann machte ich mich auf den Weg in die Küche, um das

Licht auszuschalten. Überrascht sah ich Daphne bei der Arbeit, als ich die Tür öffnete. In den Wochen, die vergangen waren, seit ich sie so unüberlegt eingestellt hatte, hatte ich festgestellt, dass sie unerbittlich hart arbeitete. In der Regel war sie lange vor allen anderen auf den Beinen, um eine Reihe von Backwaren für das Frühstück zuzubereiten, und arbeitete meist bis nach dem Abendessen.

Ich nahm mir einen Augenblick Zeit, um ihre Gegenwart in mich aufzunehmen. Ihr Haar war oben auf dem Kopf zu einem wilden Dutt zusammengebunden, und einzelne Strähnen hingen ihr in den Nacken. Sie trug eine Schürze über einem T-Shirt und ein Paar Leggings. Mein Blick verweilte auf der Kurve ihrer Hüften und der Vertiefung ihrer Taille.

Mir lief förmlich das Wasser im Mund zusammen bei dem Gedanken, durch die Küche zu gehen und meinen Kopf zu neigen, um mit meiner Zunge an ihrem Hals entlangzufahren. Denn ich wusste, dass sie süß schmeckte. Außerdem wusste ich, dass sie nach Zucker roch.

Um mich abzulenken, rief ich zu ihr hinüber: „Backst du normalerweise nachts, wenn wir anderen ins Bett gehen?"

Daphne zuckte leicht zusammen, drehte sich herum und schlug sich die Hand auf die Brust. „Lieber Himmel, hast du mich erschreckt!"

Mein gesunder Menschenverstand verlor sofort im Kampf mit meinem Bedürfnis, ihr näher zu sein. Ich durchquerte den Raum und blieb nur ein paar Schritte von ihr entfernt stehen.

„Tut mir leid", antwortete ich und meinte es ernst. „Ich wollte dich nicht erschrecken. Aber arbeitest du wirklich immer so lange? Ich glaube nämlich nicht, dass ich dir genug bezahle."

Ein Hauch von Rosa zeichnete sich auf ihren Wangen ab. Dann zog sie die Nase kraus und zuckte leicht mit den Schultern. „Manchmal. Aber du brauchst mir nicht mehr zu zahlen. Ich backe gerne."

„Schläfst du überhaupt? Du bist nämlich jeden Tag um fünf oder so auf, soweit ich das beurteilen kann."

Eigentlich wollte ich nur scherzen, aber dann sah ich ein Aufflackern in Daphnes Augen. Bevor ich etwas anderes sagen konnte, antwortete sie: „Ich schlafe nicht besonders gut. Wenn ich nicht schlafen kann, komme ich hier runter und backe."

Ich hatte in letzter Zeit viel zu viel darüber nachgedacht, was Nora mir erzählt hatte. Die Ursache für ihre Schlaflosigkeit lag bestimmt darin, dass das Leben viel zu grausam und ungerecht zu ihr gewesen war. Also stieß ich schneller hervor, als mir überhaupt bewusst war: „Das mit deinem Sohn tut mir leid."

Da weiteten sich Daphnes Augen, und ihr Atem kam in einem erschrockenen Schnaufen heraus. Während ich sie so beobachtete, konnte ich fast sehen, wie ihr sprichwörtlicher Schutzpanzer sich um sie legte.

„Nora hat mit dir geredet", sagte sie, jedes Wort vorsichtig und bedacht.

„Das stimmt. Ich hätte nichts sagen sollen." Ich hatte keine Ahnung, wie ich mich zurückhalten sollte, und hatte das Gefühl, ganz ohne Absicht einen äußerst persönlichen Augenblick gestört zu haben.

Daphne schüttelte kaum merklich den Kopf und sie hob ihr Kinn an. „Ich habe ja auch nicht unbedingt darum gebeten, dass sie es für sich behält. Es ist kein Geheimnis. Bloß mein verkorkstes Leben."

Wir musterten uns und ich dachte darüber nach, was Nora mir erzählt hatte: Nachdem bei Daphnes Sohn ein schrecklicher Tumor diagnostiziert worden war, hatte sie erfahren, dass ihr Mann eine Affäre mit ihrer Freundin hatte. Was für ein verdammtes Arschloch. Am liebsten hätte ich ihre Drachen persönlich erschlagen.

Da sie mir in gewisser Weise die Erlaubnis dazu gegeben hatte, trat ich einen Schritt näher. Denn irgendwie musste ich sie das wissen lassen. „Das Leben ist manchmal beschissen, und es tut mir so leid. Dein Ex war ein blödes Arschloch. Er hat dich nicht verdient. Das weißt du doch, oder?"

Da weiteten sich Daphnes wunderschöne Augen und ihre

Wangen färbten sich wieder dunkelrosa. Mit geblähten Nasenflügeln holte sie tief Luft. „Das spielt eigentlich keine Rolle. Es ist Schnee von gestern."

Es schien, als wollte Daphne sich selbst genauso überzeugen wie mich. Ich konnte zwar nicht sagen, warum, aber ich konnte es nicht ertragen, dass jemand sie so nachlässig und grausam behandelt hatte.

Mit einem langen Schritt trat ich auf sie zu, hob eine Hand und fing eine Haarsträhne auf, die ihr ins Gesicht gefallen war. Ich strich sie zurück und steckte sie hinter ihr Ohr.

„Es gibt einen Grund, warum ich dich Prinzessin nenne", murmelte ich.

Daphnes Zunge fuhr heraus und strich über ihre Unterlippe, bevor sie fragte: „Wirklich?"

Genau wie in jener Nacht, die nun schon Wochen zurücklag, fühlte es sich an, als wäre dieser Augenblick aus dem Hier und Jetzt gefallen.

„Weil du für mich eine bist, und du solltest auch so behandelt werden."

Daraufhin starrte Daphne mich an. Während ich mit meinen Fingerknöcheln über die flaumige Haut ihres Halses strich, spürte ich das wilde Flattern ihres Pulses.

„Oh", erwiderte sie.

Weil mir in diesem Augenblick nichts anderes einfiel, neigte ich meinen Kopf und drückte meine Lippen auf ihre. Zwischen uns knisterte eine elektrische Spannung, die sich wie ein Feuer in meinem Körper ausbreitete.

Was wie ein Versuch begonnen hatte – um herauszufinden, ob das Feuer so heiß brannte, wie ich es in Erinnerung hatte, und ob Daphne sich das genauso sehr wünschte wie ich –, verwandelte sich im Nu in etwas viel Echteres. Ich strich mit meinen Lippen über ihre. Als ich ein leises Schnurren in ihrer Kehle hörte und spürte, wie sich ihre Hand um meinen Nacken legte und ihre Finger in meine Haarspitzen fuhren, trat ich noch näher. Dieser ganze Augenblick fühlte sich regelrecht wie warmer Honig an, der von einem Löffel tropfte. Ich atmete aus und drehte ihren Kopf zur Seite, während ich mit meiner Zunge in ihren Mund eindrang.

Sobald ihre Zunge auf die meine traf, wurde unser Kuss zu einer regelrechten Verfolgungsjagd. Ich hörte mein eigenes Knurren, und dann zog ich sie an mich, während ihre Zunge mit meiner in seidenweichen, sinnlichen Streicheleinheiten wetteiferte.

Als wären die Schranken, die mich zurückgehalten hatten, in Stücke gesprengt worden, versuchte ich, sie näher an mich zu ziehen. Daphne war das reine Oktan, das in ein Feuer gegossen wurde, das nur für sie loderte.

Ich spürte den Druck ihrer Fingernägel, während ihre Hand hastig über meinen Rücken glitt, und dann spürte ich ihre Handfläche warm auf meiner Haut, als sie mein Shirt hochschob.

Sie keuchte: „Flynn!", nachdem ich meinen Mund ruckartig von ihrem gelöst hatte und mit meinen Lippen und Zähnen eine feuchte Spur an ihrem Hals entlangzog.

Nichts kümmerte mich mehr als Daphne und das Verlangen, das mich durchfuhr. Ich schob ihr Shirt mit einer Hand hoch und stöhnte laut auf, als meine Handfläche ihre seidig weiche Haut berührte. Dann umfasste ich eine Brust, kniff leicht in ihre Brustwarze und stieß ein zufriedenes Knurren aus, als sie sich unter meiner Berührung zusammenzog.

Nachdem ich ihr Shirt weiter nach oben geschoben hatte, ließ ich meinen Mund über ihre Brustwarze gleiten, während ich ihren BH herunterzog und sie ihren Brustkorb aufblähte. Ich musste sie unbedingt anfassen, unbedingt haben. Ihre Hand krallte sich in mein Haar, als mein Mund sich wild, viel zu wild um ihre Brustwarze schloss. Aber ich konnte nicht nachdenken; konnte es nicht aufhalten.

Daphne war genauso aufgebracht wie ich. Ihre Hände waren damit beschäftigt, an den Knöpfen meiner Jeans zu zerren, während ich ihre Leggings um ihre Hüften schob. Dann schob ich ihr Höschen beiseite und stellte fest, wie glitschig, heiß und bereit sie war. Ihr Kopf sank in meine Halsbeuge und ich spürte ihren warmen Atem auf meinem Schlüsselbein, als sie erschauderte, während ich zwei Finger in ihr Inneres schob.

Doch ich brauchte mehr. Diesmal brauchte ich alles von ihr. Sie schrie auf, als ich meine Finger wegzog, aber ich hob sie in meine Arme und murmelte: „Ich bin ja da. Lass mich einfach für dich sorgen."

Mein Verstand war benebelt von Lust und Verlangen, aber auch von einem ausgeprägten Bedürfnis, sie zu beschützen. Ich drehte mich herum, ließ ihre Hüften auf den Tresen gleiten und befreite sie von ihren Leggings und ihrem Slip, die auf den Boden fielen.

Dann schob ich mich zwischen ihre Beine und Daphne schob ihre Hand in meinen offenen Hosenschlitz und streichelte meinen Schwanz einmal durch die Boxershorts, bevor sie sie nach unten schob und er heraussprang. Alles war wie ein Rausch, während unsere Körper sich ohne Worte miteinander verständigten.

Ich brauche dich.

Jetzt.

Kann nicht warten.

Beeil dich.

Dann war ich mit meiner Eichel auch schon an ihrem klitschnassen Eingang, und ihre Beine legten sich um meine Taille. Es war mehr als berauschend, langsam in ihre gleißende Höhle zu gleiten. Unsere Köpfe neigten sich zueinander und wir atmeten schwer. Und unsere Herzen fühlten sich an, als würden sie nach ihrem ganz eigenen Metronom schlagen.

Kapitel Siebzehn

DAPHNE

Ich konnte vor lauter Gefühlen kaum atmen, während ich mich an Flynn klammerte. Der Rausch, mit dem er mich erfüllte, war überwältigend. Es war schon eine Weile her, und ich war eng. Ich schnappte nach Luft und er murmelte direkt neben meinem Ohr: „Nur Geduld. Ich passe schon auf dich auf."

Ich war unruhig und begierig, und das Verlangen saß mir förmlich im Nacken. Er hielt still und zog meine Hüften näher an den Rand des Tresens, was mir ein raues Stöhnen entlockte, als ich spürte, wie groß er war, während er tiefer in mich eindrang.

Durch die veränderte Stellung entspannten sich meine Beine und der Winkel erzeugte eine sanfte Reibung genau dort, wo ich sie brauchte. Flynn hielt mich mit Leichtigkeit, eine Hand in meinem Haar, während sich unsere Köpfe zueinander neigten. Seine andere Hand lag um meine Hüften und seine Handfläche hielt mich mühelos fest.

Ich war von der Lust überwältigt. Gab mich einfach dem Augenblick hin und ließ mich von Flynn so fest umarmen wie noch nie zuvor in meinem Leben. Ich war so sehr daran gewöhnt, stark zu sein und mich zusammenzureißen, dass die Erfahrung des Loslassens jedes Gefühl verstärkte.

Flynns Lippen legten sich in einem heißen, offenen Kuss seitlich an meinen Hals. Jedes Gefühl verschmolz mit dem anderen. Immer wieder zog er sich leicht zurück und vergrub sich dann in mir. Die ganze Zeit über jagte ich meiner süßen Erlösung hinterher, während sich die Spannung in mir zu einem fast unerträglichen Schmerz verdichtete.

Ich hörte mich selbst flehen, und dann seine geflüsterte Antwort: „Ich halte dich fest. Lass einfach los."

Und das tat ich schließlich auch. Alles zog sich in meiner Mitte zusammen. Es kribbelte, und die Lust wirbelte wie feurige Rädchen durch meinen Körper, während sich mein Kanal um ihn herum zusammenzog. Ich hörte sein Keuchen, als sein Mund nach in einem weiteren Kuss über meinen Hals wanderte. Spürte, wie mich die glühende Hitze seiner Erlösung erfüllte und festhielt.

Einige Augenblicke lang blieben wir wie erstarrt. Mein Herz hämmerte wie wild in meiner Brust. Ich war über alle Maßen satt und entspannt. Als ob mein Verstand und mein Herz etwas gewusst hätten, was mein Körper nicht wusste, schlich sich ein Gefühl der Beklemmung ein, und ich verkrampfte mich.

Irgendwie schien Flynn genau zu wissen, was ich brauchte, bevor mir das klar war. Seine Hand lockerte sich in meinen Haaren, und seine Handfläche glitt beruhigend über meinen Rücken. „Prinzessin, entspann dich einfach."

Das tat ich auch. Ich weiß gar nicht, wie lange wir so verharrten. Schließlich befreite sich Flynn und wir brachten unsere Klamotten in Ordnung.

Ich war fast erschüttert von der tiefen Intimität, die zwischen uns herrschte. Als ich mich endlich dazu durchringen konnte, zu ihm aufzuschauen, eröffnete ich ihm: „Ich nehme die Pille."

Flynns Augen suchten ruhig mein Gesicht ab. „Normalerweise halte ich inne, um über alles nachzudenken, aber bei dir verliere ich irgendwie den Verstand."

Ich biss mir auf die Lippe und spürte, wie meine Wangen

heiß wurden. „Es scheint, als hätten wir gegenseitig diese Wirkung aufeinander."

Flynn sah aus, als ob er noch mehr sagen wollte, aber ich war nicht bereit für mehr. Ich rückte näher an ihn heran und beugte mich vor, um ihm einen Kuss auf sein stoppeliges Kinn zu drücken. „Gute Nacht, Flynn", flüsterte ich, bevor ich mich umdrehte und aus der Küche eilte.

Erst als ich die halbe Wendeltreppe hinauf war, fiel mir ein, dass ich noch ein paar Brötchen im Ofen hatte. Zurück in der Küche angekommen, stellte ich fest, dass Flynn nach ihnen sah. Am Ende half er mir beim Aufräumen, ohne dass wir ein Wort gewechselt hätten. Irgendwie wusste er, dass ich meine Ruhe brauchte.

Kurze Zeit später schlief ich ein und fragte mich, wie Flynn mich so gut verstehen konnte.

Kapitel Achtzehn

FLYNN

„Wie bitte?", stieß ich hervor und schaute in Diegos Richtung.

„Ich habe gesagt, es sieht ganz so aus, als wäre Mandy stinksauer auf dich", stellte Diego fest, lehnte sich in seinem Stuhl zurück und nahm einen Schluck von seinem Bier.

Ich blickte nicht einmal in Mandys Richtung. Gelegentlich verbrachte ich Zeit mit Mandy, aber nur ganz beiläufig und nicht oft. Ich würde es nicht mal als eine „Freundschaft mit Extras" nennen. Wir waren befreundet und es gab ab und zu das ein oder andere Stelldichein.

Ich nahm einen Bissen von meiner Pizza und zuckte mit den Schultern. „Das bezweifle ich. Außerdem, warum sollte sie sauer auf mich sein?"

Elias' Augenbrauen zogen sich zusammen. „Weil du sie links liegenlässt. Ich sage ja nicht, dass sie einen Anspruch auf dich hat. Aber wenn du sie dann doch mal lässt, bekommt sie normalerweise, was sie von dir möchte. Das ist alles."

„Heute Abend könnte sie auch einfach unsichtbar sein", fügte Diego hinzu und verdrehte seine grünen Augen.

Ich sah zwischen meinen beiden Freunden hin und her und zuckte mit den Schultern. „Sie ist nicht unsichtbar. Ich bin bloß nicht in der Stimmung."

Wir waren zum Abendessen in der Diamond Creek Brewery. Die befand sich in einem alten Flugzeughangar. Der offene Raum war in ein Restaurant und eine Brauerei umgewandelt worden. Die Brauerei war im hinteren Teil des Gebäudes untergebracht, wo die Edelstahlgeräte teilweise hinter einer Backsteinmauer sichtbar waren. An der Decke hingen Modellflugzeuge, die einen Hauch von Ausgefallenheit versprühten. Das Lokal war bei Einheimischen und Touristen sehr beliebt.

Alle paar Wochen kamen wir hierher, um zusammen etwas zu essen und zu trinken. Das Essen war immer gut, und die Auswahl an Bieren war kaum zu übertreffen. Gabriel und Grant waren erst vor ein paar Minuten gegangen, um in Sally's Bar, einem anderen beliebten Lokal, Billard zu spielen. Tucker war ein paar Stunden entfernt und übernachtete auf einem Zweitagesausflug in der Gegend rund um Katmai.

Diego fuhr sich mit der Hand durch sein dunkles Haar und warf mir ein verschmitztes Grinsen zu. „Ich schätze, ich weiß, warum du sie so abblitzen lässt."

Elias räusperte sich. „Wir alle wissen, warum."

Ich verzog keine Miene. „Dann erzählt doch mal."

„Du bist total scharf auf Daphne", konterte Elias schnell.

„Deine Prinzessin", fügte Diego mit einem Augenzwinkern hinzu.

Ich verbarg meine Verärgerung, indem ich einen Schluck von meinem Bier nahm. „Seit wann kümmert ihr euch darum, auf wen ich scharf bin?"

Diego zuckte leicht mit den Schultern. „Alter, es ist echt nicht leicht, dein Herz zu erobern. Ich glaube sogar, dass das noch keiner einzigen Frau gelungen ist, seit ich dich kenne. Mit Ausnahme von Daphne."

„Nun, das liegt daran, dass ich keine Zeit habe. Falls ihr es noch nicht mitbekommen habt: Ich arbeite immer und damit komme ich auch ganz gut klar."

Elias sah von der anderen Seite des Tisches zu mir herüber,

sein Blick war ernüchternd. „Das geht mir ja nicht anders. Und wir alle mögen Daphne. Sie ist einfach der Hammer."

„Und ihr Essen ist verdammt lecker", fügte Diego mit einem entschlossenen Nicken hinzu. „Vermassle es bloß nicht, indem du sie anmachst."

„Noch besser: Vermassle es nicht, indem du sie vögelst und damit noch alles schwieriger machst", meinte Elias.

Meine Freunde hatten doch keinen blassen Schimmer, wie schwierig die Lage schon war. Es war schon schlimm genug, dass ich vor dieser Nacht nur ein klein wenig von ihr besessen gewesen war. Aber danach kam es mir vor, als würde ich mit meinem Verstand Whac-a-Mole! spielen und jeden Gedanken an Daphne mit einem Hammerschlag zurückdrängen.

Und nach dem Abend in der Küche? War ich nicht mehr zu retten.

Jede Sekunde dieser Begegnung war tief in mein Gedächtnis eingebrannt und hatte sich in jede Zelle meines Körpers eingeprägt. Und dabei hatte ich noch nicht mal Gefühle in die Waagschale geworfen.

„Können wir endlich damit aufhören, mir wegen Daphne die Hölle heißzumachen? Das Letzte, was ich jetzt gebrauchen kann, ist, es mir mit der besten Köchin, die wir je hatten, zu versauen." Ausweichen war die einzige Verteidigung, die ich in diesem Augenblick hatte.

Diego nickte ernsthaft. „Eben."

„Deine Mom scheint ja mächtig Spaß zu haben", sagte ich zu Elias, weil ich hoffte, dadurch von mir ablenken zu können.

Elias grinste mich an. „Allerdings. Sie hat aber auch schon festgestellt, dass du auf Daphne stehst und findet, dass Daphne die Richtige für dich wäre."

Ich ließ meinen Kopf hängen und seufzte.

Diego hatte Erbarmen mit mir. „Ach, wir lassen dich erst mal in Ruhe."

„Hey, Leute", meldete sich eine Stimme.

Als ich zur Seite schaute, sah ich wie Jared Winters sich dem

Tisch näherte. Nachdem wir uns alle begrüßt hatten, wandte sich Jared mir zu. „Nimmst du Treys Angebot an?"

„Ich denke schon", antwortete ich. „Ich muss nur noch die Finanzen klären. Ich habe nicht genug Geld auf der hohen Kante, um ihn auf der Stelle auszubezahlen, also muss mich noch mit der Bank zusammensetzen."

Jared beäugte mich misstrauisch. „Du schaffst das schon. Ich wünschte, ich könnte Flugzeuge fliegen. Ich würde sein Angebot sofort annehmen."

„Hey, Mann, wir nehmen dich für ein paar Flugstunden mit in die Luft", bot Diego mit einem schnellen Grinsen an.

Jared betrieb mit seinen beiden Brüdern ein Charterbootgeschäft. Während wir durch die Lüfte flogen, erledigten sie alles auf dem Wasser. Sie schickten oft Gäste zu uns und wir taten das Gleiche im Gegenzug.

Jareds grüne Augen funkelten, als er lachte. „Nee, Mann. Ich habe keine Zeit, etwas Neues zu lernen. Vergiss nicht, dass ich einem Kleinkind hinterherjagen muss", fügte er hinzu.

„Tja, das ist immer so eine Sache", antwortete Diego grinsend.

Jared nickte. „Glaub mir, ein Baby zu bekommen ist schwieriger als ein Flugzeug zu fliegen, aber ich würde es immer wieder tun. Wie auch immer, ich muss jetzt weiter. Ich bin nur hier, um was zum Essen und ein paar Flaschen Bier zu besorgen."

„Bis später", sagte ich und winkte.

Jareds Unterbrechung führte dazu, dass Diego und Elias nicht weiter über Daphne sprachen. Wir unterhielten uns über dies und das. Leider – zumindest für mich – war Daphne immer in meinen Gedanken. Nachdem ich den beiden zum Abschied gewunken hatte, weil sie zusammen hergefahren waren, fing Mandy mich auf dem Parkplatz ab.

„Flynn!", rief sie.

Ich warf einen Blick über meine Schulter und sah, wie sie mit knirschenden Schritten über den Schotter des Parkplatzes lief.

Ich lächelte, ließ mir aber nichts anmerken. Mandy blieb neben mir hinten an meinem Truck stehen.

„Hey.“

Ich legte den Kopf schief. „Hey.“

Mandy war wunderschön. Sie hatte kastanienbraunes Haar und große blaue Augen. Sie war großgewachsen und gertenschlank und normalerweise auf der Suche nach Spaß ohne Verpflichtungen.

Das funktionierte bei mir meistens auch. Aber jetzt spürte ich nicht mal mehr den geringsten Funken Interesse für sie. Ich wollte die beiden nicht miteinander vergleichen, denn das wäre nicht fair. Allerdings war Daphne mit ihrem zierlichen, kurvigen Körper und ihren blitzenden grünen Augen das Einzige, was derzeit mein Interesse weckte. Als Mandy plötzlich vor mir stand, ihre Augen zusammengekniffen und neugierig, versuchte ich tatsächlich, Interesse zu zeigen.

Doch ich fühlte nichts, überhaupt nichts.

„Ich lasse es für heute gut sein“, verkündete sie mit der Andeutung einer Frage am Ende.

„War schön, dich zu sehen, Mandy, aber ich hatte einen langen Tag und bin supermüde. Ich muss morgen früh raus.“ Was überhaupt nicht gelogen war.

Mandys Augen suchten mein Gesicht ab. „Ich nehme an, du hast keine Lust.“

Ich schüttelte den Kopf.

Da beäugte mich Mandy mit leicht zusammengekniffenen Augen und stützte eine Hand in ihre Hüfte. „Weißt du, das ist das erste Mal, dass du mir einen Korb gibst.“

Oh, verdammt. Das würde sie nicht auf sich sitzen lassen. „Mandy, nimm es nicht persönlich.“

Mandy verdrehte die Augen. „Aber es ist persönlich, Flynn.“

Offensichtlich nahm sie es persönlich. Ich war mir nicht sicher, was ich von ihrer Reaktion mir gegenüber halten sollte. „Ich hatte gedacht, wir wären uns einig. Ich erwarte überhaupt nichts von dir. Immerhin habe ich dich seit Monaten nicht mehr gesehen."

Mandy musterte mich lange, bevor sie ein genervtes Schnauben ausstieß. „Nicht, dass ich irgendetwas von dir erwarten würde, aber ich habe gedacht, wir hätten da was."

Offenbar war Mandy nur so lange umgänglich, wie ich ihr gab, was sie wollte. Ich drehte meine Schlüssel um meinen Zeigefinger, während ich sie ansah. „Ich bin mir nicht sicher, was ich sagen soll, Mandy." Wirklich nicht.

„Leck mich doch, Flynn."

„Es tut mir leid, Mandy."

Sie stakste wütend davon, während sie mir ihren Mittelfinger über die Schulter entgegenstreckte. So viel dazu. Ich hatte wirklich nicht vorgehabt, Mandy zu verletzen. Zwischen uns war nie etwas Ernstes gelaufen. Ich war im letzten Jahr vielleicht drei oder vier Mal mit ihr zusammen gewesen. Mein Leben ließ nicht viel Raum für soziale Kontakte. Offensichtlich war sie nur dann locker, wenn sie bekam, was sie wollte. Seufzend stieg ich in meinen Wagen.

Ich fuhr nach Hause und versuchte, das Pochen der Vorfreude nicht zu beachten. Trotzdem fragte ich mich unentwegt, ob Daphne wieder so spät in der Küche sein würde.

Ich war hundemüde und musste morgen früh raus. Doch das änderte nichts an der Tatsache, dass ich Daphne haben wollte. Und für sie würde ich die ganze Nacht aufbleiben.

Kapitel Neunzehn

DAPHNE

„Flynn! Ich habe dir doch gesagt, dass ich bei Sara war. Ich war nicht bei Jonathon." Cat drehte sich genervt um und stürmte aus der Küche.

Ich blieb an der Theke beschäftigt, wo ich gerade einen Dip würzte.

Noras nüchterne Antwort drang an meine Ohren. „Du weißt doch, dass sie sauer wird, wenn du nicht nachfragst, bevor du sie wegen irgendwas anmeckerst."

Ich brauchte nicht mal hinzusehen, um zu wissen, dass Flynn wahrscheinlich einen vernichtenden Blick in Noras Richtung warf. „Ich weiß. Ich rufe gleich Saras Mom an. Eine Sechzehnjährige zu erziehen ist nicht gerade einfach", murmelte er.

Dann verschwand er durch die Tür, die in den privaten Bereich führte, in dem er und Cat lebten. Ich schaute auf und sah Nora, die am Tisch stand und besorgt aussah. Sie hob ihren Blick und sah mir in die Augen. „Das sind mir vielleicht zwei." Sie deutete auf die Stelle, an der Flynn gerade noch gestanden hatte.

Ich zuckte leicht mit den Schultern. „Es ist gar nicht so einfach, Teenager zu sein. Ich kann mir nicht vorstellen, dass es für Flynn leicht ist, die Verantwortung zu tragen, schließlich ist er ihr Bruder."

Nora bewegte sich durch die Küche und ließ ihre Hüften auf einen Hocker auf der anderen Seite der Theke gleiten. „Nein, das ist es nicht. Aber Flynn hat sich das alles nicht ausgesucht."

„Ich habe nicht das Gefühl, dass er sich vor der Verantwortung drückt", antwortete ich. „Selbst Leute, die sich bewusst dafür entschieden haben, Eltern zu sein, haben in der Regel wenig Freude am Umgang mit ihren Teenagern."

„Natürlich nicht. Ich wünschte nur, Flynn würde nicht so viel arbeiten. Das stresst ihn nur noch mehr."

Ich nickte und drehte mich zum Ofen um. Ich hatte eine Million Fragen über Flynn, aber wenn ich meine Neugier stillte, indem ich sie stellte, würde ich nur noch weitere Fragen hervorrufen, warum ich das alles wissen wollte. Außerdem war ich ohnehin schon viel zu neugierig.

„Flynn und Cat kommen schon klar", stellte ich fest, als ich mich umdrehte, um mir eine Backform zu schnappen. Die stellte ich auf den Tresen und begann, den Paprika-Spinat-Dip in die Form zu löffeln.

„Das weiß ich doch. Cat vergöttert ihn. Es ist wirklich schön, dass du hier bist. Abgesehen von dem Essen, das übrigens hervorragend ist, mag Cat dich wirklich sehr", stellte Nora fest.

Ich lächelte. „Ich mag sie auch. Sie ist unglaublich witzig. Sie möchte nichts lieber, als Flugzeuge zu fliegen wie Flynn und Grant."

„Ich weiß. Sie möchte auch mehr Freiheiten, als Flynn ihr gibt."

„Unglaublich", erwiderte ich trocken.

„Sie möchte auch zur Air Force wie Flynn. Natürlich ist Flynn strikt dagegen. Die beiden streiten sich schon seit einem Jahr immer wieder darüber."

Ich konnte sowohl Cat als auch Flynn verstehen. „Ich kann mir schon denken, warum Cat in seine Fußstapfen treten möchte. Aber ich kann auch verstehen, warum Flynn sich Sorgen macht."

Nora nickte. „Ich auch, also halte ich mich da erst mal raus. Außerdem ist Flynn in letzter Zeit ziemlich launisch. Ich wünschte, er würde jemanden finden, der ihn aufmuntert. Aber daran will er überhaupt nicht denken. Er glaubt nicht an die Liebe, wegen unserer Mutter und ihrem beschissenen Händchen mit Kerlen."

Gut, nun wurden aus einer Million Fragen gleich zwei Millionen Fragen über Flynn. Da rettete mich Flynn vor meiner Neugier und öffnete die Tür am hinteren Ende der Küche. Er kam mit finsterer Miene vorbeigeschlendert. Dabei sagte er kein Wort zu Nora und mir. Nora warf mir einen besorgten Blick zu und stieß sich von der Theke ab, um ihrem Bruder zu folgen.

Ein paar Minuten später kam Cat heraus. „Flynn ist so ein Arschloch", verkündete sie.

Ich räumte das Geschirr in die Spülmaschine und warf einen Blick über meine Schulter. „Er ist schon weg, also kein Grund, eine Szene zu machen."

„Seit ich vergessen habe, ihm zu sagen, dass Jonathon letztes Wochenende auf Saras Party sein würde, haben wir uns dreimal gestritten. Würdest du für mich mit ihm reden?"

Erschrocken ließ ich meine Hände sinken und drehte mich zu ihr um. „Auf keinen Fall."

„Daphne, bitte", flehte Cat.

„Cat, ich spreche auf keinen Fall mit deinem Bruder über diese Sache. Das ist eindeutig eine Familienangelegenheit." Ich griff nach einem sauberen Handtuch von dem Stapel, den ich auf dem Tresen neben der Spülmaschine aufbewahrte.

„Aber Flynn mag dich. Er wird auf dich hören", widersprach Cat.

Plötzlich ging mir durch den Kopf, was wir noch wenige Abende zuvor auf dem Küchentisch miteinander angestellt hatten. Seitdem war Flynn mir gegenüber wieder äußerst zurückhaltend und hatte mich nur einmal Prinzessin genannt. Ich bezweifelte, dass das, was hier in der Küche vorgefallen war – und ich betete zu jedem Gott, dass Cat nie etwas davon erfahren möge – das war, was sie damit gemeint hatte, dass Flynn mich mochte.

„Süße", begann ich, als ich durch die Küche zu ihr hinüberging. „Ich arbeite hier, und Flynn pflegt, seine Köche zu verscheuchen. Ich würde mich aber gerne auch weiterhin gut mit ihm verstehen. Deshalb bin ich mir sicher, dass es keine gute Idee ist, wenn ich mich mit ihm über etwas unterhalte, worüber du dich mit ihm streitest. Außerdem ..." Ich hielt inne und hob eine Hand, um ihre Schulter leicht zu drücken. „Bist du erst sechzehn. Du wirst noch alle möglichen kleinen und großen Fehler machen. Hab einfach ein bisschen Geduld."

Cat musterte mich mit ihren blauen Augen, die mit ihrem rauchigen Saum denen von Flynn so ähnlich waren, rümpfte die Nase und stieß dann einen dramatischen Seufzer aus. „Warum sagen mir alle, ich soll einfach Geduld haben? Es kommt mir vor, als würde es ewig dauern, bis ich alt genug bin, um einfach zu tun, was ich möchte."

In diesem Augenblick kam Nora überraschend in die Küche zurück. Daraufhin drehte sich Cat in ihre Richtung. „Selbst Daphne will nicht mit Flynn reden." Dann stürmte sie davon.

Ich begegnete Noras besorgtem Blick und hob meine Hände in die Luft, bevor ich sie wieder sinken ließ. „Tut mir leid. Ich wollte sie nicht noch mehr aus der Fassung bringen. Ich habe ihr nur zu verstehen gegeben, dass ich mich nicht in eine Sache zwischen ihr und Flynn einmischen werde."

Nora seufzte. „Wenn sie auf jemanden hört, dann auf dich. Sie betet dich an, das weißt du."

„Tatsächlich?"

Nora lächelte. „Sie möchte bei jeder Gelegenheit mit dir in die Stadt. Sie hat dich wahnsinnig gern hier. Sie freundet sich nicht so leicht mit Leuten an, deshalb ist es ein Wunder, dass sie überhaupt Zeit mit dir allein verbringen möchte. Ich glaube, für sie bist du so eine Art Mutter."

Ich nahm diese verblüffende Wahrnehmung stillschweigend auf. „Möchtest du einen frischen Kaffee?", fragte ich, als Nora ihre Ellbogen auf dem Tresen abstützte.

„Ja, bitte."

Ein paar Minuten später nippten Nora und ich an unserem Kaffee, während sie anmerkte: „Es ist ja nicht so, dass wir alle die besten Vorbilder als Eltern gehabt hätten. Deshalb sieht Cat auch so sehr zu dir auf."

Dabei dachte ich an meine eigenen Eltern, die bloß auf ihr Aussehen und ihren guten Ruf bedacht waren. „Was meinst du? Ihr steht euch doch so nahe."

Nora nickte. „Das stimmt ja auch. Unsere Mom war klasse, aber sie hatte kein Glück mit Männern. Flynns Vater ist nicht bei ihr geblieben. Heute stehen wir Flynn nahe, aber das war nicht der Fall, als wir noch jünger waren. Er war einfach so viel älter. Und unser Dad war ein Arschloch", erzählte Nora und verzog die Lippen. „Er ist einfach nie hier gewesen, sondern ist gekommen und gegangen, wie es im gepasst hat. Außerdem war er Flynn gegenüber wirklich gemein, weil er es nicht ertragen konnte, dass meine Mom jemals mit einem anderen zusammen war. Wahrscheinlich haben wir irgendwo Halbgeschwister, weil der Mann seinen Schwanz nicht in der Hose behalten konnte."

„War er denn gewalttätig?"

Nora trommelte mit ihren Fingerspitzen auf den Tisch. „Nicht körperlich, wenn du das meinst. Auf jeden Fall aber seelisch unserer Mutter gegenüber. Er hat sie ständig schikaniert. Als sie krank geworden ist, war er natürlich nicht in der Lage, ihr beizustehen. Nach dem Tod ihrer Eltern hat sie dann das Anwesen von ihnen geerbt. Und siehe da, da ist er plötzlich wieder aufgetaucht. Sie haben das Resort vor langer Zeit begonnen, aber nie ganz fertiggestellt. Er kannte sich nur im Baugewerbe aus und hat daher einen Großteil der Arbeit hier erledigt. Was uns Kinder betraf, so war er einfach ein riesiger Typ, der sich durch nichts aus der Ruhe bringen ließ. Zu Flynn war er ziemlich fies. Flynn hat sich ein paar Mal mit ihm gestritten, bevor er gestorben ist. Flynn ist für uns alle das, was einem Vater am nächsten kommt, aber ich bin mir nicht sicher, wie er sich in dieser Rolle fühlt. Er ist unglaublich verlässlich und fürsorglich, und ich schätze, das war manchmal ganz schön schwer für ihn. Er arbeitet sich für uns den Hintern wund. Cat bewundert ihn zutiefst. Deshalb möchte sie auch zur Air Force. Sie begreift nicht, dass ihn das wurmt. Falls du es noch nicht mitbekommen hast: Alle Jungs, die hier für uns fliegen, sind ihm hierher gefolgt, nachdem sie die Air Force verlassen haben."

„Das ist mir schon aufgefallen. Sie sind alle ziemlich dicke miteinander."

„Ich wünschte nur, Flynn würde sich so um sich selbst kümmern, wie er sich um alle anderen kümmert. Jeder andere hat Vorrang bei ihm."

Kapitel Zwanzig

FLYNN

Cat ließ mich den restlichen Tag links liegen. Zum Glück hatte ich ein paar kurze Flüge, sodass ich beschäftigt war. Cat schrieb mir später eine Nachricht und bat um die Erlaubnis, die Nacht bei ihrer Freundin Sara verbringen zu dürfen. Nachdem ich das mit Saras Mom geklärt hatte, erlaubte ich es ihr. Als ich an diesem Abend zurückkam, war es schon spät. Wieder mal. Diesmal lag es daran, dass ich alle unsere Flugzeuge einem Motorcheck unterzog.

Ich bin ein echter Workaholic, wie man so schön sagt. Als ich den Motor meines Pick-ups abstellte und die Scheinwerfer ausschaltete, entging mir nicht, dass ich in der Dunkelheit zwei erleuchtete Fenster sehen konnte, in der Küche.

Allein der Gedanke, dass Daphne wach sein könnte, ließ mir einen Schauer über den Rücken laufen. Ich versuchte, es zu unterdrücken, aber was ich für vernünftig und richtig hielt – Daphne zu meiden –, erwies sich angesichts meines aufkeimenden Verlangens nach ihr als äußerst wirkungslos.

Ich trat leise durch die Seitentür, die in einen Flur führte, der über einen Hintereingang zu dem Wohnbereich führte, in dem Cat und ich lebten. Ich hängte meine Jacke an einen der Haken an der Wand und blieb an der Tür stehen, die in die Küche führte, als ich eine Stimme hörte.

„Mom, ich komme nicht nach Hause, und ich kann nicht glauben, dass du überhaupt fragst."

Das war unverkennbar Daphnes Stimme. Sie hatte keinen besonders ausgeprägten Südstaatenakzent, aber ab und zu schlüpfte er durch.

Dann schwieg sie und ich konnte kaum fassen, dass ich hier stand und lauschte. Aber bei Daphne ließ ich mich zu vielem hinreißen, was ich selbst nicht glauben konnte. Da spielte die Vernunft keine Rolle.

Nach einem weiteren Augenblick, in dem sie vermutlich ihrer Mutter am anderen Ende der Leitung zuhörte, antwortete sie: „Brandon ist tot. Ich weiß, es wäre einfacher für euch, wenn ich zurückkomme und mich mit Pete versöhnen würde, aber daraus wird nichts. Für mich geht es hier nicht ums Geschäft. Ich war doch Dad und dir nie wichtig. Ihr habt mich das nur glauben lassen, weil ich alles mitgemacht habe, was ihr wolltet. Aber ich komme nicht nach Hause. Brandon ist tot und ich kann nicht glauben, dass du von mir verlangst, mich mit seinem Vater zu versöhnen. Pete hat mich mit einer Frau betrogen, die ich für meine Freundin gehalten habe. Während Brandon krank war." Daphnes Stimme hatte bei diesem letzten Satz einen scharfen Tonfall.

Zorn ballte sich zu einer festen Faust um mein Herz. Ich kannte die Einzelheiten der Ereignisse, weil Daphne Nora davon erzählt hatte. Trotzdem machte es mich rasend, sie aus ihrem Mund zu hören.

Nach einer weiteren langen Pause verabschiedete sich Daphne und sagte: „Ich lege jetzt auf. Mach's gut."

Mir war gar nicht aufgefallen, dass meine Hand auf dem Türknauf lag, bis ich spürte, wie fest ich ihn umklammerte. Ich hatte keine Ahnung, was Daphne fühlte, aber ich war verdammt sauer auf ihre Mutter.

Ihr Schweigen zog sich gerade so lange hin, dass ich mich fast dazu durchgerungen hätte, nicht in die Küche zu marschieren. Bis ich hörte, wie sie einen langen Seufzer ausstieß.

In weniger als einer Sekunde war ich durch die Tür. Ich schloss sie leise hinter mir und fand Daphne vor, die ihre Hände auf den Tresen gestützt hatte, den Kopf gesenkt und die Schultern leicht zitternd.

„Daphne."

Da wandte sie sich um und schlug sich die Hand vor die Brust. Ihre grünen Augen schimmerten von ihren Tränen und ihre Wangen waren feucht. „Flynn. Ich hatte keine Ahnung, dass du hier bist."

„Ich habe den letzten Teil eures Gesprächs gehört. Ich kann deine Mutter einfach nicht ausstehen", erklärte ich ohne Umschweife.

Daraufhin weiteten sich Daphnes Augen. Sie zuckte mit den Schultern. „Ich mag sie auch nicht wirklich", erwiderte sie mit einem bitteren Lachen.

„Nur damit du es weißt, ich lausche normalerweise nicht."

Sie musterte mich schweigend. „Ach nein?" Dabei zuckten ihre Lippen leicht.

„Nein. Machst du jetzt Feierabend?"

Schließlich löste ich meinen Blick von ihr und suchte die Küche ab. Alles war ausgeschaltet und weggeräumt. Daphnes Schürze lag zerknittert auf dem Tresen und ein Küchentuch daneben.

Als mein Blick zu ihr zurückkehrte, nickte sie. „Ich wollte gerade nach oben gehen, aber ich habe daran gedacht, vorher noch ein Glas Wein zu trinken. Der Tag war ganz schön heftig."

„Komm doch mal mit." Ich schritt zu ihr, klaubte das Handtuch und die Schürze von der Theke und warf sie in den Wäschekorb neben dem Geschirrspüler. Dann nahm ich ihre Hand in meine und zog sie zur Tür.

Sie blieb stehen und zupfte an meiner Hand. „Ich kann da

nicht reingehen", flüsterte sie. „Cat ist da drin und sollte im Bett sein, wenn sie es nicht schon ist."

„Cat verbringt die Nacht bei einer Freundin. Und es gibt keinen Grund zu flüstern."

In diesem Augenblick hätte ich Daphne am liebsten geküsst. „Komm doch mal mit", wiederholte ich. „Ich habe da was für dich."

Und Daphne folgte mir. Als ich vom Militär zurückkam, um mich um Grant, Nora und Cat zu kümmern, war dieser Teil noch nicht fertig. Also stellte ich diesen Teil des Resorts sofort fertig, damit wir ein gemütliches Zuhause hatten.

Der Hauptbereich war eine Mischung aus Wohnzimmer und Küche. Ich zog meine Schuhe aus, und Daphne folgte mir. Sie trug ein übergroßes T-Shirt, das in der Taille verknotet war, und Leggings. Sie blickte zu mir auf, als wartete sie darauf, dass ich ihr sagte, wohin sie gehen sollte.

„Bin gleich da", rief ich und deutete in Richtung des Sofas, das den Großteil des Wohnzimmers einnahm.

Dann ging ich in die Küche und holte zwei Flaschen Cider von der Diamond Creek Brewery. Zurück im Wohnzimmer, stellte ich die Flaschen auf den Tisch. Daphne saß auf dem Sofa und hatte die Hände über den Knien verschränkt. Sie strahlte diesen adretten, Prinzessinnen-Charme aus. Ich hätte sie am liebsten um den Verstand geküsst und ihr Haar verwuschelt.

„Hast du davon auch probiert, als du mit Nora im Restaurant der Lodge warst?", fragte ich, während ich die Flaschen öffnete.

Daphne schüttelte den Kopf. „Ich hatte Wein. Was ist das?"

„Delias Cider. Der ist richtig lecker. Sie hat ihn vor etwa einem Jahr in Flaschen abgefüllt und begonnen, ihn über die Brauerei zu verkaufen."

Daphne legte ihre Hand um eine Flasche, hob sie an und beugte sich vor, um daran zu schnuppern. „Es riecht sehr frisch."

Ich nahm einen Schluck und stellte fest: „Es ist mir egal, wie er riecht; er ist einfach lecker."

Daphne nahm einen Schluck und ihre Lippen verzogen sich

zu einem langsamen Lächeln. „Und wie. Im Süden gibt es keinen Cider, weißt du?“

„Das weiß ich eigentlich nicht, weil ich noch nie im Süden war. Aber da Apfelbäume dort wachsen, wo es kälter ist, ist es naheliegend, dass er dort beliebt ist, wo es schneit.“

Daphne nahm einen weiteren Schluck. Mit einem leisen Stöhnen stellte sie die Flasche auf dem Couchtisch ab. Wahnsinn. Es war ganz schön riskant, Daphne mit Essen und Trinken zusammenzubringen. Sie ließ sich ständig über Geschmäcker und Gerüche aus. Gut, dass ich zu beschäftigt war, um oft in der Küche zu sein, außer wenn ich Essen runterschlang.

„Entspann dich doch“, bat ich und klopfte auf die Rückenlehne der Couch.

Daphne verdrehte die Augen, zog ihre Knie an die Brust und schlang einen Arm darum. Mir gefiel das Aufflackern von Verletzlichkeit in ihren Augen nicht. So stark sie auch war, ihr Blick wirkte heute Abend fast gequält. Und da ich wusste, was sie durchgemacht hatte, erstaunte es mich, wie gut sie sich meistens zusammenreißen konnte.

„Wie war dein Tag?“, fragte sie höflich.

Ich nahm noch einen Schluck von meinem Cider, bevor ich die Flasche absetzte. Sie beugte sich vor, um nach ihrer Flasche zu greifen, aber ich kam ihr zuvor und reichte sie ihr.

Dabei rutschten ihre Knie nach unten, bis sie im Schneidersitz dasaß und ihre Hände um die Flasche Cider geschlungen hatte.

Sie nahm einen weiteren Schluck, als ich antwortete: „Viel zu tun.“

„Du hast immer viel zu tun, Flynn. Überhaupt findet Nora, dass du zu viel arbeitest. Sie macht sich Sorgen um dich.“

Ich gluckste. „Das weiß ich doch. Aber was die Arbeit angeht, bist du mir gar nicht so unähnlich. Seitdem ich deine Angewohnheit entdeckt habe, lange aufzubleiben und zu backen, arbeitest du in meinen Augen auch zu viel.“

Sie betrachtete mich ernst und nahm erneut einen Schluck

von ihrem Cider. Sie machte mit dem Getränk kurzen Prozess. „Das Zeug ist ziemlich stark", murmelte ich.

„Heute Abend brauche ich was Starkes."

„Sag mir doch, warum du nicht nach Hause möchtest."

Daphne nahm noch zwei Schlucke, bevor sie die Flasche wieder absetzte. „Nora hat dir alles erzählt, was?"

„Ich glaube schon."

„Nun, die Lage ist ziemlich verfahren, weil mein Ex und seine Familie die Geschäftspartner meines Vaters sind. Er ist als Finanzchef in der Firma meines Vaters der Nächste in der Reihe. Meine Eltern möchten, dass ich mich versöhne und die Wogen glätte. Für sie ist der äußere Schein besonders wichtig. Aber mir ist erst nach Brandons Tod klar geworden, wie unwichtig Äußerlichkeiten sind."

Daphnes Worte klangen ruhig und gemessen, ohne große Gefühlsregungen. Es war fast so, als hätte sie diese Worte eingeübt.

Mir fiel gar nicht auf, dass ich immer näher an sie heranrückte, bis meine Handfläche über ihren Arm glitt. Dann löste sie eine ihrer Hände von der Flasche und erlaubte mir, meine um ihre zu schlingen.

„Du bist ja eiskalt."

Sie zuckte mit den Schultern. „Mir ist meistens kalt. Das ist der Nachteil, wenn man klein ist."

„Du bist nicht gerade angetan von deiner Mutter", stellte ich fest.

Daphne betrachtete mich schweigend und nahm einen weiteren Schluck von ihrem Cider. „Du brauchst nicht meinetwegen sauer zu sein." Sie hob ihr Kinn leicht an, während sie sprach, ein Garant dafür, mein Verlangen nach ihr weiter anzuheizen.

„Ich weiß, dass du ganz gut selbst auf dich aufpassen kannst, Daphne, aber das heißt doch nicht, dass ich dich nicht beschützen kann. Daran kannst du gar nichts ändern."

Sie nahm einen weiteren Schluck von ihrem Cider und leerte die Flasche, bevor sie sich nach vorne lehnte, um sie auf den Couchtisch zu stellen. Als sie sich zurücklehnte, nahm ich sie in den Arm und zog sie auf meinen Schoß.

Kapitel Einundzwanzig

FLYNN

„Komm schon", murmelte ich, als ich meinen Kopf senkte und ihr einen Kuss auf die Seite ihres Halses drückte. Sie schmeckte heute Abend wie Zucker mit einem Hauch von Salz.

Dann hob ich meinen Kopf, während ich ihr die Haare aus dem Gesicht strich. „Sag mir, was du heute Abend gebacken hast, bevor ich zurückgekommen bin."

„Croissants."

Ich beugte mich vor und fuhr mit der Nasenspitze an ihrem Kinn entlang. „Rieche ich da etwa Butter?"

Daraufhin kicherte sie und mein Schwanz schwoll schmerzhaft an. „Vielleicht."

Dieses eine Wort kam hauchzart heraus, als ich leicht an ihrem Ohrläppchen knabberte. Ich hob eine Hand, um das Gummiband aus ihrem Haar zu ziehen.

„Was hast du vor, Flynn?", fragte sie. Ein leises Keuchen entwich ihr, als ich eine Brust umfasste und mit dem Daumen über ihre zusammengezogene Brustwarze strich.

„Ich probiere dich", murmelte ich gegen ihren Hals. Dann fuhr ich mit meiner Zunge über die weiche Haut dort, bevor ich mit meinen Zähnen leicht darüber kratzte.

Daphne erschauderte in meinen Armen. Ich spürte, wie ihre

Hand über meine Schulter glitt und nach unten rutschte. „Das ist einfach nicht fair", keuchte sie, als ich in ihre Brustwarze kniff.

„Was ist nicht fair, Prinzessin?"

Da verharrte Daphne ganz ruhig in meinem Schoß und ich hob meinen Kopf. Sie musterte mein Gesicht, bevor sie erwiderte: „Das ist erst das zweite Mal, dass du mich seit dem Abend neulich Prinzessin nennst."

Mein Herz pochte in meiner Brust. Natürlich war ihr das aufgefallen. Daphne achtete einfach auf alles. Ich hatte mich bewusst bemüht, sie nicht mit diesem Kosenamen anzusprechen. Ein dummer Versuch, mir einzureden, dass ich ihr nicht so sehr verfallen war.

„Wie kommt das?", fügte sie hinzu.

„Sag mir erst, was nicht fair ist", gab ich zurück, während mein Herz einen Schlag aussetzte.

Da errötete sie, und ich musste mich mit aller Kraft zurückhalten, um sie nicht zu küssen. Sie fuhr mit ihren Fingern über meine Brust. „Du bist einfach zu heiß. Ich wette, du gehst noch nicht mal ins Fitnessstudio."

Ich schüttelte langsam den Kopf. „Prinzessin, mein ganzes Leben ist ein einziges Fitnessstudio."

Sie blickte mich an und hob ihr Kinn leicht an, fast so, als wollte sie mich herausfordern, ihrer Frage auszuweichen. Und mein Herz machte einen tückischen Sprung. Ich wusste genau, warum ich sie nicht Prinzessin genannt hatte. Das wollte ich nur nicht direkt ansprechen. Aber dann wäre ich ja ein Feigling gewesen.

„Um ehrlich zu sein, machst du mich ziemlich verrückt, und ich habe versucht, in deiner Nähe vernünftig zu bleiben."

Da blinzelte Daphne und biss sich auf die Lippe. Genau die Lippe, die ich so gerne geküsst hätte. Also beugte ich mich vor und drückte ihr einen Kuss auf den einen und dann auf den anderen Mundwinkel.

„Ich mache dich verrückt?", fragte sie mit ihrer heiseren Stimme.

„Mhm." Ich spürte, wie sich meine Lippen zu einem langsamen Lächeln verzogen. „Das gebe ich zwar nur ungern zu, aber es ist wahr."

„Das ist ja großartig. Du machst mich nämlich ebenso verrückt, und ich habe schon gefürchtet, dass du wieder anfängst, mich links liegen zu lassen."

„Wieder?", konterte ich.

Daraufhin erröteten ihre Wangen noch mehr. „Ja. Nach der Nacht bei dem Typen da oben." Sie deutete mit einer flüchtigen Geste in eine Richtung, die eigentlich genau in der entgegengesetzten Richtung von Henrys Jagdhaus lag.

Ich legte einen Arm um ihre Hüften und zog Daphne ein wenig näher an mich heran. Angesichts dieser unsäglichen Versuchung hatte ich keine andere Wahl, als sie auf der Stelle zu vernaschen.

„Ich weiß, ich kann launisch sein, aber zufällig mag ich dich, Prinzessin".

So hatte ich das eigentlich gar nicht geplant. Verdammt, ich hatte überhaupt nichts mit Daphne geplant. Aber irgendwie fühlte sich das hier irgendwie intim an. Ich enthüllte Geheimnisse, an die ich nicht mal denken durfte, geschweige denn, dass ich mich wie ein dummer Junge gegenüber einem Mädchen fühlte.

Daphne schmiegte ihren Kopf an meine Schulter und wackelte leicht mit ihrem Hintern, das kleine Luder. „Zufällig mag ich dich auch, Flynn."

Dann hob sie ihren Kopf und strich mit ihrer Hand über mein stoppeliges Kinn. Anschließend küssten wir uns, immer weiter und weiter. Schließlich erhob sie sich und setzte sich rittlings auf meinen Schoß. Als sie ihre Hüften mit einem kleinen Brummen senkte und mich neckte, knurrte ich und löste meine Lippen von ihren.

„Das ist zu viel", murmelte ich zwischen zwei Atemzügen.

Daphne schenkte mir ein verruchtes Lächeln, bevor sie sich zurückzog und zwischen uns nach meinem Hosenstall griff. Sie bewegte sich blitzschnell. In einer weiteren Sekunde legte sich ihre Hand um mein hartes, erregtes Glied. Sie rieb über meine Eichel, aus der ein Tropfen Sperma lief. Als sie ihren Daumen dann auch noch anhob und ihn ableckte, war das das Geilste, was ich je gesehen hatte.

In der nächsten Sekunde kniete sie sich hin und beugte sich vor, um mich zu probieren: Sie strich sanft über die Eichel und ließ dann ihre Zunge herumwirbeln. Als sie dann ihren Kopf zur Seite neigte und mir einen glühenden Blick zuwarf, wäre ich in diesem Augenblick fast gekommen.

„Prinzessin …" Ein Stöhnen brach sich Bahn.

Gleich darauf nahm sie mich in den Mund und ihre Zunge glitt an der Unterseite meines Schwanzes entlang. In den nächsten Minuten wurde mir klar, dass Daphne mich nur allzu gerne quälte. Sie reizte mich, indem sie mich tief in den Mund einsaugte und sich dann wieder zurückzog, sodass ich fast in meine Erlösung gestürzt wäre, aber sie ließ mich nie ganz los. Danach glitt sie nach oben und wirbelte mit ihrer Zunge um meine Eichel. Dabei umfasste sie den Ansatz leicht mit ihrer Faust.

Irgendwo da drinnen kämpfte ich um die Kontrolle, als heiße Stromstöße meine Eier anspannten. „Daphne", keuchte ich und hielt mich an ihren Haaren fest. Wenn das gepiekst haben sollte, war ihr das völlig egal. Sie lachte verschmitzt und zog mich erneut in die Wärme ihres Mundes.

Diesmal zerrte ich vielleicht zu fest an ihren Haaren, sodass sie ihren Kopf hob.

„Ja?"

Sie war so frech und so verdammt scharf, dass ich mir ziemlich sicher war, dass sie mich für immer zugrunde richten würde. Keine andere Frau konnte mich jemals so wahnsinnig machen. Sie war wie ein Asteroid in mich hineingestürzt und hatte jede Erinnerung an vergangene Leidenschaften ausgelöscht.

„Ich muss unbedingt in dir sein", sagte ich laut.

Glücklicherweise erhörte sie mein Flehen und stand auf. Ich wurde mit einem kurzen Striptease verwöhnt, bei dem sie sich ihr T-Shirt vom Leib riss und aus ihren Leggings schlüpfte. Ihr BH folgte, während ich zwischen ihre Schenkel griff und mit meiner Handfläche über ihren Hügel strich. Die Seide ihres Höschens war schon klatschnass.

Sie stand jetzt zwischen meinen Knien, und als ich aufblickte, hoben und senkten sich ihre Brüste. Ihre Brustwarzen waren hart wie Kieselsteine und ich konnte nicht widerstehen, mich nach vorne zu beugen, um meine Zunge um eine davon zu legen und daran zu saugen. Ihre Finger verkrallten sich in meinen Haaren, während ich mich zu der anderen bewegte. Ich streichelte mit meinem Fingerknöchel leicht über die Seide, unter der ich ihren geschwollenen Kitzler spüren konnte.

Ich liebte ihren Körper einfach. Mit zurückgelegtem Kopf betrachtete ich ihre adrette Gestalt. Sie war zierlich und ihre Brüste waren einfach großartig, eine Handvoll. Ihr Hintern war süß. Die üppige Wölbung einer Pobacke schmiegte sich an meine Finger, als ich sie drückte. Sie schnappte nach Luft, während ich meine Hand abermals zwischen ihre Schenkel schob und sie noch immer nur über die Seide streichelte.

„Flynn", hauchte sie und dann stieß sie ein kleines Wimmern aus.

„Ja?", wiederholte ich mein Necken von vorhin.

„Ich brauche dich unbedingt in mir." Dann flogen ihre Wimpern nach oben, und sie musterte mich mit ihrem dunklen Blick.

Weil ich nicht widerstehen konnte, schob ich die Seide beiseite und fuhr mit meinen Fingern durch ihre geschmeidigen Falten. Ich spürte, wie sich ihre Pussy am Eingang wand. Schnell erhob ich mich.

Daphne warf mir noch einen frechen Blick zu. „Du hast viel zu viele Klamotten an."

Mit einem leisen Glucksen warf ich mein T-Shirt zur Seite

und streifte meine Jeans und Boxershorts ab. Daraufhin drehte sie sich um und schlüpfte aus ihrer Unterwäsche. Der Anblick ihres herzförmigen, prallen Pos begrüßte mich. Ich ließ eine Hand über eine Pobacke gleiten und verpasste ihr einen leichten Klaps. Als sie über ihre Schulter zu mir schaute, wusste ich genau, was ich wollte.

„Beug dich doch mal vor."

Zu meiner Freude willigte Daphne sofort ein. Im Nu waren ihre Hände über die Rückenlehne der Couch geschwungen, und ich ließ eine Hand über ihre Hüfte gleiten, während ich die andere ergriff. Dann fasste ich nach meinem Schwanz und schob ihn in ihren Spalt.

Sie gab einen kleinen Laut von sich, eine Mischung aus Wimmern und Stöhnen. Mit einem schnellen Stoß füllte ich sie aus und ließ eine Handfläche über ihre Wirbelsäule gleiten, um leicht in ihr Haar zu greifen.

Daphne stemmte ihre Hüften gegen mich und ihr Kanal war glitschig und eng um mich herum, und ich füllte sie wieder und wieder und wieder aus. Meine Erlösung war zum Greifen nah; ich konnte mich nur mit Mühe zurückhalten. Heiße Blitze durchzuckten meine Wirbelsäule, als sie mich Schlag für Schlag erfüllte.

Ich ließ ihre Haare los, ließ meine Hand herumgleiten und fand ihren heißen Lustknopf, der anschwoll, als ich ihn mit meinen Fingern umspielte. Sie schrie laut auf und ihre Hüften bäumten sich gegen mich auf, während sich ihr Kanal verkrampfte und meine Erlösung bis auf den letzten Tropfen aus mir herauszog.

Ein Aufschrei ging durch meinen ganzen Körper, als sich alles zusammenzog, bevor ich mich losriss. Als mein Bewusstsein wieder aufflackerte, hing mein Kopf nach unten, während ich nach Luft schnappte und mein Körper erschauderte.

Ich hatte Daphnes Hüfte zu fest umklammert, also ließ ich sie langsam los und strich mit meiner Handfläche über ihre

Haut. Widerwillig zog ich mich zurück und nahm sie in meine Arme, denn ich musste ihr jetzt ganz nah sein.

Daphne hob ihren Arm und ihre Finger spielten mit meinem Haar. „Wohin gehen wir?" Ihre Stimme war ein wenig heiser.

„Duschen", murmelte ich, bevor ich meinen Kopf senkte und ihr einen Kuss auf den Hals drückte. Es gefiel mir, dass ich die Gänsehaut auf ihrer Haut spüren konnte, als ich durch mein Schlafzimmer in den einzigen persönlichen Raum ging, den ich in meinem Leben noch hatte: in mein eigenes Badezimmer.

Nachdem ich den Lichtschalter mit meinem Ellbogen angestoßen hatte, hob Daphne den Kopf und sah sich um. „Oh, das ist nicht das Badezimmer, in das du mich schon mal gebracht hast."

„Nein. Das hier ist mein ganz persönliches Bad." Ich nahm sie in den Arm und trug sie durch den Raum bis zur Dusche, während ich mit einem Arm hineingriff und die Dusche einschaltete.

„Du kannst mich ruhig absetzen", meinte sie mit einem kleinen Lachen.

Das war das Verrückte daran. Normalerweise war Sex für mich genauso wie Essen. Oh, ich mochte beides sehr, aber es war ein Grundbedürfnis. Sobald dieses Bedürfnis gestillt war, war ich schon zufrieden.

Aber bei Daphne wollte ich immer noch mehr. Eigentlich hätte ich in diesem Augenblick noch eine zweite Runde vertragen können, aber vor allem wollte ich mit ihr einschlafen.

„Gleich." Dann trat ich in die Dusche und ließ sie unter dem dampfenden Wasser zu Boden.

Kapitel Zweiundzwanzig

DAPHNE

Bei Flynn ging ein Augenblick in den nächsten über. Plötzlich fand ich mich mit ihm in der Dusche wieder. Er seifte sich schnell und gründlich ein. Ehe ich mich versah, ließ er seine Hände über mich gleiten und drückte mich gegen die gefliese Wand, während er mich erneut ausfüllte.

Mit Flynn zusammen zu sein, war ein wahrer Rausch der Lust. Mit seinen Fingern brachte er mich in Sekundenschnelle zu einem weiteren Höhepunkt. Dann drang er in mich ein und löste sich von mir, während das Wasser um uns herum herabregnete. Und schon überrollte mich mein nächster Höhepunkt in langsamen Wellen heftiger Lust.

Nach dieser Begegnung – die mich überwältigte und mit der ich überhaupt nicht gerechnet hatte – hüllte er mich in einen der flauschigen Bademäntel des Resorts. Wir faulenzten auf seinem Bett und aßen Käse. Er hatte plötzlich Lust darauf, also holte ich welchen aus der dunklen Küche. Ich erfuhr auch, dass er Star Trek liebte. So wie ich auch.

Zudem stellte ich fest, dass er Heimwerkersendungen liebte. Ein weiteres stilles Vergnügen von mir. Mir wurde erst bewusst, dass ich an die Kissen gelehnt eingeschlafen war, als ich spürte, wie sich die kühle Decke über meine Haut legte. Flynn musste mir den Bademantel ausgezogen haben, da ich splitterfasernackt war.

Eine Gänsehaut jagte über meine Haut, und ich flüsterte: „Wann kommt eigentlich Cat nach Hause?"

„Nicht vor morgen Nachmittag." Seine Stimme war leise in der Dunkelheit. Dann rollte er sich hinter mir zusammen und zog mich an seinen kräftigen, muskulösen Körper.

Während ich einschlief, hatte ich einen Augenblick lang eine bestürzende Erinnerung. Ich dachte an das schreckliche Telefongespräch mit meiner Mutter. Das hatte ich inzwischen völlig vergessen. Mein Herz pochte wie verrückt, weil ich meinen kleinen Jungen vermisste. Aber eigentlich ging es mir gut. Genau genommen ging es mir sogar mehr als gut. Ich fühlte mich geborgen und sicher und über alle Maßen gesättigt.

Irgendwie wusste Flynn genau, was ich brauchte, um zu vergessen. Denn manchmal brauchte ich wirklich nur eine Flucht vor der Last der Trauer. Flynns Zauberfinger, seine Lippen, seine Zunge und sein Körper ließen mich alles andere vergessen, nur nicht ihn und die Gefühle, die mich durchströmten – er war die beste Fluchtmöglichkeit.

Verlieben würde ich mich jedoch nicht. Das konnte ich gar nicht. Ich glaubte wirklich nicht, dass ich dazu in der Lage war. Also würde ich es einfach so genießen, wie es war.

Ich fiel in einen traumlosen Schlaf und war so entspannt wie vielleicht schon lange nicht mehr. Schon bevor mein Leben in Scherben zerfallen war, hatte ich lediglich an der Oberfläche gekratzt. Ich hatte nicht viele Gedanken daran verschwendet, aber ich wusste, dass es noch mehr zu entdecken gab. Früher hatte ich nachts oft wachgelegen und mir Gedanken darüber gemacht, was ich in meinem Restaurant und im Geschäft meiner Familie alles nicht geschafft hatte. Dann hatte ich diese Sorgen gegen die eiskalte, erdrückende Angst vor Brandons fast sicherem Tod eingetauscht. Schließlich hatte ich seinen tatsächlichen Tod und den brutalen Verrat meines Mannes, meiner Freundin und meiner Familie überlebt.

Hier in Alaska in Flynns starken Armen konnte ich das alles vergessen. Wenn das Schlimmste schon passiert war, gab es nichts mehr, worüber man sich Gedanken machen musste.

In den folgenden Wochen entwickelten Flynn und ich eine gewisse Routine. Dazu gehörte, dass er sich jede Nacht in mein Zimmer schlich, außer an den Tagen, an denen Cat die Nacht bei ihren Freundinnen verbrachte. Das war etwa einmal in der Woche der Fall. Sie hatte mir erklärt, dass sie zu weit weg von der Stadt wohnte, um etwas Besonderes zu unternehmen, also verbrachte sie die Nacht normalerweise mit ihren Freundinnen dort.

Zwischen Flynn und mir knisterte es, wie wohl nur einmal im Leben. Sex war bei uns so unkompliziert. Er war immer feurig heiß und so gut, dass es fast wehtat. In diesen dunklen Stunden unserer Nächte gab es keinerlei Urteile und grenzenlose Freiheit.

Eines Tages, als ich nach dem Mittagessen in der Küche aufräumte, klingelte mein Handy.

„Hallo", sagte ich und ging ran, ohne die Nummer zu checken.

„Daphne, ich bräuchte dringend jemanden, der mich abholt", rief Cat aufgeregt.

Sie schniefte, und ich vermutete, dass sie weinte. Mein Magen zog sich vor Sorge zusammen. Ich war allein in der Küche und schaute mich um, als ob jemand auftauchen und mir sagen würde, was ich tun sollte. Es war früher Nachmittag, die Zeit, in der normalerweise alle weg waren. Flynn saß wahrscheinlich zusammen mit Grant in einem Flugzeug und Nora war mit einer Gruppe auf einer Wanderung.

„Cat, wo bist du? Bist du denn nicht in der Schule?"

Sie schniefte wieder und ein kleiner Schluchzer entwich ihr.

„Das sollte ich eigentlich." Danach folgte eine lange, schwere

Pause. „Bin ich aber nicht. Kannst du mich bitte einfach abholen?"

„Cat, Schatz, ich weiß nicht, ob das für Flynn in Ordnung ist."

Ich hätte so gerne zugestimmt, aber ich war mir nicht sicher, was ich tun sollte.

Cats schluchzender Atem drang laut durch das Handy. Ich hatte keine Ahnung, was vorgefallen war, aber ich wusste, wann ein Teenager am Rande eines Nervenzusammenbruchs war. Immerhin war ich selbst auch mal ein Teenager gewesen und konnte mich noch gut daran erinnern, wie schwer diese Zeit des Lebens sein konnte.

„Ich weiß, aber ich kann Flynn nicht anrufen. Er ist heute auf der anderen Seite der Bucht. Jeden Morgen schickt er mir seinen Flugplan, damit ich Bescheid weiß." Mir schlug das Herz bis zum Hals. Natürlich tat er das. Flynn würde wollen, dass Cat wusste, wo er war. „Er landet erst nach halb sechs. Nora ist auf der Wanderung, und Grant fliegt heute. Bitte, Daphne", flehte Cat.

Da zögerte ich nicht. „Natürlich. Sag mir einfach, wo du bist, und ich komme so schnell ich kann."

Cat gab mir schnell die Adresse durch und ich zögerte, aufzulegen. „Kommst du zurecht, bis ich da bin?", fragte ich. Ich hatte mein Handy auf Lautsprecher geschaltet, während ich die Adresse in eine Karten-App eingab. Es war eine halbe Stunde Fahrt.

„Ja. Beeil dich einfach."

In meiner Brust schlugen die Sorgen Purzelbäume und ich fuhr so schnell ich konnte die Schotterstraße hinunter, bis ich auf den Highway kam. Der Asphalt gab mir mehr Selbstvertrauen und ich raste in die Stadt. Leider war der Handyempfang die meiste Zeit der Fahrt mies, aber sobald ich mich Diamond Creek näherte, wurde er besser.

Als ich vor einem kleinen Haus anhielt, warf ich einen Blick auf die Uhr auf meinem Armaturenbrett. Cat sollte eigentlich in der Schule sein, aber das war sie nicht. Stattdessen war sie hier.

Noch bevor ich aussteigen konnte, kam sie durch die Vordertür des Hauses geschossen.

Im nächsten Augenblick stieg sie in meinen Geländewagen, den ich immer noch gemietet hatte, obwohl ich ihn nur selten benutzte. Ich hatte so viele Fragen, aber als ich einen Blick in ihr Gesicht warf, hätte ich sie am liebsten einfach umarmt. Aber das musste warten.

„Schnall dich an", rief ich, als ich den Motor wieder anließ.

Cat tat, wie ihr geheißen, und ich rollte bis zum Ende der Einfahrt und ordnete mich wieder in den Verkehr ein. „Alles in Ordnung?", fragte ich schließlich zwischen ihrem gelegentlichen Schniefen.

„Nicht wirklich", antwortete sie schließlich.

„Kannst du mir sagen, warum du nicht in der Schule bist? Bring es am besten gleich hinter dich und verrate es mir, denn Flynn musst du es später ohnehin erzählen", bot ich sanft an.

Ich spürte, dass Cat mich ansah, und schaute zur Seite. „Was?"

„Ich hatte gehofft, dass du es Flynn nicht erzählst", murmelte sie, während sie aus dem Fenster starrte.

„Cat, das kann ich nicht", erwiderte ich entschieden. „Was ist denn geschehen?"

Ich konnte sehen, wie ihr eine Träne über die Wange kullerte, als ich wieder zu ihr hinüberschaute, obwohl sie angestrengt aus dem Fenster guckte. Ich kramte in der Mittelkonsole zwischen den Sitzen und zog eine Packung Taschentücher heraus, die ich ihr leise reichte.

Sie schnäuzte sich geräuschvoll und stieß dann einen Stoßseufzer aus. „Du kennst doch den Typen, mit dem ich irgendwie zusammen bin?"

„Ich glaube, ich habe gehört, wie Nora dich neulich damit aufgezogen hat. Ist das nicht derselbe Typ, mit dem Flynn dich nicht auf das Boot gehen lassen wollte? Jonathon?"

„Ja. Ich habe mit ihm die Schule geschwänzt und er hat mich zum Haus seines Dads mitgenommen. Dort wollte er mit mir schlafen, aber ich habe abgelehnt. Daraufhin hat er mir vorgeworfen, ich würde Jungs bloß heiß machen und dann abhauen." All das kam zwischen einem Schluchzen heraus.

„Cat, das tut mir so leid. Jungs können manchmal echte Idioten sein. So eine bist du nie und nimmer."

Sie schniefte wieder. „Er hat wahrscheinlich schon irgendwo darüber gepostet. Ich hasse diesen Scheiß."

„Da gebe ich dir recht. Soziale Medien sind bei solchen Dingen echt nicht zu gebrauchen. Magst du ihn denn überhaupt noch?", fragte ich sanft.

„Keine Ahnung. Ich bin einfach nur stinksauer."

„Mach dir keine Vorwürfe, wenn du ihn trotzdem noch gern hast", sagte ich vorsichtig. „Manchmal machen Leute beschissene Sachen, und dann versuchen wir, ihnen trotzdem zu gefallen."

„Ich weiß. Er ist ein Arschloch."

„Willkommen im Leben", antwortete ich mit einem Augenzwinkern. „Alle möglichen Leute können echt scheiße sein, nicht nur Jungs."

„Wirklich?", fragte Cat.

Ich warf einen kurzen Blick in ihre Richtung und nickte. „Auf jeden Fall. Ich habe auch schon andere Leute total falsch eingeschätzt. Glaub mir, das kannst du nicht vermeiden. Ich bin wirklich stolz auf dich, dass du ihn abblitzen hast lassen. Auch wenn er ein Arschloch ist, so hat er dich wenigstens nicht gedrängt."

Cat stieß einen dramatischen Seufzer aus, gefolgt von einem rauen Lachen. „Ich habe ihm gesagt, dass ich ihm gleich in die Eier trete. Und das würde ich auch."

„Das hast du super gemacht", antwortete ich. Jetzt, wo sie sich aus der Situation zurückgezogen hatte, war sie nicht mehr ganz so verstört.

Wir fuhren eine Weile schweigend dahin, bis ich auf die Straße abbog, die uns nach Hause bringen würde. „Vielleicht sollten wir uns darüber unterhalten, wie du es Flynn am besten beibringst."

Cat lehnte ihren Kopf gegen den Sitz und stöhnte auf. „Er wird so was von sauer sein. Kann ich dich denn gar nicht überreden, mich zu decken?"

Ich schaute kurz in ihre Richtung und schüttelte den Kopf. „Nein. Das kann ich nicht. Du hast die Schule geschwänzt, also kann es sein, dass die Schule ihn schon angerufen hat. Ich kann ja gut verstehen, dass du nicht möchtest, dass er davon erfährt, aber ich kann ihn nicht anlügen. Ich habe dich abgeholt."

Cat schwieg bis zu dem Augenblick, als wir vor dem Resort parkten. „Gut. Ich sage es ihm. Aber ich erzähle ihm nicht alles."

„Einverstanden, sag ihm, was du möchtest. Aber wenn er mich fragt, sage ich ihm, dass du angerufen hast und ich verrate ihm auch, wo ich dich abgeholt habe."

Cat sah mich mit ihren vom Weinen geröteten Augen an. „Einverstanden."

Kapitel Dreiundzwanzig

FLYNN

Ich klopfte an Cats Schlafzimmertür und wartete. Vollkommene Stille begrüßte mich.

„Cat", rief ich durch die Tür. „Der Direktor hat mir heute Nachmittag eine Nachricht hinterlassen, während ich geflogen bin. Ich weiß, dass du deinen Nachmittagsunterricht geschwänzt und den Bus nach Hause verpasst hast. Bitte erzähl mir doch einfach, was los ist."

Ich stützte mich mit einer Hand auf den Türrahmen über meinem Kopf. Es war nicht gerade einfach, Kinder zu erziehen. Außerdem war ich ja gar nicht Cats Vater. Es war schon mit Nora schwer genug gewesen. Grant war achtzehn Jahre alt gewesen, als unsere Mutter gestorben war. Er war viel zu reif für sein Alter, da er faktisch die Elternrolle für Nora und Cat übernommen hatte, als deren Vater kaum da war, bevor er verstarb, und dann während der Krankheit unserer Mom.

Es war Grant gegenüber sicher nicht fair, aber er hatte mir die Arbeit erleichtert. So konnte er tatsächlich mal einen Gang runterschalten, als ich nach Hause zurückgekehrt war. Nora war ein sagenhaft launischer Teenager und jeden Tag wegen etwas anderem stinksauer. Ich war heilfroh, als sie endlich etwas ruhiger wurde.

Und jetzt machte mir Cat einen Strich durch die Rechnung. Meines Wissens hatte sie noch nie den Unterricht geschwänzt. Und sie hatte auch noch nie den Bus verpasst. Der Bus fuhr zwar nicht bis zu uns, aber er setzte sie an einem Treffpunkt ab, an dem verschiedene Eltern die Kinder abholten, die hier wohnten. Normalerweise holte Nora Cat für mich ab.

Ich machte mir keine Sorgen, weil ich wusste, dass sie zu Hause war. Daphne hatte mir eine Nachricht geschickt, um mir mitzuteilen, dass sie Cat auf eigenen Wunsch hin abgeholt hatte.

„Komm schon, Cat. Irgendwann musst du doch mal aus deinem Zimmer kommen."

Da hörte ich Schritte auf der anderen Seite der Tür und wartete. „Alles in Ordnung, und es tut mir leid."

Verdammt, sie hörte sich an, als ob sie geweint hätte. Cat war das zäheste Kind gewesen, als sie noch klein war. Heutzutage war sie so aufgewühlt, dass ich nie wusste, wie ich damit umgehen sollte.

„Frag einfach Daphne. Sie kann dir sagen, was passiert ist."

„Cat, komm schon. Ich würde es lieber von dir hören."

„Ich bin müde und es ist mir peinlich. Können wir morgen reden?"

Ich war ratlos. Sollte es irgendwelche Folgen haben, weil sie heute den Unterricht geschwänzt hatte? Oder sollte ich ihr bis morgen eine Auszeit gönnen, weil es mir ohnehin schon das Herz brach, weswegen sie so aufgebracht war?

Ich war ein richtiger Softie. „Also gut. Versprichst du mir, dass wir morgen früh reden, bevor du zur Schule gehst?"

„Versprochen."

Sogar ihre Stimme war heiser, und das Loch in meinem Herzen wurde immer größer. Als ich hörte, wie sich ihre Schritte entfernten, gedämpft durch den Teppich, zog ich meine Hand von der Tür weg und drehte mich um, um mich gegen die Wand zu lehnen. Ich musste mich unbedingt mit Daphne unterhalten. Und ich wollte sie so oder so sehen.

Denn ich schaffte es einfach nicht, mich von ihr fernzuhalten. Ich war dieser zierlichen Prinzessin völlig verfallen, die alles war, womit ich nie gerechnet hatte. Eigentlich hätte Alaska sie umhauen müssen. Obwohl sie total unerfahren mit dem Leben hier war, zögerte sie nie. Sie reckte einfach ihr Kinn in die Höhe, rümpfte ihr Prinzessinnennäschen und versuchte es. Jedes Mal, wenn ich sie sah, war sie wie ein Sonnenstrahl, der durch die Wolken brach.

Daphne hatte mir die Lust auf jede andere Frau verdorben. Wenn ich mich dabei ertappte, wie ich sie Nacht für Nacht aufsuchte, nachdem es dunkel geworden war und Cat schlief, wusste ich, dass das Ganze ziemlich bescheuert war. Ich machte mir sogar Gedanken darüber, was ich tun würde, wenn Daphne sich entschließen würde, zurück nach Atlanta zu gehen. Wir hatten sogar darüber geredet. *Geredet.*

Ihre ungeschminkte Ehrlichkeit darüber, was in ihrer Ehe vorgefallen war, hatte es mir irgendwie erleichtert. Sie versuchte nicht, irgendwas zu verbergen, und sie schien keine Erwartungen an mich zu haben. Dabei hätte sie verdient, auf nichts auf dieser Welt verzichten zu müssen. Das Leben war so ungerecht zu ihr gewesen, da sollte es doch jetzt wie geschmiert für sie laufen. Ich wollte, dass sie dieses Leben hier wollte. Mit mir.

Wegen ihr hatte ich meinen verdammten Verstand verloren.

Ich schaute auf meine Uhr. Das Abendessen würde gleich fertig sein. Jetzt konnte ich nicht einfach in die Küche stürmen und erwarten, dass Daphne sich mit mir unterhielt. Aber ich konnte etwas essen. Mein Magen knurrte, als würde er zustimmen. Ich hatte seit heute Morgen keinen Bissen mehr gegessen, als ich mit warmem Orangengebäck in der Tasche losgefahren war, weil ich so spät dran gewesen war. Natürlich war es eines von Daphnes Scones gewesen und somit der Inbegriff des Hochgenusses.

Ein paar Minuten später traf ich Daphne am Spülbecken an, wo sie gerade die Arme bis zu den Ellbogen im heißen Wasser versenkt hatte und etwas schrubbte. Eine kastanienbraune Locke fiel ihr über die Wange. Zum Glück war sonst niemand in der Nähe. Ich schritt zu ihr hinüber und strich ihr die Locke aus dem Gesicht, wobei ich dem Drang nachgab, ihr einen Kuss direkt hinter das Ohr zu hauchen.

„Flynn!", flüsterte sie. Ziemlich laut, muss ich hinzufügen.

„Ja, Flynn", murmelte Elias.

Als ich mich umdrehte, stand er in der Tür, die zum Hauptraum führte. Oh, verdammt. Ich schaute zurück zu Daphne, deren Wangen leuchtend rosa waren, aber sie war ganz konzentriert auf das, was sie gerade schrubbte.

Ich wandte mich Elias zu, der gerade die Küche betrat. „Bitte häng das nicht an die große Glocke", bat ich ihn.

Elias gluckste. „Keine Sorge, Mann." Dann klopfte er mir auf die Schulter. „Es ahnen sowieso alle."

Anschließend bewegte er sich auf Daphne zu und stützte sich mit der Hüfte auf dem Tresen ab. „Du brauchst jetzt keinen Herzinfarkt zu kriegen oder dir Sorgen zu machen. Wir alle halten dich für das Beste, was Flynn je passiert ist."

Da sah Daphne zu ihm auf, und in ihrem Blick flackerte Unsicherheit. Dann zuckte sie mit den Schultern und verdrehte die Augen. „Wie auch immer. Jetzt kann man es ohnehin nicht mehr ändern."

Elias drehte sich zu mir um. Daphne schrubbte weiter. „Ich wollte nur mal nachfragen. Ich habe von Nora gehört, dass du möglicherweise ein wenig Zeit für Cat brauchst. Möchtest du, dass ich morgen den Zweitagestrip übernehme?"

Seufzend fuhr ich mir mit einer Hand durch die Haare. „Das wäre toll."

„Geht klar. Wir sehen uns später." Er stieß sich von der Theke ab und wollte schon aus der Küche gehen. Dabei hielt er inne und blickte zurück zu Daphne. „Daphne?" Sie blickte wieder auf und zog schließlich ihre Hände aus der Spüle. „Wirklich, mach dir keine Sorgen. Du bist echt der Hammer."

„Verdammt, was für ein Riesenlob von dir, Kumpel", stichelte ich.

Er zog eine Augenbraue hoch. „Nun, sie ist doch der Hammer, und ihr Essen ist sowieso spitze."

Damit verabschiedete er sich mit einem Augenzwinkern über die Schulter. Ich vermutete, dass Nora den anderen erzählt hatte, was Daphne zugestoßen war. Die Jungs bemühten sich alle nach Kräften, dass es ihr gut ging, und das fand ich in Ordnung. Daphne konnte das wirklich gebrauchen.

Ich kehrte zu ihr zurück, als sie sich gerade die Hände an einem Handtuch abtrocknete. „Tut mir leid."

Sie ließ eine Hand sinken und tauchte sie wieder in das Waschbecken, um den Stöpsel aus dem Abfluss zu ziehen. Mit einem leichten Achselzucken schaute sie mich an. „Schon gut. Du hast den Eindruck gemacht, dass du das alles für dich behalten wolltest, also habe ich angenommen ..." Dann verstummte sie.

Sie musste ein Bild von mir haben, das mir nicht besonders gefiel. Dann errötete sie und ich konnte sehen, wie sie an der Innenseite ihrer Wange kaute, was sie immer dann tat, wenn sie angespannt war.

„Du hast was angenommen?", drängte ich.

Daphne räusperte sich und hob ihr Kinn, bevor sie unsicher mit einer Hand in der Luft herumfuchtelte. „Es ist ja nicht so, dass ich gedacht hätte, wir wären, ich weiß nicht, zusammen." Sie schlang ihre Arme um ihre Taille. „Aber ich habe gedacht, es wäre dir peinlich, wenn jemand von uns wüsste."

„Peinlich?", fragte ich aufrichtig verwundert.

„Ja. Ich weiß, ich bin nicht dein Typ. Es macht mir nichts aus, dass du mich Prinzessin nennst, aber ich habe schon kapiert, dass der Spitzname ursprünglich nicht als Kompliment gemeint war."

Ich schüttelte den Kopf. „Du hast gedacht, ich würde mich für dich schämen?"

Daphne schlang ihre Arme um ihre Taille. „Ich meine, ich habe ja verstanden, dass du bei Cat keinen komischen Eindruck erwecken wolltest, aber ja, das habe ich wohl. Warum starrst du mich jetzt an, als ob ich verrückt wäre?"

„Weil das einfach verrückt ist. Ich bin ganz wild auf dich. Ja, ich muss auch immer wieder an Cat denken, aber ich schätze, ich habe mir wohl gedacht, dass du die Sache lieber für dich behalten möchtest. Anscheinend muss ich jetzt wohl noch deutlicher klarstellen, dass ich dir verdammt nochmal verfallen bin."

Daphne kaute immer noch auf der Innenseite ihrer Wange herum, also trat ich näher an sie heran. Ich griff nach einer ihrer Hände und löste sie von ihrer Taille, dann die andere, bevor ich sie in meine Arme zog. „Lass mich das mal auf den Punkt bringen. Ich bin tatsächlich verrückt nach dir. Ich schäme mich nicht für dich. Es wäre mir zwar lieber, wenn Cat nicht alles mitbekommen würde, was zwischen uns läuft, weil die Wände ziemlich dünn sind, aber das ist wirklich das Einzige, worum es mir geht."

„Oh", sagte Daphne nach einer langen Pause leise.

„Mehr hast du dazu nicht zu sagen?", stichelte ich, während mein Herz gegen meine Rippen pochte. Denn ja, entgegen aller Vernunft war ich ihr mit Haut und Haaren verfallen.

Sie lachte und drückte ihre Stirn gegen meine Brust. „Vielleicht bin ich dir ja auch verfallen. Aber es scheint, dass keiner von uns beiden imstande ist, irgendetwas davon ernst zu nehmen."

Dann hob sie ihren Kopf. Ich musste schlucken, denn ich hätte ihr so gern gesagt, dass wir das durchaus konnten. Aber das musste ich mir für später aufheben, sobald ich wieder klar denken konnte.

In diesem Augenblick erreichte uns eine weitere Stimme. „Stimmt!"

Als ich mich umdrehte, sah ich Nora in der Tür zum hinteren Flur stehen und eine Faust in die Luft recken.

„Entschuldige bitte", erwiderte ich und warf ihr einen spitzen Blick zu.

„Tut mir leid", sagte sie schnell mit einem entschuldigenden

Lächeln. „Aber ich habe mir schon gedacht, dass das passieren könnte, und jetzt habe ich Klarheit."

„Später, Nora."

„Ich wollte dich eigentlich nur wissen lassen, dass ich Cat mitnehme. Sie übernachtet bei mir, einverstanden?"

„Einverstanden. Ich glaube kaum, dass sie sich heute Abend mit mir unterhalten möchte", rief ich zurück. „Macht es dir etwas aus, das für dich zu behalten, bis ich die Gelegenheit gehabt habe, mich mit ihr darüber zu unterhalten?"

„Natürlich nicht", antwortete Nora mit einem viel zu selbstzufriedenen Lächeln.

Daphne winkte ihr aus dem Schutz meiner Arme zu, und Nora verließ glücklicherweise den Raum und schloss die Tür fest hinter sich. „Es ist noch nicht besonders spät, falls dir das noch nicht aufgefallen ist, also werden wir bestimmt noch mal unterbrochen", bemerkte Daphne.

„Ich sehe mal draußen nach dem Rechten und helfe dir beim Aufräumen, dann können wir uns ein wenig in meine Wohnung zurückziehen."

Ich wollte sie gerade küssen, als Diego von der anderen Seite der Küche hereinkam. Er schenkte uns ein belustigtes Grinsen, aber er sagte nichts. Daphne löste sich aus meinen Armen und machte sich an die Arbeit.

Während Daphne die Küche weiter aufräumte, drehte ich meine übliche Abendrunde durch das Resort. Diego holte sich ein Bier und begegnete mir vor der Tür, wo ich die Leihausrüstung, die wir vor Ort für unsere Gäste aufbewahrten, wegpackte.

Er lehnte sich mit der Schulter gegen die Wand im Eingangsbereich. „Also ... Daphne?"

Ich schloss die Tür des gewaltigen Schranks und sah zu ihm hinüber. „Ja, Daphne. Und ... Was denkst du darüber?", fragte ich seufzend.

Diego gluckste und nahm einen Schluck von seinem Bier. Dann ließ er seine Flasche sinken und beäugte mich nachdenklich. „Ich halte das für eine feine Sache. Brich ihr bloß nicht das Herz.“

Daraufhin drehte sich Diego um und verschwand. Als ich in die Küche zurückkam, räumte Daphne gerade den Geschirrspüler ein. Sobald ich bei ihr angekommen war, schloss sie ihn und tippte auf den Startknopf.

„Bist du schon fertig? Ich wollte gerade helfen.“

„Ich weiß. Aber es ist alles erledigt.“

„Na, dann komm mal mit“, sagte ich und nahm eine ihrer Hände in meine.

Ein paar Minuten später lag Daphne zusammengerollt auf dem Sofa, die Füße unter die Knie geklemmt, und guckte mich an. „Cat hat dir gesagt, dass du mich fragen sollst?“

Ich nickte kurz. „Ja. Ich finde es gut, dass du mir sofort Bescheid gegeben hast, dass du sie abholst. Ich habe deine Nachricht bekommen, bevor ich die Sprachnachricht des Schulleiters abgehört habe, in der es hieß, dass Cat den Nachmittagsunterricht geschwänzt und den Bus verpasst hat, also bin ich nicht ausgerastet, weil ich ja gewusst habe, dass du sie abgeholt hast.“

Daphne zog die Nase kraus und schlang ihre Hand um den Saum einer weichen Kuscheldecke. Dann rieb sie ihn zwischen den Fingern. „Ich habe wirklich nicht gewusst, was ich tun sollte. Mir war klar, dass du und Grant in der Luft wart, und dass Nora draußen auf der Wanderung war. Ich hoffe, du weißt, dass ich nicht losgezogen wäre, um sie abzuholen, ohne vorher mit dir zu sprechen, wenn ich dich irgendwie hätte erreichen können.“

„Ich weiß. Mach dir darüber keine Sorgen. Ich bin froh, dass du da warst. Sag mir einfach, was zum Teufel passiert ist.“

Daphne holte tief Luft. „Sie hat angerufen und ich habe gehört, dass sie geweint hat ...“ Sie hielt inne, als ich zusammenzuckte. „Was?“

„Sie hat wohl auch vorher geweint, als ich durch ihre Schlafzimmertür mit ihr gesprochen habe. Ich schätze, sie hat den ganzen Nachmittag geheult.“

Daphne neigte ihren Kopf zur Seite und ihr Blick wurde

sanfter, als sie mich ansah. „Auf der Heimfahrt hat sie aufgehört zu weinen, ehrlich. Sie ist sechzehn. Manchmal hat man da eine Menge zu weinen. Als ich sie abholen wollte, war sie im Haus von Jonathons Dad.“

„Was?“, fragte ich, wobei mein Tonfall schärfer war, als ich beabsichtigt hatte.

Daphne kniff die Augen zusammen und schürzte ihre Lippen. „Ich wette, du hast ebenfalls mit sechzehn Mädels in dein Haus geschmuggelt.“

Ich verdrehte die Augen. „Nicht wirklich, aber das hätte ich getan, wenn ich gekonnt hätte. Was ist sonst noch vorgefallen?“

„Es wäre mir lieber, wenn Cat dir den Rest selbst erzählen würde.“

„Ich weiß, aber sie hat gesagt, ich soll dich fragen.“

Ein Teil von mir war enttäuscht, aber gleichzeitig gefiel es mir, dass Daphne versuchte, Cat ihre Geschichte selbst erzählen zu lassen. Cat war in Sicherheit, und das war schließlich genug.

Daphne zog erneut ihre Nase kraus. „Mehr kann ich dazu nicht sagen. Sie kommt schon klar. Er hat versucht, die Grenzen zu überschreiten, und sie hat ihn abblitzen lassen. Alles in allem ist das wohl nicht besonders gelaufen.“

„Ich bringe den Kerl um.“

„Du bringst niemanden um. Ich bin mir ziemlich sicher, dass sie sich von dem Typen trennt, also lass es einfach gut sein.“

„Dieser verdammte Idiot.“

„Flynn, lass die Sache erst mal auf sich beruhen. Frag Cat nach Einzelheiten, wenn du dich morgen mit ihr unterhältst. Sie ist in Sicherheit, und es geht ihr gut.“

Ich stöhnte auf. Dann atmete ich tief durch, stützte meine Ellbogen auf die Knie und ließ mein Gesicht in meine Hände sinken. „Ich habe keine Ahnung, was ich mit ihr machen soll. Ich bin eine Niete in Sachen Erziehung.“

Da rückte Daphne näher an mich heran, und ihre Hand glitt über meinen Rücken. „Grant und Nora haben sich doch toll entwickelt, und Cat auch.“

Ich hob meinen Kopf und betrachtete Daphne. „Ja, aber Grant war achtzehn, als ich nach Hause gekommen bin, um mich um meine Geschwister zu kümmern, und Nora war sechzehn. Ich habe versucht, Cats Bruder und Vater zu sein, seit sie neun Jahre alt ist. Aber sie ist so eigensinnig und willensstark. Hätte ich sie heute Abend etwa zwingen sollen, mit mir zu reden? Und ich habe das Gefühl, dass es Folgen haben sollte, wenn sie den Unterricht schwänzt."

„Sicher, aber ich glaube nicht, dass du das heute Abend angehen musst. Es geht ihr gut, und das ist das Wichtigste."

„Nur damit du es weißt: Du hast meine Erlaubnis, Cat jederzeit und überall abzuholen, wenn sie anruft. Egal, wo ich bin oder was ich gerade mache. Auch wenn sie dich auffordert, mir nichts zu sagen, hol sie bitte einfach ab. Ich möchte, dass sie in Sicherheit ist."

Daphne betrachtete mich ruhig, während sich zwischen uns eine gewisse Vertrautheit entwickelte. Ich vertraute ihr bedingungslos. Ich wusste, wenn jemand sie brauchte, würde sie alles tun, was nötig war. Sie mochte klein sein und wie eine Prinzessin aussehen, aber sie hatte Nerven aus Stahl.

Und sie war stark – so unglaublich stark.

Ich spürte, wie ihre Hand auf meinem Rücken Kreise zog. „Gut zu wissen", sagte sie schließlich mit sanfter Stimme.

Und bevor ich noch weiter darüber nachdenken konnte, drehte ich mich zu Daphne um. Ich hob eine Hand und griff nach dem Gummiband, das ihr Haar hochhielt. Daraufhin fielen ihr die Haare locker über die Schultern. Ich streichelte über ihre Wange und fuhr mit dem Daumen über ihre üppige Unterlippe.

Kapitel Vierundzwanzig

DAPHNE

Sobald Flynns Daumen über meine Lippen glitt und er meine Wange streichelte, stockte mir der Atem und mein Puls raste wie wild. Ich hatte immer wieder gedacht, dass diese Spannung nachlassen würde, je länger ich mit Flynn zusammen war – vor allem körperlich.

So als würde die Neuheit dieser unglaublich leidenschaftlichen und vertrauten Verbindung mit ihm je abklingen. Im Gegenteil, sie schien sogar noch an Tiefe zu gewinnen. Uns verband eine Chemie, wie sie wohl nur einmal im Leben vorkommt. Ich hatte erwartet, dass es dabei bleiben würde – körperlich und rein sexuell.

Stattdessen kamen mit jedem Augenblick, den ich mit ihm verbrachte, meine Gefühle an die Oberfläche und brachen sich Bahn, egal, was ich darüber dachte. Nach allem, was passiert war, war meine Trauer das Einzige gewesen, was so tiefe Empfindungen ausgelöst hatte. Alles andere war begraben worden, nachdem mein Leben aus den Fugen geraten war. Jetzt hatte ich endlich das andere Ufer meiner Trauer erreicht, und der Gletscher, der sich um mein Herz gelegt hatte, begann zu schmelzen.

Flynn strich mit seinem Daumen sinnlich über meine Lippen, bevor seine Hand an meinem Hals herunterglitt und zwischen meinen Brüsten zum Liegen kam. Mein Herz machte einen Sprung, als würde es erkennen, dass er mich da gerade berührt hatte. Und ich nahm an, das tat es auch.

Seine Augen suchten meine, und das Blau verdunkelte sich so sehr, dass es im kohlefarbenen Rand unterging. „Ich kann nicht glauben, dass du jemals gedacht hast, ich würde mich für dich schämen." Seine Worte klangen sanft und rau, immer leise, wenn wir alleine waren. Seine Stimme allein konnte mich mit Funken in Brand setzen.

Ich versuchte, tief durchzuatmen, aber ich bekam kaum Luft und fühlte mich ein wenig verzweifelt. So war es immer, wenn ich ihm körperlich nahe war. Jede Nähe zu seiner unbändigen Kraft war schwer zu ertragen.

Ich schluckte und mir stockte der Atem, als ich zu sprechen begann. „Ich hatte doch keine Ahnung. Zuerst habe ich gedacht, es wäre wegen Cat. Aber du hast dich jedes Mal von mir ferngehalten, wenn jemand in der Nähe war."

Flynns Lippen zuckten nach oben und mein Inneres fühlte sich plötzlich ganz kribbelig an. Ich wusste, dass er den wilden Schlag meines Herzens unter seiner Handfläche spüren konnte.

„Das liegt nur daran, dass ich versuche, dich nicht jedes Mal anzufassen, wenn ich dich sehe", murmelte er und zog mich auf seinen Schoß.

Flynns Schoß war mein Lieblingsplatz. Oder jedenfalls einer meiner drei Lieblingsplätze. Sein Schoß, er auf mir oder um mich geschlungen. Wirklich jede Situation, in der seine Zauberhände mich festhielten und mich alles andere vergessen ließen.

Ich hatte tatsächlich keine Erwartungen an Flynn. Vielleicht wurde mein Herz wirklich in die ganze Sache mit hineingezogen, aber ich würde schon klarkommen. Das hier tat mir so gut. Mich einfach in dieser heftigen Leidenschaft zu verlieren. Auch wenn ich gedacht hatte, dass es Flynn peinlich war, was anscheinend nicht stimmte, wusste ich, dass er mir hoffnungslos verfallen war, wenn es um Sex ging. Bei uns hatte es einfach Klick gemacht.

Nach der Affäre zwischen meinem Ex und meiner Freundin

hatte ich mich sowas von geschämt und mich total minderwertig gefühlt. Mein Leben mit Flynn war so weit von meinem alten Leben entfernt, dass ich all meinen Ballast und meinen Kummer einfach vergessen konnte.

Ich spreizte seine Oberschenkel und ließ meine Hüften über seine harte Erregung gleiten. Er bewegte sich leicht und ich stieß ein leises Keuchen aus, als die Lust durch mich hindurchschoss. Zwischen meinen Schenkeln konnte ich schon die Feuchte meiner Erregung spüren.

Da kniff er die Augen zusammen. „Wir haben eindeutig zu viele Klamotten an."

Ich kicherte, ließ meinen Kopf gegen seinen Hals fallen und atmete seinen Duft ein. Flynn roch nach Wind und manchmal auch nach Meer, mit einem leichten Hauch von Holz.

Flynn, der immer wieder mal launisch wurde, weil er zu viel zu tun hatte und sich um zu viele Leute kümmerte, besaß die einzigartige Fähigkeit, mich wie ein Mädchen kichern zu lassen. Dieses unbeschwerte Gefühl war seit Jahren Mangelware gewesen und hatte sich nach Brandons Tod auf Nimmerwiedersehen verabschiedet.

Ich hob meinen Kopf, beugte mich vor und drückte ihm einen Kuss auf den Hals, während ich meine Hüften an seinem Schwanz rieb. „Wer schneller nackig ist", neckte ich ihn, als ich ihm in die Augen sah.

Ich hüpfte von seinem Schoß und flitzte durch das Wohnzimmer zu seinem Schlafzimmer. Flynn, dessen Schrittlänge deutlich länger war als meine, holte mich in einer knappen Sekunde ein, gerade als ich durch die Tür kam. Ich lachte, während ich mein T-Shirt zu Boden warf.

Ich hatte keine Ahnung, wer das Rennen gewonnen hatte, und ehrlich gesagt war mir das auch egal. Ich wusste lediglich, dass Flynn mich in weniger als einer Minute an seinen nackten Körper drückte, jeden Zentimeter davon, und mich zu seinem Bett trug. Am Fußende des Bettes hielt er inne und nahm eine meiner Brustwarzen in den Mund. Er liebkoste sie mit seiner

Zunge und streifte sie mit den Zähnen. Seine Erregung ragte zwischen uns hervor und drückte gegen meinen Bauch.

„Flynn!", keuchte ich.

Da hob er den Kopf, und sein wilder Blick traf den meinen. „Ja, Prinzessin?"

„Beeil dich. Ich brauche dich in mir."

„Dann muss ich mir unbedingt so viel Zeit wie möglich lassen", stichelte er, während er mich auf das Bett legte. Ich wich rasch zurück und versuchte, ihn mit mir zu ziehen. Doch das ließ er nicht zu und schlang seine Hände um meine Knöchel, um mich festzuhalten.

„Heute Nacht habe ich das Sagen, Prinzessin." Seine Stimme war tief und ließ mich am ganzen Körper zittern.

Dann fuhr er mit seinen Handflächen meine Waden hoch und drückte meine Knie auseinander. Seine Lippen folgten wie Honig, die Küsse berührten mich flüchtig und weckten in mir das Verlangen nach mehr. Ich spürte, wie sein Gewicht auf die Matratze drückte und seine Schultern sich zwischen meinen Schenkeln niederließen.

Flynn blies leicht auf mein Geschlecht, bevor er in meine intimste Stelle hineinleckte. Dabei ging er wahrlich gründlich vor. Seine Zunge neckte mich langsam und seine Finger versenkten sich in mir, während ich mich an seinen Haaren festhielt und die Lust mich überrollte.

Ich war hemmungslos, bettelte und flehte, bis er mir endlich, endlich gab, was ich brauchte. Er zog seine Zunge gerade mit ausreichend Druck kräftig über meinen Kitzler und trieb zwei Finger in mich. Daraufhin verkrampfte sich mein ganzer Körper und der Höhepunkt traf mich in krachenden Wellen.

Meine Lust hallte immer noch in kleinen Stößen durch meinen Körper, als er sich erhob und sich auf mir bewegte. Er stützte sich links und rechts von meinem Gesicht auf seine Ellbogen und ich öffnete die Augen, während er mir die Haare von den Wangen strich.

„Sieh mich an, Prinzessin."

Dann drückte er seine Hüften gegen mich und ich spürte, wie sich seine pralle Eichel an meinen Eingang drängte.

„Flynn", keuchte ich, als er ein wenig weiter eindrang, aber nicht bis zum Anschlag.

Mit seinen tiefblauen Augen auf mir fühlte ich mich, als ob alle Türen zu meinem Herzen weit aufgerissen würden, während er ganz langsam in mich eindrang. Sobald er vollständig in mir angekommen war, hielt er still. Meine Wände bebten um ihn herum von den Nachwehen meines Höhepunkts Augenblicke zuvor. Ich war so unglaublich erregt. Mein Kitzler war geschwollen und ich konnte die Reibung an der Stelle spüren, an der wir miteinander verbunden waren.

Er behielt mich im Auge, während er sich schrittweise zurückzog. Das langsame Hineinziehen und Hinausgleiten seiner Stöße war berauschend. Ich hörte mein heiseres Keuchen und Flehen. Sein Atem war schwer und seine Stimme rau. Meine Finger gruben sich in seinen Rücken und ich stemmte mich ihm entgegen.

OhDaphnebabybitte. Er atmete tief ein. *Baby, lass mich einfach ...*

Mein nächster Orgasmus schlich sich an mich heran und kam in langsamen, sanften Wellen der Lust, während meine Pussy sich um seinen Schwanz schlang und die Erlösung aus ihm herauszog. Dann murmelte er etwas Wildes, und ich spürte, wie die Hitze seiner Erlösung mich erfüllte.

Flynn ließ sich auf mich sinken, und ich genoss sein Gewicht. Das dauerte nur eine Minute, dann drehte er uns blitzschnell herum, sodass ich auf ihm lag. So schlief ich ein, während seine Finger träge durch mein Haar strichen.

———

Ich hatte gar nicht bemerkt, dass ich mich in ein Gefühl der Sicherheit gewiegt hatte. Es war, als hätte ich endlich wieder Boden unter den Füßen und die lähmende Trauer über Brandons Tod hinter mir gelassen. Zum ersten Mal konnte ich auch wirklich annehmen, dass das Leben, das ich vor Brandons Tod geführt hatte, nur eine zerrüttete Welt gewesen war, die in sich selbst zusammengebrochen war, als etwas Wahrhaftiges geschah.

Ich war zwar im Wohlstand aufgewachsen und dazu erzogen worden, im Geschäft meiner Familie mitzuarbeiten, aber das Einzige, was ich wirklich liebte, war mein kleines Restaurant. Der einzige Grund, warum ich dieses Lieblingsprojekt, wie mein Vater es genannt hatte, behalten durfte, war, dass es durch einen glücklichen Zufall Geld abgeworfen hatte und erfolgreich gewesen war. Das galt für alle seine Investitionsprojekte.

Hier in Alaska, wo es jedem egal war, wie viel Geld ich hatte, und wo ich mich beim Schnauben und Scharren der Elche hinter den Bäumen lebendiger fühlte als je zuvor, erkannte ich die Person, die ich vorher war, fast nicht wieder. Ich konnte nicht glauben, dass ich einen Mann geheiratet hatte, der stolz darauf war, rücksichtslos Geld zu verdienen, ohne sich darum zu scheren, wer dabei zu Schaden kam.

Ein paar Tage nach dem Vorfall mit Cat wandte sich das Leben jedoch wieder gegen mich und haute mir so richtig eine rein. Cat und Flynn verstanden sich seitdem nicht mehr so gut. Sie hatte ihm erzählt, was vorgefallen war. Obwohl ich mir sicher war, dass Flynn einen Aufstand veranstalten würde, tat er das nicht. Er verpasste ihr jedoch eine Woche Hausarrest, weil sie den Unterricht geschwänzt hatte. Was nicht gerade ein Vergnügen war, weil sie sich jeden Tag gegenseitig anschnauzten. Zu Flynns Ehrenrettung sei gesagt, dass Cat meistens damit anfing.

Ich war gerade in der Speisekammer, als ich Cats Stimme vernahm. „Entschuldigen Sie, wo wollen Sie denn hin?", rief Cat und klang empört.

„Junge Dame, ich bin hier, um nach meiner Tochter zu sehen."

In meinem Bauch machte sich das blanke Entsetzen breit. Ich kannte diese Stimme. Das war meine Mutter. Obwohl ich das eigentlich nicht wollte, hatte ich sie fast jede Woche angerufen, seit ich hier war, in der Hoffnung, sie so in Schach halten zu können.

Ich fragte mich nicht mal, wie sie mich gefunden hatte. Ich war mir sicher, dass sie einen Privatdetektiv angeheuert hatte, der der Spur meiner Kreditkarten gefolgt war oder Gott weiß was sonst noch durchforstet hatte. Ich hatte ihr lediglich berichtet, dass ich nach Alaska reisen würde. Das war alles.

Mein Herz hämmerte heftig und mir war plötzlich speiübel. Ich fror am ganzen Körper und hätte fast das Glas mit den Oliven in meiner Hand fallen lassen. Vorsichtig stellte ich sie auf das Regal in der Speisekammer und wandte mich um, um in die Küche zu gehen.

Meine Mutter löste Cats Hand von ihrem Ellbogen. „Wage es ja nicht, mich anzufassen", schimpfte sie.

Meine Mutter war ein Snob und irgendwie eine richtige Zicke. Auf meine eigene verkorkste Art und Weise liebte ich sie trotzdem. „Mom."

Sie drehte sich um, und wir beäugten uns einen Augenblick lang. Ich nahm sie in Augenschein. Sie trug einen teuren, knielangen, leichten Mantel, der an der Taille gegürtet war, über einem Rock und dazu ein Paar schwarze Lederstiefel mit Strumpfhosen. Ihr Haar war zu einem ordentlichen Zopf gebunden und goldene Ohrringe baumelten an ihren Ohren. Der riesige Diamant an ihrem Ehering blitzte auf, als sie mit ihren Handflächen über ihren Mantel strich.

Ich musste an den Tag denken, an dem ich Flynn kennengelernt hatte. Auf der Fahrt hierher hatte ich einen Rock und Stiefel getragen. Ich erinnerte mich an seinen ungläubigen Gesichtsausdruck und merkte, dass ich mich beim Anblick meiner Mutter eben genau so fühlte.

„Daphne, ich bin hier, um dich abzuholen", verkündete meine Mutter.

Ich trug Leggings mit einem T-Shirt und meine Schürze locker um die Taille gebunden. Cat schaute zwischen uns hin und her. Sie sagte nichts, aber ich spürte, dass sie mir den

Rücken freihalten würde, wenn nötig, und deswegen hätte ich am liebsten laut aufgelacht.

„Ich gehe nirgendwo hin. Aber schön, dich zu sehen. Wie war deine Reise, Mom?", fragte ich, wobei Sarkasmus jedes Wort durchdrang.

Ich spürte mehr, dass Flynn in die Küche kam, als dass ich ihn gesehen hätte. Nachdem er von meiner Mutter zu mir geschaut hatte, kam er zu mir herüber und stellte sich neben mich. „Kann ich Ihnen helfen?", fragte er.

Meine Mutter verengte ihren eisigen Blick auf Flynn. „Sie können mir bei gar nichts helfen. Ich bin hier, um meine Tochter abzuholen."

„Mein Gott, Mom, ich stehe doch genau hier. Und ich begleite dich nirgendwo hin."

Als meine Mutter die Augen schloss und genervt ausatmete, wurde mir klar, wie sehr ich ihr ähnelte. Ich hatte die gleichen kastanienbraunen Haare, grünen Augen und eine zierliche Statur. Sie wirkte angespannt und schroff.

Als Mutter war sie ganz schön auf Zack. In meiner gesamten Kindheit war ich darauf bedacht gewesen, dass alles genau so aussah, wie es sein sollte, auch ich.

Mein Herz setzte einen Schlag aus und die Angst war jetzt ein eisiger Knoten in meinem Bauch. Nicht, dass ich meine Mutter nicht im Griff hätte. Aber dass sie hier war, an einem Ort, der mir gehörte und überhaupt nichts mit ihr zu tun hatte, fühlte sich an, als würde sie ihn besudeln.

Plötzlich öffnete meine Mutter wieder ihre Augen. „Daphne, bitte komm mit", befahl sie streng, als wäre ich nichts weiter als ein kleines Mädchen.

Meine Mutter erwartete viel von mir, und mein ganzes Leben lang, bis zu Brandons Tod, hatte ich stets versucht, sie milde zu stimmen. Ich liebte sie nun mal auf eine gewisse Art. Aber bevor mich meine tiefe Trauer und Enttäuschung in Stücke gerissen hatten, hatte ich vieles nicht deswegen getan, weil ich es für richtig gehalten hätte. Ich hatte es getan, weil mir diese Erwartungen so sorgfältig eingebläut worden waren.

Doch der Tod meines Sohnes und die Affäre meines Exmannes während dieser schrecklichen Zeit hatten den Mantel des Scheins heruntergerissen. Meine Mutter war hier furchtbar fehl am Platz. Wie ich auch. Doch in der Zeit, in der ich hier war, hatten sich in mir allerlei Veränderungen rasend schnell vollzogen.

„Mom, ich komme nicht mit. Ich begreife nicht, warum du es auf dich genommen hast, extra hierher zu fliegen, aber ich begleite dich nirgendwo hin.“

Flynns Handfläche landete in der Kurve meiner Taille, und es fühlte sich fast so an, als würde er mir etwas von seiner Kraft geben. Ich brauchte jetzt jedes Quäntchen, das ich bekommen konnte. Trotz unseres Publikums musste ich den Drang bekämpfen, mich ihm zuzuwenden, um den Schutz zu suchen, den er mir geben würde. Vielleicht war es ja einfach nur Sex, aber das spielte jetzt keine Rolle.

Ich sah, wie der Blick meiner Mutter an Flynn und mir herunterglitt. Ich wusste, dass sie mitbekommen hatte, dass er mich berührte und wahrscheinlich überlegte sie sich schon, was das bedeuten könnte.

Ihre scharfen Augen funkelten vor Wut und Enttäuschung. „Ich bleibe drei Tage lang in Anchorage. Ich möchte, dass du darüber nachdenkst, mit nach Hause zu kommen.“

Ohne ein weiteres Wort machte sie kehrt, und die Absätze ihrer Stiefel knallten laut auf dem Fliesenboden, als sie davonlief. Ich konnte mich nicht zurückhalten und folgte ihr, aber ich hielt Abstand. Mir entging nicht, dass Flynn sich dicht hinter mir hielt.

Ich beobachtete, wie meine Mutter sich ihren Weg über den geschotterten Parkplatz bahnte, um in einen schwarzen Geländewagen mit Chauffeur zu steigen. Das konnte ich ihr nicht vorwerfen. Es war nicht gerade die klügste Idee von mir gewesen, selbst hierher zu fahren, obwohl ich mich in dieser Gegend nicht auskannte.

Als der Kies unter den Reifen knirschte und das Fahrzeug verschwand, ließ ich mich gegen die Wand im Eingangsbereich sinken.

Flynn hatte ein paar Schritte entfernt gewartet und machte vor mir halt. „Alles in Ordnung?"

Ich hob den Blick, holte tief Luft und nickte. „Ja. Das war meine Mutter."

Seine Augen suchten mein Gesicht ab, bevor er nickte. „Das habe ich mitbekommen. Ich habe dir schon gesagt, dass ich sie nicht leiden kann, und dazu stehe ich auch."

Ich schenkte ihm ein reumütiges Lächeln und war innerlich überrascht, dass ich gar nicht so sauer war. Als meine Mutter weg war, verlangsamte sich mein Herzschlag und das ungute Gefühl in meinem Magen verschwand. Obwohl ich das niemandem wünschen würde, hatte der schreckliche Verlust auch eine positive Seite: Alles bekam eine andere Perspektive.

Vor dem Tod meines Sohnes und dem damit verbundenen Schlamassel hätte ich es schrecklich gefunden, wenn ich mich mit meiner Mutter nicht gut verstanden hätte und sie von mir enttäuscht gewesen wäre. Jetzt war das nicht mal annähernd so eine große Sache. Denn nichts wäre mit dem Schmerz vergleichbar, den ich nach Brandons Tod empfunden hatte. Ich war durch die trostlose Finsternis in mir gegangen. Und dennoch war ich immer noch am Leben und es ging mir vielleicht sogar gut.

„Ich muss los zu einem Flug. Kommst du mit?", fragte Flynn.

Als ich in seine Augen schaute, machte mein Herz einen Sprung. Ich wusste, dass er fragte, weil er dachte, ich könnte eine Ablenkung gebrauchen. Wie wahr, und ich wusste nicht mal, was ich davon halten sollte, wie gut er mich lesen konnte.

„Ja, bitte. Wohin geht's?"

Kapitel Fünfundzwanzig

FLYNN

„Welche Straße?", fragte ich.

„Diese da", antwortete Elias und deutete nach vorne.

Wir waren in Anchorage, um ein Flugzeugteil abzuholen, das unerwartet eingetroffen war. Wir hatten es gerade entgegengenommen und kehrten als Nächstes zum Mittagessen in das nach Elias' Angaben beste Burgerrestaurant in Anchorage ein.

Kurze Zeit später hatten wir gerade unser Essen bekommen, als ich jemanden neben unserem Tisch bemerkte. Ich blickte auf und sah in die kühlen Augen von Daphnes Mutter. Auch Elias' Blick spürte ich auf mir, bevor er wieder zu Daphnes Mutter und dann zu seinem Teller blickte. Doch er schwieg, nahm einen Bissen von seinem Burger und kaute.

Ich wiederholte dieselbe Frage, die ich Daphnes Mutter bereits gestellt hatte, als sie ein paar Tage zuvor im Resort aufgetaucht war. „Kann ich Ihnen helfen?"

Ich hielt das unter den gegebenen Umständen für sehr höflich. Nichts von dem, was ich über Daphnes Mutter wusste, ließ mich glauben, dass sie etwas anderes als eine eiskalte Hexe war. In den Tagen, die seit ihrem Auftauchen vergangen waren, war Daphne unruhig und angespannt gewesen, was meine Beschützerinstinkte auf Hochtouren laufen ließ.

„Oh, ich denke schon", antwortete sie mit ihrer hochmütigen Stimme. „Ich möchte, dass Sie meine Tochter in Ruhe lassen. Es scheint, als würde sie für Sie arbeiten, also wäre ich Ihnen dankbar, wenn Sie sie feuern würden."

Da hörte Elias auf zu kauen und nahm einen Schluck von seinem Wasser. Kalte Wut kroch mir den Rücken hinunter.

„Nein", war meine einzige Antwort.

Ihre Nasenflügel blähten sich auf und sie verengte ihren Blick auf mich. „Sie wissen doch überhaupt nicht, mit wem Sie sich da anlegen."

„Ich glaube nicht, dass Sie wissen, mit wem Sie sich hier anlegen", erwiderte ich. „Und das ist mir auch egal. Welche Mutter würde von ihrer Tochter erwarten, dass sie mit einem Mann zusammenarbeitet, der sie beschissen hat, während ihr Sohn im Sterben liegt? Denn genau so eine Mutter sind Sie."

Daphnes Mutter blickte drein, als hätte ich ihr eine schallende Ohrfeige verpasst. Für den Bruchteil einer Sekunde bekam die Fassade Risse, und Schmerz blitzte in ihren Augen auf. Doch mir war gleichgültig, ob ich ihre Gefühle verletzt hatte.

Ich fragte mich, ob diese Frau überhaupt noch atmete. Doch dann holte sie leicht röchelnd Luft. Das war so untypisch für sie, dass ich fast ein schlechtes Gewissen bekam, weil ich so schonungslos gewesen war.

„Was kümmert Sie das?", gab sie schließlich zurück.

„Es spielt keine Rolle, was mich das kümmert. Ich bezweifle, dass es Sie wirklich so sehr interessiert, wie es Daphne geht. Mir scheint, es geht Ihnen bloß darum, wie alles nach außen hin aussieht. Wenn Sie möchten, dass sie nach Hause kommt, sollten Sie sich vielleicht mal wirklich Gedanken machen."

Meine Worte waren barsch und die Wut, die in mir brodelte, war so groß, dass ich am liebsten auf irgendetwas eingeschlagen hätte. Nicht auf Daphnes Mutter. Vielleicht hätte eine Wand gereicht. Ich wollte nur, dass sie innehielt und darüber nachdachte, was Daphne durchgemacht hatte.

Ihre Mutter musterte mich bloß. Ihr war wohl klar, dass sie

nicht das bekommen würde, was sie von mir erwartete. Sie warf mir einen langen Blick zu. „Gott weiß, warum Sie meine Tochter unbedingt in Schutz nehmen möchten. Sie war nichts als eine Enttäuschung."

Damit wirbelte die Frau, die ich nur schwer als Mutter bezeichnen konnte, herum und verließ den Laden, wobei die Absätze ihrer Stiefel auf dem Boden klackerten.

Ich hatte gar nicht bemerkt, dass eine meiner Hände zu einer Faust geballt war, bis ich zu Elias hinübersah.

„Du kannst dich jetzt wieder beruhigen", stellte er trocken fest.

Ich öffnete meine Faust und legte meine Handfläche flach auf den Tisch, bevor ich nach meinem Wasser griff, um einen Schluck zu nehmen.

„Du magst Daphne wirklich", verkündete Elias. In seinen Worten lag nicht der Hauch einer Frage.

„Offensichtlich. Aber ihre Mutter kann ich nicht ausstehen."

Elias gluckste. „Nein? Ist mir gar nicht aufgefallen."

In diesem Augenblick meldete sich jemand zu Wort. „Hey, Leute." Wir sahen, dass Trey Holden auf uns zukam. „Shopping-trip?", fragte er, als er neben unserem Tisch anhielt.

Ich nickte. „Ersatzteile besorgen. Und du?"

„Besorgungen und noch mehr Besorgungen. Ich hole gerade Holz, weil wir einen kleinen Anbau an das Haus planen. Mit dem Neuzugang haben wir drei Kinder, also können wir den Platz gut gebrauchen", erklärte er. „Hattest du die Gelegenheit, darüber nachzudenken, ob du mein Business kaufen möchtest?"

„Darüber habe ich nicht lange nachdenken müssen", antwortete ich nüchtern. „Ich muss mich nur noch mit der Bank in Verbindung setzen. Ich schaffe das. Gibst du mir ein paar Wochen Zeit?"

„Alter, du hast Monate Zeit. Mein Flugzeug steht den Winter über sowieso still. Solange du dich bis März nächsten Jahres entscheidest, sollte das kein Problem sein. Ist denn alles in Ordnung?", fragte er.

Ich spürte Elias' schelmisches Grinsen mehr als dass ich es sah. Es sagte etwas aus, dass meine kurze Begegnung mit Daphnes Mutter mich derart mitgenommen hatte, dass sogar Trey auffiel, dass ich nicht ganz bei der Sache war. Ich zuckte mit den Schultern. „Ich muss mich bloß gerade um einiges kümmern."

Elias schlug wenig hilfreich vor: „Wir haben Wetten abgeschlossen, dass Flynn verliebt ist."

„Was zum Teufel weißt du schon von Liebe?", murmelte ich, während ich mir eine Pommes in den Mund steckte.

Da breitete sich ein langsames Lächeln auf Treys Gesicht aus, als er zwischen Elias und mir hin und her schaute. „Tatsächlich?"

Ich seufzte. „Zum Teufel mit meinem Leben. Ich kann es nicht leiden, Gegenstand von Klatsch und Tratsch zu sein."

Da wackelte Elias mit den Augenbrauen. „Es ist doch kein Klatsch, wenn du genau hier sitzt."

Trey klopfte mir auf die Schulter. „Ich kann dir nur eines sagen. Die Liebe ist das Beste, was mir je passiert ist. Kein Grund, sich vor ihr zu fürchten."

Kapitel Sechsundzwanzig

DAPHNE

„Mom, warum bist du hier?" Wir führten ein Videotelefonat. Ich hatte sie vor ihrem bevorstehenden Abflug schließlich angerufen.

„Du bist meine Tochter, und ich möchte, dass du nach Hause kommst. Deinem Vater und mir ist es wichtig, dass das Leben endlich wieder seinen normalen Gang geht. Wir haben dich in diesem schwierigen Jahr geschont, aber jetzt ist es Zeit, nach Hause zu kommen", erklärte sie so ruhig wie immer.

Seitdem meine Mutter aufgetaucht war, fühlte ich mich nicht mehr im Gleichgewicht und kämpfte darum, es wiederzufinden. Mir war die ganze Zeit über kalt und ich fühlte mich leicht krank. Das rief unangenehme Erinnerungen wach. In den ersten paar Wochen nach Brandons Tod hatte ich kaum etwas essen können. Allerdings folgte sein Tod auch auf die schwersten Monate meines Lebens, in denen ich ebenfalls kaum gegessen hatte. Ich hatte mehr Gewicht verloren, als eigentlich gesund war.

Ich schlang meine Hand um eine Tasse Tee, weil ich die Wärme brauchte, aber auch weil ich mich an etwas festhalten wollte. „Arbeitet Pete eigentlich noch dort?"

„Aber natürlich." Meine Mutter versuchte nicht mal, ihre

Entrüstung zu verbergen. „Du weißt doch, dass unsere beiden Familien zu sehr miteinander verflochten sind, als dass wir diese Geschäftsbeziehung abbrechen könnten. Ich bin natürlich enttäuscht von ihm, aber da heißt es Kopf hoch und weitermachen."

„Lieber Himmel. Enttäuscht? Du bist enttäuscht von Pete, weil er eine Affäre mit einer meiner Freundinnen hatte, während unser Sohn im Sterben lag?"

Meine Mutter zog eine Augenbraue hoch und stieß einen gedämpften Seufzer aus. Alles, was sie tat, war kontrolliert. „Du musst endlich darüber hinwegkommen. Falls es dir hilft: Natalie ist gefeuert worden. Sie haben sich danach etwa sechs Monate lang noch getroffen, aber sie haben sich getrennt, nachdem du fortgegangen bist."

Als ob das die Sache besser machen würde. Meine Mutter war einfach unglaublich. „Nat hatte es also verdient, gefeuert zu werden, aber Pete nicht?"

„Ihre Familie hat keinen Anteil an der Firma wie Petes Familie. Es ist höchste Zeit, dass du diese albernen Spielchen endlich einstellst und dich wieder dem widmest, was du eigentlich tun solltest."

Ich funkelte meine Mutter auf dem Videobildschirm meines Handys an und unterdrückte einen Schrei in meiner Kehle.

———

In dieser Nacht lag ich nach einem weiteren leidenschaftlichen Liebesakt keuchend auf Flynns Brust. In meinem Körper, in meinem Geist, in meinem Herzen und in meiner Seele fühlte ich, dass unsere sexuellen Begegnungen jedes Mal Ausdruck tiefer Liebe waren. Nur glaubte ich nicht, dass Flynn das auch so sah.

In den letzten Tagen hatte er sich zurückgezogen und war noch ein bisschen distanzierter als sonst gewesen. Ich wusste nicht, ob ich das auf den unerwarteten Besuch meiner Mutter oder auf etwas anderes schieben sollte. Er war für einen Tag nach Anchorage gefahren, um ein paar Besorgungen zu machen. Von Elias erfuhr ich zufällig, dass sie meiner Mutter begegnet waren und Flynn ihr sozusagen die Meinung gegeigt hatte. Doch als ich ihn darauf ansprach, zuckte er bloß mit den Schultern.

Ich wusste nicht, was ich davon halten sollte. Obwohl ich nicht vorhatte, nach Hause zu gehen und in mein altes Leben zurückzukehren, musste ich dennoch ein paar Kleinigkeiten in Ordnung bringen.

Ich hob meinen Kopf und stützte mein Kinn auf meine Handfläche auf seiner Brust. Als könnte er meinen Blick spüren, öffneten sich seine Augen. „Wäre es in Ordnung, wenn ich mir ein paar Wochen frei nehmen würde?", fragte ich.

Ich hatte keine Ahnung, wie ich seine Blicke deuten sollte, als sie mein Gesicht absuchten. „Prinzessin, du kannst tun und lassen, was du möchtest. Ich weiß, dass du den Job nicht wegen des Geldes brauchst. Wir kommen schon zurecht. Gehst du nach Hause?"

„Nicht, um dort zu bleiben. Aber ich muss mich um ein paar Dinge kümmern."

Ein Teil von mir wollte, dass Flynn Nachfragen stellte, aber das tat er nicht. Ich kann mich zwar nicht daran erinnern, eingeschlafen zu sein, aber ich weiß noch, dass ich aufwachte, als er aus dem Bett schlüpft. Ich lag wach in der Dunkelheit und wusste, dass er in sein Schlafzimmer zurückgekehrt war. Wir hatten eine unausgesprochene Vereinbarung, dass ich nicht bei ihm schlief, wenn Cat zu Hause war. Obwohl sie von uns wusste, fühlte ich mich nicht wohl dabei, die Nacht dort zu verbringen, wenn sie zu Hause war. Denn ich hatte keine Ahnung, wie ich das, was wir waren, überhaupt bezeichnen sollte.

Ein paar Tage später suchte ich Flynns Blick. „Ich bin auch im Nu wieder da."

Flynns Berührung war leicht, als seine Hand mein Haar aus der Stirn strich. „Du musst keine Versprechungen machen, Prinzessin."

„Ich gehe nicht für immer", beharrte ich. Denn ich meinte es ernst. Wirklich.

Er war ganz ruhig, und der Raum um uns herum fühlte sich so voll an mit unausgesprochenen Gefühlen. Ich hatte mich in Flynn verliebt. Ich spürte, dass er diese Gefühle erwidern würde, aber dieser Graben, der nach dem Auftauchen meiner Mutter zwischen uns entstanden war, war immer noch da. Und ich wusste nicht, was ich davon halten sollte.

„Ruf doch mal an", sagte er leise. „Wir werden dich vermissen."

Kapitel Siebenundzwanzig

DAPHNE

Wir werden dich vermissen.

Mich ließ das „wir" in dieser Aussage einfach nicht los. Flynn hatte nicht von sich als Einzelperson gesprochen. Sie alle als Gruppe würden mich gemeinsam vermissen.

Inzwischen vermisste ich ihn so sehr, dass mir das Herz wehtat. Oh, ich vermisste auch Cat und Nora und all die anderen, aber es war nur Flynn, zu dem meine Gedanken immer wieder zurückkehrten.

Ich stand vor dem Büro meiner Familie in Atlanta, während sich der Verkehr auf den Straßen drängte. Die Luft war warm und immer noch feucht, selbst im Herbst. Ich hatte diese Stadt immer geliebt. Das tat ich immer noch, aber sie war jetzt völlig anders. Bevor Brandon gestorben war, hatte ich mein ganzes Leben damit verbracht, die Welt durch die Brille zu sehen, die mir meine Eltern verpasst hatten. Jetzt wusste ich, wie frisch die Luft riechen konnte und wie herrlich die Wildnis außerhalb der Stadt war. Und so viel mehr.

Auch wenn ich keine Ahnung hatte, ob Flynn mich liebte, so munterten mich seine Kraft und sein Glaube an mich doch auf, als ich das Gebäude betrat und mich darauf vorbereitete, mich meiner Vergangenheit zu stellen. Ich war einigermaßen überrascht, dass ich nicht zusammenbrach.

Beim Betreten der Lobby des Gebäudes lächelte mich der Mann hinter der Rezeption überrascht an. „Hey, George", rief ich und winkte.

„Guten Tag, Miss Bell. Ich hatte ja keine Ahnung, wann wir Sie wiedersehen würden." Sein Südstaatenakzent war wie wohltuender Honig.

Ich hielt inne und fragte mich, wie lange ich George schon kannte. „Wie lange kenne ich Sie eigentlich schon?"

Die Falten in seinem Gesicht vertieften sich um seine Augen, als er lächelte. „Nun, Daphne, ich arbeite hier, seit Sie zehn Jahre alt sind."

Seine braunen Augen funkelten, während ich über die Empfangstheke griff und seine Hand drückte. „Achtzehn Jahre. Wow! Ich habe Sie vermisst, obwohl ich nicht sagen kann, dass ich den Rest vermisst habe."

Georges Blick ernüchterte. Er war zu Brandons Beerdigung gekommen und hatte ihn auch im Krankenhaus besucht. Bevor Brandon krank geworden war, hatte George ihm gelegentlich Gesellschaft geleistet, wenn ich zwischen meinem Restaurant und meinem Büro hier hin- und hergehetzt war.

„Es ist schön, Sie zu sehen. Ich kann zu gut verstehen, dass Sie nicht gerne hierher zurückkommen", meinte George und legte sein Kinn schief. In diesem Augenblick kam jemand anderes an den Empfang. Mit Georges flüchtigem Lächeln und dem Verständnis in seinen Augen, das mich aufmunterte, betrat ich den Aufzug.

Während meiner Ehe war ich jeden Morgen mit meinem Ex in diesem Aufzug nach oben gefahren. In den Monaten vor Brandons Tod und in der Zeit danach musste ich zahlreiche abrupte Entdeckungen machen — der Tod schafft eine erschütternde Klarheit, wie kaum etwas anderes. Eine Erkenntnis trat mir jetzt noch deutlicher vor Augen.

Ich war so jung gewesen, als ich geheiratet hatte, frisch vom

College. Ich hatte es nicht besser gewusst, aber ich hatte mir eingebildet, ich wüsste schon alles. Nicht auf arrogante Art und Weise, sondern auf eine dumme, nahezu blauäugige Art und Weise.

Damals hatte ich mich glücklich geschätzt, dass ich mich in den Sohn der engsten Geschäftspartner meiner Familie verliebt hatte. Das Ganze schien geradezu schicksalhaft zu sein. Jetzt wusste ich, dass das gar keine Liebe gewesen war. Es war lediglich die Verliebtheit in eine Person und eine Vorstellung gewesen, die auf einem wackeligen Fundament errichtet worden und in dem Augenblick zusammengebrochen war, als sich etwas Schreckliches ereignet hatte. Wie gesponnenes Glas, das beim geringsten Druck zerbrach.

Ich versuchte, mir Flynn in derselben Situation mit mir vorzustellen. Obwohl ich wusste, dass er hier völlig fehl am Platz wäre, würde er mit seiner großen, imposanten Erscheinung mit mehr Selbstvertrauen durch die Gänge schreiten, als mein Ex das je getan hatte.

Schon beim Verlassen des Aufzugs und dem Blick auf die Glastür zu den Geschäftsräumen meiner Familie verspürte ich eine atemberaubende Sehnsucht nach Flynn. Ich würde mich jetzt auf keinen Fall fragen, was ich ihm wirklich bedeutete. Denn das spielte keine Rolle. Was wir hatten und die Nächte, die wir zusammen verbracht hatten, waren echter als alles, was ich bisher erlebt hatte. Das Gleiche galt für die Freundschaften, die ich in den wenigen Monaten, die ich in Alaska verbracht hatte, geschlossen hatte. Ich hatte das Schlimmste überstanden. Ob Flynn sich nun in mich verliebte oder nicht, ich würde definitiv klarkommen. Aber im Augenblick vermisste ich ihn zutiefst, und ich fühlte mich plötzlich schrecklich abgespannt.

Ich erinnerte mich daran, wie brummig er sein konnte, aber auch an ganz andere seiner Seiten. Ich dachte daran, wie sich seine Handfläche an meiner Wirbelsäule angefühlt hatte, als meine Mutter aufgetaucht war, und wie er meine Wange gestreichelt hatte, als er mich Prinzessin genannt hatte. Ich hob mein Kinn an und schob meine Beine vorwärts.

Ich hatte erwartet, dass ich mich in diesem Augenblick ein wenig krank und eingeschüchtert fühlen würde. So wie ich mich monatelang immer gefühlt hatte, wenn ich hierher gekommen war, während mein Sohn gegen den Krebs angekämpft hatte.

Beim Durchschreiten der Tür sah ich Carol, die Empfangsdame, vor mir. Ihre Augen weiteten sich, als sie mich sah. Sie erholte sich aber schnell wieder und machte einen freundlichen und höflichen Eindruck. „Guten Morgen, Daphne."

Carol war mit meiner Freundin befreundet gewesen und hatte die Affäre vertuscht. Obwohl Nat gefeuert worden war, nahm ich an, dass niemand etwas davon wusste, dass Carol im Bilde gewesen war. Ich lächelte angestrengt. Dann stieß ich ein knappes „Guten Morgen" aus.

Anschließend schlenderte ich an ihr vorbei den Flur entlang. Ich hatte zwar nicht gefragt, aber ich rechnete fest damit, dass mein Büro nicht mehr für mich zur Verfügung stehen würde. Ich hatte zwar ohnehin nicht die Absicht, es zu benutzen, aber ich war schon ein bisschen neugierig. Vor der Tür angekommen, sah ich, dass mein Name noch auf der Tür stand und sie verschlossen war. Ich steckte meinen Schlüssel ins Schlüsselloch und betrat das Büro, dann schloss ich die Tür hinter mir.

Irgendjemand musste wohl geputzt haben, denn es war tadellos aufgeräumt. Auf meinem Schreibtisch lag nichts, und das Büro war unberührt. Ich hatte dieses Büro nicht mehr betreten, seit ich von Petes Affäre erfahren hatte. Das war noch vor Brandons Tod gewesen.

Ich stellte fest, dass ich stärker war, als ich erwartet hatte. Ich hatte erwartet, dass dieser Augenblick schmerzhaft sein würde, aber das war er nicht. Ich hatte bereits losgelassen. Also machte ich kehrt und schritt zielstrebig den Flur entlang. Am Büro meines Vaters angekommen, klopfte ich an. Als ich ihn „Herein" rufen hörte, trat ich ein und schloss sofort die Tür hinter mir.

„Hallo, Dad."

Er schaute noch nicht mal auf. Eines hatte ich aber auf meiner Seite: Überraschung. Sein Blick schnellte hoch. „Daphne! Ich habe gar nicht gewusst, dass du hier bist."

„Ich weiß. Ich bin sicher, George oder Carol haben versucht, dich anzurufen."

Mein Vater warf einen Blick auf sein Telefon und lächelte schief.

Dann erhob er sich von seinem Stuhl und umrundete seinen Schreibtisch. Ich stellte mich davor und stützte mich mit den Fingerspitzen auf der Schreibtischkante ab. Als er dann vor mir innehielt, sah ich zu meiner Überraschung Bedauern und Traurigkeit in seinen Augen. „Ich möchte nur, dass du weißt, wie leid mir das tut", sagte er langsam und mit rauer Stimme.

Das traf mich hart. Mir fiel für einen Augenblick gar nicht auf, dass mir der Mund offen stand. Doch sobald ich das begriffen hatte, schloss ich ihn wieder. „Was?"

„Dass ich dich nicht an die erste Stelle gesetzt habe." Mein Vater zog mich in eine Umarmung, seine Arme legten sich um mich.

Nach einem Augenblick, in dem ich wie erstarrt war, erwiderte ich die Umarmung und wich zurück. „Ich bin nicht zurückgekommen, um hier zu arbeiten. Ich bin lediglich hier, um dir das persönlich zu sagen."

Mein Vater starrte aus dem Fenster, das auf die Innenstadt von Atlanta hinausging. Nach einem Augenblick kehrte er zu seinem Schreibtisch zurück und stützte sich mit den Hüften darauf ab. „Verstehe. Ich habe mir sogar überlegt, ob wir die Partnerschaft mit Petes Familie auflösen können. Das ist zwar eine entfernte Möglichkeit, aber aus rechtlicher Sicht nichts, was schnell über die Bühne gehen kann. Ich wollte fragen, was ich deiner Meinung nach tun soll."

Von all dem, womit ich gerechnet hatte und worauf ich mich vorbereitet hatte, gehörte dies ganz bestimmt nicht dazu. Ich zuckte mit den Schultern und schüttelte den Kopf. „Selbst wenn du den Aufwand auf dich nehmen würdest, werde ich hier nicht mehr arbeiten. Es bereitet mir einfach keine Freude. Tu, was das Beste für das Geschäft ist."

Die Augen meines Vaters musterten mein Gesicht, sein Blick war scharf und abschätzend. Nach einem Augenblick nickte er. „Verstanden. Gut, dann werde ich nur eine Änderung vornehmen."

„Und die wäre?"

„Ich werde die Partnerschaft nur aufrechterhalten, wenn Pete nicht mehr hier arbeitet. Weil es ein hartes Jahr und alles ziemlich durcheinander war, habe ich es dabei belassen. Aber das wird die einzige Änderung sein, die ich vornehme."

Wieder musste sich meine Überraschung in meinem Gesicht gezeigt haben. Mein Vater betrachtete mich schweigend, bevor er wieder aus dem Fenster schaute. Seine Schultern waren steif und er machte einen müden Eindruck.

„Es gibt vieles, was ich in diesem Leben nicht richtig gemacht habe, Daphne. Aber dass ich dich nach der Sache mit Pete zum Bleiben aufgefordert habe, werde ich immer bereuen."

Ich wartete schweigend. Ich konnte nicht sagen, dass ich glücklich darüber war. Vielmehr hatte ich zum ersten Mal in meinem Leben das Gefühl, dass mein Vater versuchte, mich zu verstehen.

Dann drehte er sich wieder zu mir herum und fuhr fort: „Es tut mir leid. Deine Mutter hadert immer noch damit, weil sie möchte, dass du nach Hause kommst. Ich habe ihr dann zu verstehen gegeben, dass vielleicht ihre ganze Beziehung zu dir auf dem Spiel steht."

Ich schluckte durch die aufgestauten Gefühle in meinem Hals und nickte langsam. „Es ist nicht meine Art, den Kontakt zu dir oder ihr abzubrechen, aber dieses Jahr hat mir einige Dinge vor Augen geführt. Du hättest das nicht tun müssen, aber danke, dass du die Entscheidung bezüglich Pete getroffen hast. Ehrlich gesagt, werde ich hier nie wieder arbeiten, also wenn es besser für das Geschäft ist, ihn zu behalten, ist das in Ordnung."

Mein Vater schüttelte leicht den Kopf. „Das ist nicht wirklich eine geschäftliche Entscheidung. Na ja, ich nehme schon an, dass es eine ist. Unsere Familie verfügt über einundfünfzig Prozent der Firma und seine Familie über neunundvierzig Prozent. Es hat eine Weile gedauert, bis ich zu diesem Entschluss gekommen bin, aber ich kann nicht vernünftig mit jemandem zusammenarbeiten, der dir sowas angetan hat. Also, so ist das. Weiß deine Mutter, dass du hier bist?"

„Ich wollte gerade zu ihr gehen. Ich habe nicht vorher angerufen."

Mein Vater gluckste leise. „Das weiß ich doch, Schatz. Wenn du das getan hättest, wäre mein Telefon explodiert."

Ich trat zu ihm, und er umarmte mich fest, bevor er sich zurückzog und meine Schultern drückte. Nachdem er sich von mir gelöst hatte, fragte er: „Was hast du jetzt vor?"

„Keine Ahnung."

Ich verließ das Büro meines Vaters und stieg die Treppe hinauf in den obersten Stock, wo sich das Büro meiner Mutter befand. Im Laufe der Jahre hatte meine Mutter verschiedene Positionen in der Firma eingenommen. In den letzten zehn Jahren hatte sie sich fast ausschließlich um die Wohltätigkeitsprojekte des Unternehmens gekümmert, ein kleiner, aber äußerst umtriebiger Bereich.

Die Frage meines Vaters hallte in meinen Gedanken wider. Was hast du jetzt vor?

Ich wusste es ehrlich gesagt nicht. Ich hatte ein paar Ideen, aber mehr auch nicht. Ich würde improvisieren, und es würde schon gut gehen. Langsam wurde mir klar, dass ich für den Rest meines Lebens mit einer Narbe in meinem Herzen leben würde, weil ich meinen Sohn verloren hatte. Aber Narbengewebe war stärker als das ursprüngliche Gewebe, nachdem es verheilt war.

Ich erinnerte mich an Flynns Augen, dieses eisige Blau mit dem kohlefarbenen Rand. In meinen Gedanken hörte ich ihn immer wieder „Prinzessin" sagen. Bei der Erinnerung daran, wie sehr er mich anfangs auf die Palme gebracht hatte und was für ein griesgrämiger Typ er sein konnte, verzogen sich meine Lippen zu einem Lächeln.

Ein weiteres Gefühl der Sehnsucht durchdrang mich. Ich vermisste ihn. Aber ich wusste, dass ich über ihn hinwegkommen würde. Ich würde zurück nach Alaska gehen und dort kochen. Dann würde ich wahrscheinlich irgendwann wieder gehen, sobald es sich richtig anfühlte, denn ich war mir nicht sicher, ob Flynn jemals seine Zurückhaltung aufgeben würde, um jemanden zu lieben, und ich wollte nicht, dass er sich änderte.

Sobald ich an die Tür meiner Mutter klopfte, wurde sie auch schon aufgerissen. Sie stand da und vibrierte förmlich vor Energie. „Dein Vater hat gerade angerufen, um mir zu sagen, dass du hier bist. Warum hast du nicht angerufen und uns gesagt, dass du nach Hause kommst?" Sie zerrte mich fast in ihr Büro. „Zum Glück hast du genug Köpfchen gehabt, um ..." Dann hielt sie inne, als ich sie eindringlich ansah.

„Mom, lass uns doch nicht darüber reden, wie viel Köpfchen ich deiner Meinung nach habe. Ich bin zurückgekommen, um dir persönlich Bescheid zu sagen, dass ich hier nicht mehr arbeiten werde."

„Dann eröffnest du eben dein Restaurant wieder." Sie sagte das mit fester Stimme, als wäre das bereits ausgemachte Sache. Als ob die Wiedereröffnung meines kleinen Cafés ein Kinderspiel wäre.

Ich schüttelte wieder den Kopf. „Das glaube ich nicht. Ich muss mir erst noch klar darüber werden, was ich tun möchte. Währenddessen habe ich einen Job in Alaska, und ich habe nicht vor, die Leute hängenzulassen."

Meine Mutter seufzte und schürzte ihre Lippen. „Hast du dich in diesen Mann verliebt?"

Ich hatte keine Lust, meiner Mutter meine Gefühle für Flynn zu erklären. „Mom, das spielt keine Rolle. Ich werde hier nicht arbeiten und ich habe auch nicht vor, in Atlanta zu leben. Ich komme zu Besuch und wir kommen schon miteinander klar. Was ich tue und in wen ich verliebt bin, spielt eigentlich keine Rolle."

Die Lippen meiner Mutter zogen sich zu einem schmalen Strich zusammen und ich war überrascht, als ich den Schimmer der Tränen in ihren Augen sah. „Es gefällt mir nicht, dass du so weit weg bist", sagte sie schließlich.

„Mom, ich weiß nicht, wo ich landen werde, aber hier bestimmt nicht. Das ist einfach nicht das, was ich möchte. Vielleicht ändert sich das ja wieder, aber im Augenblick ist das so. Kannst du nicht wenigstens versuchen, das zu verstehen?"

Die Augen meiner Mutter, die den meinen so ähnlich waren, hoben sich. Sie musterte mich schweigend. „Das versuche ich ja. Hat dein Vater dir gesagt, dass er die Partnerschaft an die Bedingung knüpft, dass Pete seine Stelle aufgibt?"

Ich nickte. „Das ändert aber nichts an meiner Meinung, und das habe ich ihm auch gesagt."

Meine Mutter atmete leise aus und nickte. „Wie lange bleibst du hier?"

„Ein paar Tage."

Da trat meine Mutter, die selbst an guten Tagen nie die herzlichste Person war, auf mich zu und drückte mir die Schultern. „Ich liebe dich, Daphne. Ich kann dich zwar nicht verstehen, aber ich werde es versuchen."

Dann beugte sie sich vor und drückte mir einen Kuss auf die Wange – der Gipfel der Zuneigung für meine Mutter. „Wo wohnst du überhaupt?", fragte sie, als sie zurücktrat.

„Nun, ich habe gehofft, bei dir und Dad."

„Natürlich. Wir essen heute zusammen zu Abend."

Kapitel Achtundzwanzig

DAPHNE

Ich hob mir meinen Besuch an Brandons Grab bis zum Morgen vor meinem Abflug auf. Vielleicht war das nicht unbedingt die beste Entscheidung, aber ich wollte danach nicht mehr länger in Atlanta verweilen. Überall, wo ich hinkam, fühlte es sich an, als würden die Erinnerungen wie eine Lawine auf mich niedergehen. Ich musste ihnen ständig ausweichen, um nicht seelisch geplättet zu werden.

Während ich meinen Koffer in meinen Mietwagen lud, vibrierte mein Handy. Obwohl ich Petes Nummer aus meinem Handy gelöscht hatte, wusste ich sie immer noch auswendig. Ich spürte die Vibration in meiner Handfläche, als ich auf das Display starrte, und beschloss, dass ich das Ganze genauso gut hinter mich bringen konnte. Ausweichen half auch nicht weiter.

Ich ließ meinen Daumen über das Display gleiten und hielt das Handy an mein Ohr. „Hallo?"

„Daphne, ich bin's, Pete. Ich habe gehört, dass du neulich im Büro warst."

„Allerdings."

Das war vor drei Tagen gewesen, und er rief erst jetzt an. Ich wartete ab, um zu sehen, was der Grund für seinen Anruf war.

„Du musst deinem Vater unbedingt ins Gewissen reden."

Ich musste fast hysterisch loslachen. Sobald mir klargeworden war, wie oberflächlich die Zuneigung in meiner Ehe gewesen war, hatte Pete aufgehört, sich zu verstellen. Ich wusste zwar, dass er unseren Sohn über alles geliebt hatte, aber ich machte mir keine Illusionen, dass er mich jemals wirklich geliebt hatte. Vielmehr hatte er unsere Ehe als eine vorteilhafte Geschäftsbeziehung betrachtet.

„Worüber?"

„Anscheinend macht er mein Ausscheiden aus dem Unternehmen davon abhängig, dass er das Unternehmen nicht aufteilt. Hast du ihn dazu angestiftet?"

„Auf keinen Fall. Ich habe nicht vor, dorthin zurückzukehren. Mein Vater hat diese Entscheidung selbst getroffen und hat nur darauf gewartet, mit mir darüber zu sprechen. Ich überlasse es dir, zu entscheiden, wie du damit umgehen möchtest. Ist das alles, was du besprechen möchtest?"

Ich war irgendwie erstaunt, wie ruhig ich war. Wahrscheinlich deshalb, weil ich mich tatsächlich von Pete und der Illusion, die wir zu haben geglaubt hatten, gelöst hatte.

Pete schwieg. Ich spürte, dass er sich nicht sicher war, wie er mit mir umgehen sollte. Als ich von seiner Affäre erfahren hatte, war ich am Boden zerstört und hysterisch gewesen. Danach war ich nur noch stocksauer gewesen und hatte mein gesamtes Augenmerk darauf gerichtet, dass Brandon krank war und im Sterben lag. Während all dieser Zeit hatte Pete eine einigermaßen höfliche Haltung eingenommen. Nachdem ich die Scheidung eingereicht hatte, hatte er sich zunächst ein wenig zur Wehr gesetzt und dann schnell nachgegeben, als ich einen bekannten, unbarmherzigen Anwalt eingeschaltet hatte.

Offensichtlich hatte sein Anwalt genug Verstand besessen, um zu wissen, wie schlecht es vor Gericht für ihn ausgesehen hätte. Nach einigen Sekunden der Stille ergriff Pete das Wort. „Ich weiß, es war ein beschissenes Jahr. Aber es tut mir wirklich leid. Ich vermisse Brandon."

Die Trauer traf mich so hart, dass mir der Atem stockte.

Obwohl ich Pete nicht vermisste und mir inzwischen bewusst war, was unsere Beziehung eigentlich nie gewesen war, hatten wir gemeinsam einen schrecklichen Verlust erlitten. Ich wusste, dass niemand sonst meinen Schmerz so gut verstehen konnte wie er.

Sobald ich wieder zu Atem gekommen war, erwiderte ich: „Das weiß ich. Du warst ein großartiger Vater für ihn. Auch wenn ich natürlich nicht gutheiße, wie du mich behandelt hast, ändert das nichts an der Tatsache, dass ich weiß, wie sehr du ihn geliebt hast."

Pete war nun so schweigsam, dass ich schon fast dachte, er wäre gar nicht mehr in der Leitung. Doch als er erneut das Wort ergriff, konnte ich die Tränen in seiner Stimme hören. „Du hast völlig Recht. Ich war ein beschissener Ehemann, aber ich habe Brandon geliebt und ich werde nie aufhören, ihn zu vermissen."

Wir verharrten schweigend am Telefon, und ein seltsames Gefühl des Friedens durchströmte mich. „Du kannst mich jederzeit anrufen, wenn du etwas brauchst", erwiderte ich schließlich. „Ich wünsche dir nur das Beste, Pete."

Ich weiß nicht mehr, wie wir uns verabschiedet haben, aber irgendwann haben wir aufgelegt. Das war einer der Widersprüche, die ich inzwischen kennengelernt hatte. Jeder Mensch besaß verschiedenste Facetten − manche gut, manche wertfrei, manche unbeholfen, manche schlecht. Pete war in vielerlei Hinsicht oberflächlich und hohl, aber er war auch ein guter Vater für Brandon gewesen. Er hatte sich nie rausgehalten. Er hatte Windeln gewechselt, ihn nachts mit dem Fläschchen gefüttert und ihn immer zu allen möglichen Unternehmungen mitgenommen.

Dafür war ich ihm dankbar und liebte ihn aufrichtig für das Geschenk, das er unserem Sohn damit gemacht hatte. Allerdings hatte ich ihn auch als Ehemann kennengelernt, was mich zutiefst verletzt hatte und was ich kein zweites Mal erleben wollte.

Ich raffte meine Kräfte wieder zusammen, als hätte ich einen Mantel um meine Schultern geschlungen, und packte meinen Koffer zu Ende. Eine kurze Autofahrt später trat ich an die kleine Gedenktafel heran. *Brandon Lind. 2014 – 2018. Er war Licht, Liebe, Lachen und Freude. Möge sein Andenken für die Ewigkeit leben.*

Im ersten Monat nach Brandons Tod konnte ich fast nicht weinen. Ich hatte das Gefühl, wie ein Knoten festgeschnürt zu sein, den man mit den Fingern zu lösen versucht, was aber nie gelang. Sobald der Knoten endlich gelöst war, kamen die Tränen in Sturzbächen und es tat fast schon weh, mit jemandem zu reden. Es war, als ob meine Haut selbst die Wunden meiner Trauer getragen hätte, überempfindlich gegenüber Luft, Licht und der bloßen Anwesenheit von jemandem, der wusste, was geschehen war.

In diesen Monaten war es einfacher, mit Fremden zusammen zu sein, weil sie keine Ahnung hatten. Ich konnte so tun, als ginge es mir gut. Eigenartigerweise war das keine Verleugnung. Es war eher eine Art Übung, um mich im Griff zu haben. Denn das gelang mir vor niemandem, der wusste, was passiert war. Allein dieses Wissen reichte schon aus, dass ich die Fassung verlor.

Dann kam die nächste Phase – die Wut. Ich schwankte zwischen Zorn und Verleugnung und einer Art von wahnhaftem Wunschdenken. Selbst jetzt wusste ich noch genau, wo ich ein Outfit für Brandon hatte, falls er auf geheimnisvolle Weise wieder auftauchen sollte. Ich hatte dieses Kleidungsstück sogar in meinem Gepäck nach Alaska mitgenommen. Auf dem Höhepunkt meiner Wut suchte ich schließlich einen Therapeuten auf.

Es versicherte mir unter anderem, dass ich nicht völlig verrückt sei, ein Kleidungsstück von Brandon zu behalten. Anscheinend machten das manche Leute so. Das waren wunderliche Gedankengänge, wenn jemand starb. Bei einem unerwarteten Tod kamen einem alle möglichen seltsamen Gedanken, und die Hoffnung – so widersinnig sie manchmal auch sein mochte – half uns, den Schmerz zu überwinden.

Ich erfuhr, dass der gewundene Pfad der Trauer keinerlei Logik folgt. Er verläuft für jeden anders, und mein persönlicher Weg sah genau so aus, wie er für mich sein sollte. Im Nachhinein wurde mir klar, dass meine Wut auf Pete und Nat mir seltsamerweise in den schlimmsten Zeiten Kraft verliehen hatte.

Ich kniete mich ins Gras und fuhr mit den Fingern über seinen Namen. Berührte das Medaillon, in dem eine seiner kastanienbraunen Locken steckte. Abgesehen von der Werbeanzeige von Flynns Resort, die zufällig auf meinem Bildschirm aufgetaucht war, hatte ich angefangen, nach Reisen nach Alaska zu suchen, weil Brandon immer dorthin gewollt hatte. Ich wusste nicht mal mehr, wie dieser Wunsch bei ihm entstanden war. Vielleicht eine Folge aus einer der Natursendungen, die er so gerne gesehen hatte. Wir hatten seine Bildschirmzeit zwar eingeschränkt, aber er hatte sich oft diese Sendungen ausgesucht, wenn er seine halbe Stunde hatte. Dann war er so unglaublich schnell krank geworden. Wir hatten nicht mal Zeit gehabt, einen Ausflug zu machen.

Also unternahm ich diese Reise für ihn und für mich. Ich wusste nicht, ob ich dort bleiben oder es mich woandershin verschlagen würde. Vielleicht würde ich eines Tages hierher zurückkommen. Ich wusste es einfach nicht.

„Ich liebe dich, kleiner Bär", flüsterte ich. Schließlich hatten wir ihn Brandon-Bär genannt, was zu Bär verkürzt worden war, als er noch ein Baby gewesen war. Der Spitzname hatte sich gehalten.

Ich verweilte noch ein paar Minuten, bevor ich aufstand. Auf der Fahrt zum Flughafen ging mir Flynn immer wieder durch den Kopf. Er war immer dabei gewesen, immer im Hintergrund. Obwohl ich immer noch unsicher war, wohin mich mein Leben führen würde, würde ich zurückkehren und abwarten, wie es weiterging.

Ich holte mein Handy heraus und schickte Flynn eine Nachricht. *Lande morgen in Anchorage.*

Ich wollte noch viel mehr schreiben, aber das fühlte sich einfach nicht richtig an.

Kapitel Neunundzwanzig

FLYNN

„Flynn, ich bin kein kleines Mädchen mehr. Du bist ein richtiger Arsch", stieß Cat mit roten Wangen und feurigen Augen hervor, während sie mich anfunkelte.

„Cat, das ist nun schon das zweite Mal, dass du den Nachmittagsunterricht schwänzt. Daphne kann dich gerade nicht abholen, also musst du nun mit mir vorliebnehmen. Ich habe gedacht, du bist mittlerweile draufgekommen, dass dieser Typ ein Idiot ist."

Plötzlich brach Cat in Tränen aus und drehte sich auf ihrem Sitz herum, um aus dem Fenster zu starren. Dabei schlang sie ihre Arme fest um ihre Taille. Gott steh mir bei. Ich konnte gar nicht gut mit Tränen umgehen.

Nora war die Erste, der Cat von ihrer Notlage erzählt hatte, aber die hatte heute Nachmittag einen Arzttermin und war nicht erreichbar. Nora hatte mir eine Nachricht geschickt, kurz bevor ich zu einem Touristenflug aufbrechen sollte. Schließlich war Tucker für mich eingesprungen und ich hatte mich auf den Weg gemacht, um Cat an der Adresse abzuholen, die Nora mir geschrieben hatte.

Da ich keine Ahnung hatte, was ich Cat sagen sollte und

alles, was ich sagte, unpassend gewesen wäre, legte ich den Gang ein und fuhr nach Hause. Nach ein paar Minuten sagte ich: „Ich kann ja verstehen, dass du ihn magst und vielleicht möchtest du ihn ja auch beeindrucken. Wahrscheinlich hat er dich wieder unter Druck gesetzt. Du musst mir nicht sagen, ob ich Recht habe, und ich persönlich würde lieber falschliegen. Vielleicht ist er ja auch kein Vollarsch, aber ich vermute, dass er Sex haben wollte, denn das wollen die meisten Jungs in seinem Alter und ehrlich gesagt bis in die Zwanziger und sogar noch später."

Ich hörte Cat kurz auflachen, also fuhr ich fort. „Du darfst nicht mehr länger mit ihm abhängen. Das geht dir jetzt sicherlich gehörig gegen den Strich, aber so ist es nun mal. Du weißt doch, dass du nicht die Schule schwänzen darfst. Du hast eine Woche Hausarrest und ich bespreche mit dem Schulleiter, was die Schule zu tun gedenkt."

Während ich schweigend weiterfuhr, wünschte ich mir, Daphne wäre hier. Ich wusste aus ihrer Nachricht von heute Morgen, dass sie morgen hier sein würde, aber das schien mir einfach nicht schnell genug.

Cat schaute nicht mal in meine Richtung. Jedes Mal, wenn ich zu ihr auf den Beifahrersitz blickte, drehte sie den Kopf zum Fenster hinaus. Sie schniefte ein paar Mal und mein Herz brach bei jedem Schniefen. Ich hasste das zutiefst, ich hasste es, Cat verletzt zu sehen.

Sie war immer so ein aufgewecktes Mädchen gewesen. Ganz typisch für Alaska. Sie wusste, wie man mit einem Gewehr umging, sie hatte mir und Grant einmal geholfen, einen Elchkadaver zu bergen, sie wusste, wie man das Öl in meinem Truck wechselt, und sie war auf dem besten Weg, eine gute Mechanikerin für unsere kleinen Flugzeuge zu werden. Sie kannte sich in den Wäldern aus und auch in der freien Natur. Zudem war sie aber auch sehr feminin. Sie sah gern gut aus, wenn es um irgendwelche sozialen Aktivitäten ging.

Am liebsten hätte ich diesem Kerl in den Arsch getreten, aber ich wusste, dass es Cat mehr als peinlich wäre, wenn ich mich einmischen würde. Ich konnte ihr nur klarmachen, dass er sich wie ein Idiot benommen hatte und ihr verbieten, ihn nochmal zu besuchen. Dann musste ich inständig hoffen, dass sie sich auch daran hielt. Sie könnte es trotzdem tun. Je nachdem, was ich noch herausfand, würde ich mich mit seinen Eltern unterhalten müssen.

Daphne war über zwei Monate bei uns gewesen, bevor sie nach Atlanta gegangen war, und der Winter war dem Herbst schon dicht auf den Fersen. In dieser kurzen Zeit war mir nicht entgangen, dass Cat sich Daphne gegenüber leichter geöffnet hatte als uns anderen. Wahrscheinlich, weil Daphne wie die meisten Teenager sich eher neutral verhielt und nicht diese aufgeladenen Geschwistergefühle in sich trug. Außerdem war sie das, was Cat nach dem Tod unserer Mom am ehesten mit einer Mutter vergleichen konnte. Nora und Cat waren altersmäßig zu nah beieinander.

Natürlich reichte die unwillkommene Ablenkung, dass Cat die Schule geschwänzt hatte, kaum aus, um mein Gehirn aus der Endlosschleife rund um Daphne zu reißen.

Ich fragte mich, wie es ihr wohl ging. Ich wollte gar nicht daran denken, wie sehr ich sie vermisste. Denn das tat ich.

Nach unserer Rückkehr zog sich Cat in ihr Schlafzimmer zurück. Ich fand Diego in der Küche, wo er in der großen Speisekammer wühlte. „Kochst du heute Abend?", fragte er, während er sich aufrichtete und mich beim Hereinkommen musterte.

„Ja. Daphne kommt erst morgen zurück."

„Zum Glück", murmelte Diego.

Er öffnete den Kühlschrank und holte sich ein Bier. Als er in meine Richtung schaute, hielt er eines in die Höhe, ohne die Frage auszusprechen.

„Ja, bitte." Ich fing das Bier, das er mir zuwarf, mit einer Hand auf und griff nach dem Flaschenöffner.

„Also kommt Daphne tatsächlich zurück?", mutmaßte Diego, bevor er sein Bier öffnete und einen langen Schluck nahm.

Ich nickte und betrat die Speisekammer, um zu überlegen,

was ich heute Abend für unsere Gäste kochen sollte. „Was hältst du von Lachsfilets mit Reis und Gemüse zum Abendessen?", fragte ich, als ich mit dem Reis in der Hand in die Küche zurückkehrte.

„Ganz brauchbar", antwortete er.

Ich verdrehte die Augen und holte ein Paket aus dem Gefrierschrank, das genug tiefgefrorene Filets für die Gruppe enthielt, die heute Abend hier war. Bei der Zubereitung half mir Diego. Er war eigentlich selbst ein guter Koch, aber dafür bezahlte ich ihn nicht. Ich schätzte es aber immer, wenn er half, denn er hatte ein besseres Gespür für Gewürze als ich.

Wir arbeiteten eine Weile schweigend vor uns hin. Diego war mit dem Abwiegen des Reises fertig und erwähnte dann: „Ich habe von Trey gehört, dass du ihn im nächsten Frühjahr auszahlen möchtest. Ist das alles geklärt?"

„Oh, ja. Ich habe mit der Bank einen Kredit ausgehandelt. Wir könnten ein weiteres Flugzeug und seine Kunden gut gebrauchen. Außerdem holen wir ihn als Verstärkung, wenn er Zeit hat", antwortete ich.

„Schlauer Schachzug." Diego trat an die Spüle, um sich die Hände abzuwaschen. Ich regulierte gerade die Flamme unter dem Reis, als er hinzufügte: „Apropos schlau, bist du dir schon über Daphne klar geworden?"

Letztendlich stellte ich die Flamme höher, anstatt sie runterzudrehen. Diego stieß ein Schnauben aus und deutete mit seinem Ellbogen darauf, während er sich die Hände trocknete. „Scheiße", murmelte ich. Nachdem ich die Temperatur richtig eingestellt hatte, warf ich ihm einen Blick zu. „Was meinst du?"

„Du hast wohl damit gerechnet, dass sie nicht mehr zurückkommt."

Damit hatte er recht, und das gab ich nur ungern zu. Ich hatte gedacht, sie würde abhauen und feststellen, dass ihr das Leben, das sie vor ihrer Ankunft hier geführt hatte, lieber war. Eine Sekunde lang war ich versucht, es abzutun, aber wie jeder andere Kerl, der mir von meiner Einheit in der Air Force hierher gefolgt war, vertraute ich Diego voll und ganz. Er mochte mich vielleicht ärgern und aufziehen, aber er hatte immer nur mein Bestes im Sinn.

„Du hast Recht."

„Alsooooo?"

„Ich weiß nicht, Mann. Wir kommen aus zwei verschiedenen Welten."

„Das gilt doch auch für uns, aber du bist trotzdem wie ein Bruder für mich. Alter, du bist hier aufgewachsen. Hier ist es kalt und wunderschön. Ich bin im sonnenverbrannten Texas aufgewachsen. Aber ich habe mich in das Land hier verliebt, und du bist wie meine Familie. Erzähl mir jetzt bloß nicht, dass ihr aus verschiedenen Welten kommt. Viele Leute kommen aus verschiedenen Welten, aber am Ende ist das egal." Er ballte seine Faust und trommelte damit rasch auf seine Brust. „Das hier ist alles, was zählt."

Mein Herz verpasste mir einen heftigen Tritt in die Rippen, als ob es Diego tatsächlich gehört hätte. Ich holte tief Luft und hielt inne, um mein Bier auszutrinken. Dann warf ich die Flasche in den Mülleimer und rührte den Reis um, bevor ich antwortete: „Ich weiß doch auch nicht, was ich hier eigentlich tue."

„Ja, das ist offensichtlich", stichelte er. Ich verdrehte die Augen, woraufhin sein Blick ernst wurde. „Ich habe dich noch nie so gesehen, wie du dich ihr gegenüber verhältst. Mach jetzt bloß keinen Scheiß."

„Alter, ich habe null Beispiele für gesunde Beziehungen. Meine Mom war klasse, aber hatte ein schreckliches Gespür für Männer. Meinen Vater habe ich nie kennengelernt, und mein Stiefvater war ein Arschloch, das sie bloß ausgenutzt hat und für seine Kinder kaum erreichbar war."

Diego warf mir einen nachdenklichen Blick zu, wobei er seine Zunge in die Backe stieß, was er immer tat, wenn er nachdachte. „Ich war noch nie so richtig verliebt, aber bevor meine

Eltern gestorben sind, waren die beiden verrückt nacheinander, seit ich denken kann. Sie waren Feuer und Flamme, was ihre Liebe anging, aber sie haben sich auch leidenschaftlich gezofft", sagte er lachend. „Sie hätten alles füreinander getan. Ich war mir nicht sicher, was du für Daphne empfindest, bis du ihr vor ihrer Abreise nichts von deinen Gefühlen erzählt hast."

Verwundert neigte ich meinen Kopf zur Seite. „Hm?"

„Vielleicht hast du das nicht bewusst gemacht, aber ich glaube, du hast dich entschieden, ihr nicht zu sagen, wie viel sie dir bedeutet, weil du dir Gedanken darüber gemacht hast, ob sich das auf die Entscheidung auswirkt, ob sie nach Hause geht oder ob sie sich entscheidet, zurückzukommen. Du wolltest sie nicht beeinflussen, weil es dir so wichtig ist, dass sie die Entscheidung selbst trifft."

„Wow, das ist ja echt tiefsinnig", meinte Elias, als er in die Küche kam und das Ende von Diegos Ausführungen hörte.

Ich warf ihm einen flüchtigen Blick zu, und er zwinkerte mir zu. Dann holte er sich sein eigenes Bier aus dem Kühlschrank und schaute zwischen uns hin und her. „Was würden wir nur ohne Diego machen, der uns in Sachen Leben und Liebe berät?", neckte er mich liebevoll.

Diego verdrehte die Augen. „Flynn ist einfach nur bescheuert."

Elias warf mir einen durchdringenden Blick zu, als sein Lächeln verblasste. „Aber er hat recht, das weißt du doch."

———

Daphne blieb für den Rest des Abends und bis in die Nacht hinein hartnäckig in meinen Gedanken. Obwohl das ja nichts Neues war. Bei Daphne fehlte es mir an jeglicher Willenskraft.

An diesem Abend, als ich allein im Bett lag, fuhr meine Hand einen Augenblick lang über meine Erektion. Seltsamerweise gab ich dem Drang, mich selbst zu befriedigen, nicht nach. Ich brauchte Daphne.

Außerdem brauchte ich eine Portion Nervenstärke. Ich war der Meinung, dass ich aufgrund meiner Jahre beim Militär Nerven aus Stahl hatte, aber eine Frau, die grade mal ein bisschen größer als anderthalb Meter und so schmal war, dass ich sie fünfzehn Kilometer weit tragen konnte, jagte mir eine Heidenangst ein.

Kapitel Dreißig

FLYNN

Ich wartete vor dem Sicherheitsbereich des Flughafens. Ich hatte auf Daphnes Nachricht geantwortet und gefragt, wann sie landen würde, aber sie hatte nur geantwortet, dass sie sich einen Mietwagen nehmen würde. Ich war überrascht, als ich heute Morgen eine E-Mail von Daphnes Mutter an unsere geschäftliche E-Mail-Adresse erhielt. Ausgerechnet mit Daphnes Reiseroute. Ihre Mutter hatte auch sehr höflich gefragt, ob jemand Daphne am Flughafen abholen könnte, weil sie nicht glaubte, dass Daphne selbst fragen würde. Ihre Mutter war besorgt, dass Daphne sich nach dem langen Flug noch hinters Steuer setzen würde, obwohl sie genau wusste, dass sie das schon mal gemacht hatte.

Die Leute strömten durch die Türen, was mir verriet, dass der Flug gelandet war. Ich wartete ungeduldig darauf, Daphnes kastanienbraunes Haar zu sehen. Obwohl sie klein war, war ich groß genug, um den Großteil der Menge zu überblicken, und ich verpasste den Augenblick nicht, als sie in mein Blickfeld trat.

Mein Puls begann zu rasen und diese vertraute Elektrizität zischte durch meinen Körper. Als sie durch die Glastüren kam, trat ich von der Wand zurück. Ihr Blick war auf den Boden gerichtet, also nahm ich mir einen Augenblick Zeit, um sie wahrzunehmen.

Sie trug wieder eine Bluse mit einem Rock und Stiefeln, und mein Herz schoss mir fast aus der Brust. Ich hatte ganz vergessen, wie verdammt süß sie in einem Rock aussah.

„Daphne."

Da schoss ihr Kopf hoch. Sie schaute zuerst in die andere Richtung und es dauerte einige Sekunden, bis ihr Blick auf mir landete. Aber als sie mich sah, weiteten sich ihre Augen und sie trat sofort zu mir herüber. „Flynn", begann sie und ihr Tonfall wirkte verwundert. „Ich hatte ja keine Ahnung, dass du mich abholen würdest. Ich wollte mir doch ein Auto mieten."

Vor lauter Aufregung konnte ich nicht sprechen, also trat ich näher und zog sie in meine Arme. Sie schmiegte sich sofort an mich, schlang ihre Arme um meine Taille und legte ihren Kopf an meine Schulter.

Ich lehnte meine Wange an ihr Haar und atmete sie einfach ein – sie zu fühlen, sie zu riechen, einfach nur sie. Ihre bloße Anwesenheit beruhigte mich und half mir, wieder zu mir selbst zu finden. Dann hob sie den Kopf und ihre Augen suchten meine.

„Deine Mom hat mir gemailt und darum gebeten, dass dich jemand abholen kommt. Ich wollte dich ohnehin abholen, aber du warst etwas unklar, was den Zeitpunkt deiner Landung angeht."

Ich konnte mir ein Schmunzeln nicht verkneifen, als Daphnes Augen sich auf komische Weise weiteten. „Meine Mutter hat dir gemailt? Ist das dein Ernst?"

„Oh ja. Zum Glück, denn das war viel besser, als hier aufzutauchen und den ganzen Tag zu warten. Ich habe nicht gewusst, welchen Anschlussflug du nimmst und war mir nicht sicher, woher du eigentlich kommst."

Da rümpfte sie die Nase und schenkte mir ein verlegenes Lächeln. „Ich wollte mich nicht aufdrängen."

„Ich liebe es, wenn du dich aufdrängst", stichelte ich, aber ich meinte es ernst.

Sie biss sich auf die Lippe und ihr Lächeln wurde langsam breiter. „Es ist schön, dich zu sehen."

Plötzlich stieß jemand von hinten an sie heran. „Hast du Gepäck?", fragte ich und drückte sie an meine Seite, während ich mich umwandte.

„Nur eine Tasche."

„Dann lass uns die doch holen." Ich konnte nicht aufhören, sie zu berühren und schlang meine Hand um ihre, während wir weitergingen.

„Wie war dein Trip?", fragte ich, als wir in der Nähe der Gepäckausgabe warteten.

Sie sah mich mit ihren wunderschönen grünen Augen an, ihr Blick war nachdenklich. „Genau das, was ich gebraucht habe. Es ist so schön, wieder hier zu sein."

„Es ist wirklich schön, dich wieder hier zu haben."

———

Der Winter nahte und die Tage wurden kürzer. Wir sahen zu, wie die Sonne ihren prächtigen Bogen machte, während wir den Turnagain Arm in Richtung Süden fuhren, wo sich die Straße auf der einen Seite an den Fuß der Berge schmiegte und auf der anderen Seite der Straße das Wasser des Cook Inlet lag. Die Aussicht war schlicht und ergreifend atemberaubend.

„Oh, wow", hauchte Daphne, als sie auf die schneebedeckten Berggipfel blickte, die von der untergehenden Sonne in ein durchscheinendes Rosa und Lavendel getaucht wurden.

„Das ist das Alpenglühen." Ich spürte, wie Daphne in meine Richtung schaute und blickte kurz zur Seite. „Die Reflexion der Sonne."

„Es sieht fast so aus, als wäre Ankündigungsschnee gefallen", stellte sie fest.

„Prinzessin, du klingst jetzt wie eine waschechte Einwohnerin, wenn du von Ankündigungsschnee sprichst", witzelte ich.

Weil ich nicht widerstehen konnte, schaute ich wieder in ihre Richtung und richtete meinen Blick dann schnell wieder auf den kurvenreichen Highway vor mir. Dieser kurze Blick reichte aus, um zu sehen, dass ihre Wangen rosa gefärbt waren.

„Cat hat mir davon erzählt."

Ich musste schmunzeln. „Gut. Weißt du, du hast dich seit dem Tag, an dem ich dich mitten auf der Straße winkend angetroffen habe, ganz schön weiterentwickelt."

Ich spürte Daphnes Lächeln eher, als dass ich es sah. „Ich bin noch nie davor zurückgeschreckt, etwas Neues zu lernen. Mir gefällt es hier. Aber ich kann mir nicht vorstellen, ein Flugzeug zu fliegen oder Bären zu bekämpfen."

Da musste ich lachen. „Ich fliege vielleicht fast jeden Tag, aber ich bin nicht so bescheuert, mich mit einem Bären anzulegen."

„Wie geht es Cat?", fragte Daphne als Nächstes.

Ich atmete tief durch und versuchte nicht mal, mein Seufzen zu verbergen. „Ich musste sie gestern bei diesem Jungen abholen. Ich habe ihr wieder eine Woche Hausarrest gegeben, und sie darf nirgendwo mit ihm hingehen. Sie hat geheult und das war schrecklich. Sie hat sich gestern Abend sogar in ihrem Zimmer eingeschlossen und seitdem nicht mehr mit mir gesprochen. Heute Morgen ist sie rausgekommen, um zur Schule zu gehen, also habe ich sie kurz gesehen, aber sie hat sich geweigert, auch nur ein Wort zu sagen."

„Oh, Cat", antwortete Daphne und ihr Mitgefühl war deutlich in ihrer Stimme zu hören. „Das Leben als Teenager ist hart, vor allem für ein Mädchen."

„Kannst du mir bitte mal verraten, warum sie wieder mit ihm den Unterricht schwänzen wollte? Nach dem, was beim letzten Mal passiert ist, verstehe ich das nicht wirklich. Ich habe ihr gesagt, dass alle Jungs Idioten und dass sie einfach nur notgeil sind. Allerdings nicht mit diesen Worten", fügte ich eilig hinzu.

Daphnes Kichern weckte in mir den Wunsch, die Fahrt zu unterbrechen und sie zu küssen, aber das tat ich nicht. Es wurde schon dunkel, also fuhr ich weiter.

„Ich bin nicht Cat, also weiß ich das nicht so genau. Die meisten Mädels im Teenageralter haben ein geringes Selbstwertgefühl. Darüber gibt es sogar Untersuchungen. Offensichtlich mochte sie diesen Typen schon vorher, also hat er ihr wahrscheinlich eingeredet, er würde sie nicht unter Druck setzen."

„Aber Cat ist so taff und stark und ..." Ich schüttelte den Kopf. „Ich verstehe das einfach nicht."

Daphne streckte ihre Hand aus und drückte mein Knie. In dem Augenblick, in dem sich ihre Hand löste, wollte ich sie schon wieder zurückhaben. „So einfach ist das nicht. Cat kann in einigen Lebensbereichen selbstbewusst und stark sein und sich in anderen Bereichen trotzdem unsicher fühlen. Wir leben nicht gerade in einer Welt, die es mit Mädels gut meint. Besonders brutal ist es als Teenager."

„Alsoooo", begann ich langsam, „es ist wahrscheinlich keine gute Idee, wenn ich bei diesem Typen auftauche und ihm die Hölle heiß mache?"

„Auf keinen Fall. Es sei denn, er hat sie zu sehr unter Druck gesetzt, nachdem sie Nein gesagt hat. Wenn das der Fall ist, solltest du trotzdem besonnen vorgehen und dich mit seinen Eltern unterhalten. Selbst wenn er ein Arschloch ist, ist er trotzdem erst sechzehn. Hat sie dir erzählt, was passiert ist?"

„Hast du nicht mitbekommen, dass sie gestern Abend und heute Morgen nicht mit mir gesprochen hat?", fragte ich trocken.

Diesmal war Daphnes Lachen sanft und verständnisvoll. „Verstehe. Meinst du, sie hat mit Nora darüber gesprochen?"

„Nora hat das verneint. Ich hatte irgendwie gehofft, dass Cat mit dir reden würde."

„Mit mir?" Daphnes Stimme klang verunsichert.

„Ja, mit dir. Das ist es ja gerade. Ich habe vielleicht keine Erfahrung damit, ein pubertierendes Mädchen zu sein, aber ich weiß sehr wohl, was es heißt, ein Teenager zu sein. Manchmal ist es eben einfacher, mit Leuten zu reden, die nicht so …" Ich hielt abrupt inne, weil ich nicht wusste, wie ich beschreiben sollte, was ich meinte.

„Emotional in die Sache verwickelt sind?", bot Daphne an.

„Ja, genau. Sie vertraut dir. Würde es dir etwas ausmachen, mit ihr zu reden?"

„Natürlich nicht, aber nicht heute Abend. Bis wir da sind, ist es schon spät, also versuche ich es morgen. Vielleicht kann ich sie nach der Schule abholen und mit ihr einen Kaffee trinken gehen oder so."

„Egal was, Hauptsache es klappt." Ich war so erleichtert, dass Daphne bereit war, mit Cat zu reden, dass mir ehrlich gesagt egal war, was sie unternahm.

„Im Auto ist es besonders gut, weil sie dann reden kann, ohne einen ansehen zu müssen."

Ich gluckste. „Stimmt." Dann hielt ich inne, bevor ich fragte: „Also, erzähl mir mal von deiner Reise."

Einen Augenblick lang herrschte ohrenbetäubende Stille, und mein Herz begann unkontrolliert zu pochen. Ich konnte mir gut vorstellen, dass ihr Trip nach Hause voll mit emotionalen Minen gespickt war. So offen und ehrlich Daphne auch über das Geschehene sprach, wusste ich doch nicht, was sie mir überhaupt anvertrauen wollte. Es war für mich nicht einfach, mich auf dieses emotionale Terrain zu begeben.

Ich erschlaffte fast vor Erleichterung, als sie endlich das Wort ergriff. „Es war schwer, aber es war trotzdem auch schön. Da ich weiß, dass du meine Mutter nicht gerade von ihrer besten Seite kennengelernt hast, wird es dich vielleicht überraschen, dass wir im Augenblick einigermaßen Frieden geschlossen haben."

„Gut zu wissen", stieß ich schroff hervor und meinte es auch so. Auch wenn ich fand, dass Daphnes Mutter ziemlich hart war, so hatte ich doch genug erlebt, um zu wissen, dass manche Leute ziemlich schwierig und verkorkst sein können.

Man kann beschissene Sachen abziehen und dennoch andere lieben.

Meine Hand fand den Weg zu Daphnes Hand, während ich durch die Dunkelheit fuhr. Die Stille zwischen uns fühlte sich angenehm an. Je mehr Kilometer wir zurücklegten, desto aufgeladener fühlte sich die Luft um uns herum an. In meiner Brust kochten die Gefühle hoch, und ich wollte so viel sagen. Da gab es nur ein klitzekleines Problem: Worte waren noch nie meine starke Seite gewesen. Ich war eher ein Mann der Tat.

Die Erkenntnis, wie sehr ich Daphne vermisst hatte, rankte sich wie eine Schlingpflanze durch meine unverhofften Gefühle für sie. Diese Ranke wickelte sich sogar noch stärker um das heftige und unerbittliche Bedürfnis, das ich für sie empfand. Ich dachte nicht mal nach, als ich hastig von der Autobahn abbog und durch ein kleines Wäldchen auf einen Aussichtspunkt zusteuerte.

„Wo ...?" Daphnes Frage wurde abrupt unterbrochen, als ich den Truck anhielt und den Motor abstellte.

Zum ersten Mal ärgerte ich mich über die Konsole zwischen den beiden Vordersitzen in meinem Truck. Bei meiner Körpergröße war mein Sitz schon so weit zurück, wie er nur ging. In dem Augenblick, in dem Daphnes Augen meine trafen, sah ich das Aufflackern des Verlangens in ihren. Es war, als ob wir unsere eigene Elektrizität erzeugten, die so heiß war, dass sie den Raum um uns herum aufheizte.

Ich beugte mich über die Mittelkonsole, schob meine Hand wild in ihr Haar und forderte ihren Mund zu einem heftigen Kuss ein. Dazu knurrte ich in meiner Kehle. Daphne zögerte nicht, ihren Mund zu öffnen und ihre Zunge gegen meine gleiten zu lassen. Die nächsten paar Minuten waren weder besonders elegant noch kontrolliert, als ich sie auf meinen Schoß zog.

Ihr Kopf stieß gegen das Dach und ich murmelte ein „Sorry" gegen ihren Hals, als ihr Ellbogen gegen das Fenster auf der Fahrerseite stieß.

„Du solltest öfter Röcke tragen", keuchte ich, während mein

Kopf gegen den Sitz sank und ich meine Handflächen über ihre Oberschenkel gleiten ließ. Eine Gänsehaut überzog ihren Körper. „Baby, du bist ja eiskalt."

„Es war nicht kalt, als ich ins Flugzeug eingestiegen bin." Ihre Worte endeten mit einem kleinen Stöhnen, sobald ich ihr Höschen erreicht hatte und mit einem Fingerknöchel über die feuchte Seide strich.

Sie keuchte erneut, als ich die Seide beiseite schob und sie heiß und klitschnass vor Erregung fand.

„Flynn", murmelte sie gegen meinen Hals, als ihre Stirn auf meine Schultern fiel und sie ihre Hüften gegen mich stieß.

„Ja, Prinzessin?"

Da streckte sie die Hand zwischen uns aus und fuhr mit ihrer Handfläche über meine harte Erregung. Mein Schwanz war so prall geschwollen, dass ich spürte, wie die Zacken meines Reißverschlusses gegen ihn drückten.

Dann stöhnte ich auf, als sie kurzerhand den Reißverschluss öffnete und meine Jeans gerade so weit beiseiteschob, dass mein Schwanz heraussprang. „Daphne", stöhnte ich, meine Stimme klang kehlig und rau.

Wir fummelten, und dann drückte mein Schwanz auch schon an ihren Eingang und ich glitt in einem Zug in sie hinein.

Mir fehlten zwar die Worte, aber ich wusste, wie ich Daphne mit meinen Händen, mit meinem Mund, mit meinen Lippen, meiner Zunge, meinen Zähnen und mit meinem ganzen Wesen lieben konnte. In dem Augenblick, in dem ich bis zum Anschlag in ihr steckte und spürte, wie sie sich um mich herum wand, drückte ich ihr einen Kuss auf den Hals. Ich begann heftig an ihrer Bluse zu zerren und riss dabei ein paar Knöpfe auf. Dabei genoss ich jedes kleine Geräusch, das sie von sich gab.

Kapitel Einunddreißig

DAPHNE

Flynn füllte mich aus, und die damit verbundene Reibung trieb mich bereits an den Rand der Erlösung. Er stieß mit sanften Bewegungen in mich hinein und steuerte die Bewegung meiner Hüften, während ich mich hob und senkte.

Mein Puls raste und ich fühlte mich trunken vor Lust. Meine unerwartete Gefühlsregung, als ich ihn auf dem Flughafen erblickt hatte, rauschte durch mich hindurch und vermengte sich mit meinen Gefühlen. Ich glaubte, ich würde in Flammen aufgehen, so heftig war das alles.

Wie immer wusste Flynn genau, was ich brauchte. Gerade als ich mich verzweifelt nach der Erlösung sehnte, die für mich zum Greifen nahe war, glitt seine Hand meinen Rücken hinunter und umfasste entschlossen meine Hüfte. Ich konnte spüren, wie sich seine Finger in meine Haut bohrten, als er murmelte: „Komm schon, Prinzessin. Gib mir alles."

Er drückte einen heißen Kuss auf die empfindliche Haut hinter meinem Ohr. Anschließend veränderte er den Winkel, mit dem er in mich eindrang, und die sanfte Reibung an meiner Klitoris ließ mich aufschreien und explodieren. Mein Höhepunkt überrollte mich mit voller Wucht. Ich hörte, wie ich seinen Namen rief und spürte, wie die Hitze seiner Erlösung mich erfüllte. Er knurrte meinen Namen gegen meinen Hals.

So blieben wir für einige lange Augenblicke. Unsere Wangen waren aneinandergeschmiegt, wo ich mein Gesicht an seinem Hals vergraben hatte. Ich war wie betäubt und erschöpft von der Wucht unserer Vereinigung. Ich spürte den sanften Druck seiner Lippen auf meinem Hals, bevor er seinen Kopf anhob und ihn auf den Sitz legte.

Es kostete mich Mühe, meinen Kopf zu heben. Als ich seinem nun vertrauten Blick begegnete, begann mein Herz zu rasen und mein ganzer Körper zitterte vor Aufregung, die mich mit der Kraft eines Erdbebens erschütterte.

„Ich habe dich vermisst", stellte Flynn fest und überraschte mich mit seinen Worten und der Ernsthaftigkeit in seinem Ton. „Falls das nicht offensichtlich war." Seine Lippen verzogen sich zu einem schiefen Lächeln.

Ich hätte Flynn zu gern gestanden, dass ich mich in ihn verliebt hatte, aber irgendwie schien dies nicht der richtige Augenblick dafür zu sein. Ich hob eine Hand und strich ihm das zerzauste Haar glatt. „Ich habe dich auch vermisst. Falls das nicht offensichtlich war."

Sein Lächeln verlängerte sich bis zu seinem anderen Mundwinkel, als ich seine Worte wiederholte.

„Müssen wir uns Sorgen machen, dass hier sonst noch jemand vorbeikommt?", fragte ich, als mir erst jetzt bewusst wurde, wo wir uns befanden. Ich blickte hinaus in die Dunkelheit und sah den Mond über den Bergen in der Ferne aufgehen.

„Im Sommer, ja. Aber dann wäre es noch taghell und es gäbe viel mehr Touristen. Trotzdem schätze ich, dass wir langsam aufbrechen sollten."

Ich konnte mich noch nicht dazu durchringen, mich zu bewegen. Flynn sah mich an und strich mit dem Daumen über meine Lippen, bevor er sich für einen schnellen, heftigen Kuss nach vorne beugte.

„Ich überlege mir gerade, ob es sicher ist, mit dir auf dem Schoß zu fahren", fügte er hinzu, als er sich zurücklehnte.

„Auf gar keinen Fall." Ich lachte und spürte, wie sich mein Kanal leicht um ihn herum zusammenzog.

Widerwillig löste ich mich von ihm und robbte mit seiner Hilfe zurück auf meinen Sitz. Nachdem wir uns wieder ange- zogen hatten, beugte sich Flynn zu mir und gab mir einen langen Kuss, der mein Herz rasen ließ.

Kapitel Zweiunddreißig

DAPHNE

„Nein, mit dem bin ich durch", stellte Cat mit einem kleinen Grollen fest. Sie streckte die Hand aus und zog ihren Pferdeschwanz fest. „Was jetzt?"

Es war sechs Uhr morgens und Cat war schon vor einer Stunde in der Küche aufgetaucht und hatte angekündigt, dass sie lernen wollte, besser zu kochen. Ich war jetzt seit vier Tagen zurück und hatte noch keine Gelegenheit gehabt, mich mit Cat zu unterhalten, wie Flynn gehofft hatte. Er verstand, dass ich so etwas nicht erzwingen konnte, aber er hatte mich auch jeden Abend danach gefragt. Das ließ mein Herz jedes Mal ein wenig höherschlagen, weil er seine kleine Schwester liebte und sich Sorgen machte. Er legte sein Selbstvertrauen und seine übliche Griesgrämigkeit mit einer solchen Selbstverständlichkeit an den Tag, dass es fast schon liebenswert war, seine Unsicherheit im Umgang mit seiner Schwester im Teenageralter zu beobachten.

Flynn und ich hielten uns an unsere gewohnte Routine: Wir verbrachten die Nächte zusammen, meistens in meinem Zimmer. Obwohl wir keinen Hehl daraus machten, dass zwischen uns etwas war, fühlte ich mich immer noch nicht wohl dabei, die Nacht in den Privaträumen zu verbringen, die er mit Cat hier im Resort teilte.

Ich hatte mich weitgehend mit meinen Gefühlen für ihn abgefunden, aber ich spürte den Hauch von Distanz, den Flynn zwischen uns hielt. Außer, wenn wir nackt waren. Dann war alles ungeschützt und offen. Wenn unsere Körper miteinander reden könnten, wäre alles klar.

Der Sex war immer noch unglaublich, aber es erschien mir unangemessen, Cat den Eindruck zu vermitteln, dass wir wilden Sex ohne jede Verpflichtung hatten, besonders in ihrem Alter. Allerdings glaubte ich nicht, dass Flynn bereit war, die Gefühle zwischen uns anzuerkennen, und damit kam ich erstaunlich gut zurecht. Für den Augenblick.

Ich deutete auf zwei Zwiebeln, die ich vorhin auf die Arbeitsplatte gelegt hatte. „Die müssen wir für das Rührei hacken.“

„Zwiebeln in den Eiern?“

„Ja. Zwiebeln machen alles besser, Cat. Wahrscheinlich hast du die gebratenen Zwiebeln in all den anderen Sachen, die ich bisher gemacht habe, noch gar nicht bemerkt. Das Messer auf dem Schneidebrett, das ich schon bereitgelegt habe, ist das Beste. Schneide die Enden der Zwiebel ab und halbiere sie dann. Anschließend kannst du die Haut abziehen und mit dem Schneiden beginnen.“

Cat befolgte meine Anweisungen genau und fragte nicht weiter nach, als sie anfing, die Zwiebeln zu hacken. In der Zwischenzeit stellte ich eine große Sauteuse auf den Herd und beträufelte sie mit Olivenöl, bevor ich den Brenner auf niedrige Stufe stellte. „Warte kurz, dann kannst du anfangen, die Zwiebeln in die Pfanne zu geben.“

Cat hackte weiter, während sie kurz aufschaute und nickte.

Ich beschloss, die Gelegenheit zu nutzen. „Aber du kannst dir sicher vorstellen, dass Flynn sich fragt, warum du noch mal zu Jonathon gegangen bist.“

Cat hielt ihren Blick gesenkt, als sie antwortete: „Na klar. Natürlich kann ich mir das vorstellen.“ Sie stieß ein schnaubendes Lachen aus, als sie das Messer ablegte. Ich hob die Pfanne an, um sie zu schwenken und sicherzustellen, dass das

Olivenöl die gesamte Oberfläche überzog, bevor ich sie wieder absetzte. „Jetzt kannst du die Zwiebeln dazugeben." Ich deutete auf die Pfanne.

„Ich habe keine Ahnung, warum ich wieder hingegangen bin", begann Cat, während sie die Zwiebeln vorsichtig vom Schneidebrett in die Pfanne schaufelte. „Jonathon hat sich entschuldigt, und es war ja nicht so, dass ich ihn nicht gerne geküsst hätte. Ich wollte nur nicht den nächsten Schritt wagen. Aber nachdem er sich entschuldigt hat, habe ich gedacht, er würde es verstehen."

„Und das hat er nicht?", fragte ich.

Ich stellte fest, dass das Kochen genauso geeignet war wie das Autofahren, um schwierige Gespräche zu führen. Wir waren beide mit Aufgaben beschäftigt, die nicht allzu viel Konzentration erforderten, sodass wir uns unterhalten konnten, ohne uns jedoch direkt anzuschauen. Mir machte der Blickkontakt nichts aus, aber ich wusste, dass Cat sich unter zu viel Aufmerksamkeit unwohl fühlen würde.

Cat stieß einen Seufzer aus, während sie sich umdrehte, um das Schneidebrett abzuspülen. „Flynn hat doch gesagt, dass Jungs bescheuert wären und bloß Sex im Kopf hätten."

Ich lachte. „Das stimmt ja auch, besonders in diesem Alter. Wenn Jonathon deine Grenzen schon zweimal in den Wind geschlagen hat, dann hat er dir damit gezeigt, dass er grundsätzlich nicht dazu bereit ist. So einfach ist das."

Diesmal stieß Cat einen kräftigen Seufzer aus. „Stimmt. Er hat mir vorgeworfen, ich wäre verklemmt. Das ist sowas von lächerlich."

Jetzt kam der schwierige Teil. Ohne dass ich sie darum gebeten hätte, hatte Cat bereits angefangen, die Zwiebeln umzurühren. „Hast du denn schon gehört, ob er irgendwas weitererzählt hat? Gerüchte verbreiten sich an der Highschool doch wie ein Lauffeuer."

„Noch nicht. Aber auch wenn er ein Idiot ist, weiß er, dass ich viele Freunde habe."

„Weil du selbst eine gute Freundin bist", antwortete ich entschlossen. „Darf ich dich vielleicht noch was fragen?"

„Äh, nein", antwortete sie unsicher.

Doch ich ließ mich nicht beirren. Immerhin hatte sie sich noch nicht vor mir verschlossen. „Hat er zu sehr gedrängt? Sollte sich Flynn mit seinen Eltern, den Lehrern oder jemand anderem darüber unterhalten?"

Jetzt schwieg Cat und ich warf ihr einen kurzen Blick zu, erkannte aber, dass sie nicht übermäßig aufgebracht aussah. Nach einem Augenblick schaute sie zu mir herüber. „Das klingt ja ganz schön heftig."

„Ist es auch. Aber das ist eine ernste Frage, und sie ist wichtig."

Cat schaute wieder auf die Zwiebeln und rührte unschlüssig darin herum. „Nein, er hat nichts getan, worüber Flynn mit seinen Eltern, den Lehrern oder der Polizei reden sollte. Ich schätze, die hast du doch mit jemand anderem gemeint." Sie legte den Pfannenwender beiseite, um „jemand anderem" in Anführungszeichen setzen zu können. „Er hat mich einfach total bedrängt. Da habe ich ihm gesagt, er kann sich gleich verpissen. Ich habe zwar geheult, weil ich mir wie eine Idiotin vorkam, weil ich ihm wieder mal auf den Leim gegangen bin. Diesmal habe ich aber nicht vor ihm geweint. Ich habe in der Einfahrt gewartet, bis Flynn mich abgeholt hat. Ich wünschte, du wärst nicht weggefahren", fügte sie dann energisch hinzu.

Ich raspelte gerade Käse. Nachdem ich die Reibe abgesetzt hatte, wandte ich mich um und zog Cat in eine kurze Umarmung. „Dir geht es doch prima. Ich bin sogar froh, dass es Flynn war und nicht ich."

Als ich zurücktrat und meine Handflächen an ihren Armen hinuntergleiten ließ, sah ich zu meiner Überraschung, dass sich in ihren Augen der kleinste Anflug von Tränen abzeichnete. Sie rümpfte die Nase und drehte sich wieder um, um nach den Zwiebeln zu sehen. „Warum sagst du das? Er hat mir Hausarrest verpasst", murmelte sie.

„Hatte er dir beim ersten Mal nicht auch ein paar Tage Hausarrest gegeben?"

„Na ja, schon, aber ..."

„Aber was? Du musst verstehen, dass ich solche Dinge nicht vor Flynn verheimlichen kann. Niemals."

Cat warf mir einen gespielt finsteren Blick zu und brach dann in Gelächter aus. „Ich kann doch wohl noch hoffen."

In diesem Augenblick schwang die Wohnungstür auf und Flynn kam in die Küche gestürmt. Er warf uns auf dem Weg zur Kaffeekanne einen flüchtigen Blick zu. „Warum bist du schon so früh auf, Cat?"

„Daphne bringt mir bei, wie man besser kocht."

Flynns Blick blieb einen Augenblick lang an meinem hängen, gerade lange genug, um mir die Schamesröte ins Gesicht zu treiben. Dann riss er seinen Blick von mir los und konzentrierte sich darauf, Kaffee in eine Tasse zu gießen. „Da sie die beste Köchin ist, die ich je getroffen habe, bist du in guten Händen."

Dann drehte er sich um, nippte an seinem Kaffee und hielt neben Cat inne, um ihr am Pferdeschwanz zu ziehen. „Du hast noch eine halbe Stunde Zeit, bevor ich dich zum Bus bringe."

„Ich weiß", antwortete sie schnell.

In diesem Augenblick kam Elias vorbei, um sich seinen eigenen Kaffee zu holen. Während er und Flynn sich kurz über den Flugplan für den Tag unterhielten, ermutigte ich Cat, noch schnell unter die Dusche zu springen. Ich hatte bereits festgestellt, dass sie dazu neigte, bis zum allerletzten Augenblick zu warten, um sich für die Schule fertig zu machen.

Während sie losrannte, um sich zurechtzumachen, und Elias sich aus dem Staub machte, waren Flynn und ich für ein paar Minuten allein in der Küche. Er stellte seine Kaffeetasse auf den Tresen und drückte mir dann heiße Küsse auf den Hals, die sich wie warme Honigtropfen auf meiner Haut anfühlten.

„Warum schläfst du nicht jede Nacht bei mir?", murmelte er. „Was muss ich noch tun, um dich zu überzeugen?"

Ich drehte mich in seinen Armen herum und lehnte meine

Hüften gegen den Tresen, während ich zu ihm aufschaute. „Du musst überhaupt nichts tun, um mich zu überzeugen. Ich glaube nur nicht, dass das für Cat das Richtige ist."

„Sie weiß doch, dass wir zusammen sind", antwortete er.

Ich hob eine Hand und strich ihm eine Haarsträhne aus dem Gesicht. „Das weiß ich doch, aber wir sind uns da noch nicht so ganz einig, und ich möchte das Ganze nicht noch kompliziert machen."

Flynn sah verwundert aus, also beschloss ich, einfach die Wahrheit zu sagen. Das half immer. „Ich habe überhaupt keine Erwartungen, aber ich liebe dich. Und ich bin mir ziemlich sicher, dass die Sache für dich nicht ganz so aussieht."

Flynn sah total geschockt aus. Er glotzte mich an und öffnete den Mund, um zu sprechen, bevor er den Kopf schüttelte, als wolle er sich erst über etwas klar werden. „Daphne, ich ..." Dabei schloss er die Augen und legte seine Stirn an meine. „Du hast mich wirklich überrumpelt", murmelte er schließlich.

„Das habe ich mitbekommen", antwortete ich trocken. „Schon gut, Flynn. Aber wie ich schon gesagt habe, glaube ich nicht, dass wir beide schon so weit sind." Ich löste mich aus seinen Armen und beugte mich vor, um ihm einen Kuss auf die Lippen zu drücken, als Gabriel in der Küche erschien. „Ich muss jetzt Frühstück machen."

Damit eilte ich in die Speisekammer und zum Kühlschrank. Ich brauchte Eier und zwar jede Menge. Außerdem durfte ich nicht allzu sehr darüber nachdenken, was ich gerade getan hatte. Mein Herz raste und ich fühlte mich ein wenig atemlos. *Gefühle.* Das, von dem ich gedacht hatte, ich hätte es überwunden, war wieder aufgetaucht, und das alles nur wegen eines verschrobenen Kerls, der sich mein Herz unter den Nagel gerissen hatte, als ich es am wenigsten erwartet hatte.

Der Tag verging wie im Flug und jedes Mal, wenn Flynn und ich uns begegneten, konnte ich die Anspannung und Sorge spüren, die von ihm ausging. Ich wollte ihm so gerne sagen, dass er sich keine Sorgen machen sollte. Ich hatte wirklich kein

Problem damit, dass er noch nicht so weit war. Natürlich wünschte sich mein angeschlagenes und wenig vertrauensseliges Herz, dass er mich liebte, aber wenn ich eines gelernt hatte, nachdem meine Ehe auf tönernen Füßen gestanden hatte, dann, dass es sich nicht lohnte, mehr aus etwas zu machen, als es war.

Das schuf nur den Nährboden für Liebeskummer.

Was Flynn und ich hatten, war aufrichtig, und ich wollte, dass es so blieb. Auch wenn es ein bisschen wehtat.

Kapitel Dreiunddreißig

FLYNN

Daphnes Worte liefen in meinem Kopf in Dauerschleife. Die gestohlenen Stunden, die ich nachts mit ihr hatte, wollte ich nicht aufgeben. Ganz und gar nicht. Ich fühlte mich wie ein Feigling. Denn ich liebte sie, und irgendwie gelang es mir einfach nicht, die Worte herauszubringen. Ich hatte Angst, ich könnte das, was wir hatten, ruinieren, indem ich ihm einen Namen gab.

Während ich immer wieder an ihre Worte dachte, erinnerte ich mich daran, wie Gabriel mit seiner Faust auf sein Herz geschlagen hatte und mich daran erinnert hatte, was wahr und richtig war. Ich hatte Angst, Daphne zu enttäuschen. Außerdem befürchtete ich, dass sie eines Tages aufwachen und feststellen würde, dass sie einen Mann wie mich und das Leben, das ich hatte, einfach nicht haben wollte.

Daphne – weil sie im Grunde ihres Herzens ein viel besserer Mensch war als ich – wies mich in der Nacht nicht ab. Drei weitere Nächte vergingen, bis innerhalb von drei Minuten alles schiefging.

Ich war auf einem Flug über die Bucht, um ein paar Touristen abzuholen. Elias war mitgekommen, weil wir unterwegs eine größere Lieferung für ein Dorf dabei hatten. Der Himmel war blau und es war windstill. Es war drei Uhr nachmittags, denn wir mussten rechtzeitig zurück sein, um vor Sonnenuntergang zu landen. Und da es Oktober war, musste das bald geschehen.

Zu unserem Glück waren wir über Land und nicht über dem Meer, als ein Vogel direkt in den Motor krachte. Ich wusste sofort, dass wir im Arsch waren, als der Motor zu stottern begann und schließlich ausfiel. Ich gab sofort über Funk unseren Standort durch und blieb ruhig, in der Hoffnung, dass ich eine kontrollierte Notlandung hinbekommen würde.

„Halt dich fest", rief ich Elias über das Rauschen hinweg zu.

Während ich versuchte, das schlingernde Flugzeug in den Griff zu bekommen, prallten wir zuerst gegen die Bäume und landeten dann mit einem lauten Knirschen auf einem Hügel. Zum Glück waren wir in einer so geringen Höhe gelandet, dass kein Schnee lag. Ich hoffte nur inständig, dass die Rettungskräfte noch vor Einbruch der Dunkelheit eintreffen würden.

Ein dumpfer Schlag in meine Seite raubte mir den Atem, als das Flugzeug auf dem Boden aufsetzte. Ich schloss meine Augen und stieß heftig die Luft aus. Sobald ich wieder atmen konnte, öffnete ich die Augen und sah mich um, um unsere Situation zu erfassen. Mein Blick suchte sofort nach Elias. Er war bewusstlos und ein Rinnsal Blut lief ihm über die Stirn. Mein Herz hämmerte wie wild, und ich machte mir Sorgen. Ich vergewisserte mich schnell, dass er noch Puls hatte.

Ein Ast hatte das Fenster neben ihm durchbohrt. Außer dem Blut auf seiner Stirn konnte ich von hier aus nicht erkennen, ob er noch andere Verletzungen hatte, aber seine Lage deutete darauf hin. Er antwortete nicht, als ich mehrmals seinen Namen rief.

„Halt durch, Kumpel."

Obwohl das Fenster zerbrochen war, konnte ich deutlich sehen, wo wir auf einem schrägen Hügel gelandet waren. In der Ferne darüber lag Schnee. Verstreut standen ein paar Fichten, und der Wald wurde etwa einen halben Kilometer entfernt immer dichter. Ich versuchte anhand der geografischen Gegebenheiten zu erraten, wo wir gelandet waren. Die Nase des Flugzeugs war völlig zerbeult.

Dieses Flugzeug würde ohne größere Reparaturen nicht mehr fliegen. Alles in allem war ich aber in einer guten Verfassung. Eines meiner Knie pochte und ich vermutete, dass ich mir ein paar Rippen gebrochen hatte. Die Tür war bei der Landung nach innen geknickt und in meine Seite gerammt worden.

Zum Glück hörte ich das deutliche Knistern des Funkgeräts in meinem Headset. Man wusste, dass unser Flugzeug abgestürzt war, und man hatte unseren Standort ausfindig gemacht, weil das Ortungsgerät seinen Dienst getan hatte.

„Wir sollten in etwa einer Stunde bei euch sein. Wir kommen mit dem Hubschrauber", verkündete der Funker.

„Schickt einen Notarzt. Mein Passagier ist verletzt. Und könnte ich vielleicht mit meiner Familie sprechen?", fragte ich.

Das konnte er natürlich nicht ermöglichen. Aber er bot mir an: „Innerhalb eines Kilometers sollte sich ein Mobilfunkmast für die nahe gelegene Stadt befinden. Wahrscheinlich haben Sie auf dieser Höhe Empfang."

Sobald der Stress und der unmittelbare Adrenalinschub abgeklungen waren, überlegte ich, wie ich aus dem Flugzeug aussteigen sollte. Da mich die Sorge um Elias zu übermannen drohte, zwang ich mich, an irgendetwas zu denken, um ruhig zu bleiben. Sofort kam mir Daphne in den Sinn. Mit ihr wollte ich reden. Und zwar sofort.

Leider konnte ich mein Handy nicht erreichen. Es war von seinem Platz gerutscht, wo es normalerweise zwischen den beiden Vordersitzen lag. Ich konnte es hinter mir auf dem Boden liegen sehen. Das Wichtigste zuerst. Ich musste nach Elias sehen.

„Elias", wiederholte ich.

Doch ich erhielt nur Schweigen als Antwort. Vorsichtig löste ich meinen Sicherheitsgurt und versuchte, mich aus dem Flugzeug zu befreien. Die Gewissheit, dass innerhalb einer Stunde

Hilfe hier sein würden, beruhigte mich, aber es war kalt. Ich musste mir eine Jacke anziehen und Elias zudecken.

Ein paar Minuten später stellte ich fest, dass der Ast Elias vermutlich ausgeknockt hatte. Als ich die Tür zum Fahrgastraum öffnete, kam er zu sich. Er öffnete seine Augen, die zunächst noch glasig und verwirrt wirkten.

„Was zum Teufel?", murmelte er.

„Ein Vogel ist in den Motor geflogen. Wie geht's dir?"

Da fing Elias an zu grinsen. „Unkraut vergeht nicht." Er lehnte sich nach vorne und sank mit einem Stöhnen zurück. „Scheiße."

Mit einem schnellen Blick sah ich, dass Blut aus seiner Seite sickerte. Und seine Beine waren geknickt. Er versuchte, sich wieder zu bewegen, also sprach ich ihn scharf an. „Beweg dich nicht. Sie schicken einen Arzt. Du solltest lieber stillhalten. Ich kann dich zudecken, während wir warten. Wir sollten dich lieber nicht bewegen."

Plötzlich öffnete Elias seine Augen und funkelte mich an. „Leck mich doch."

Sein Verhalten beruhigte meine Sorgen, wenn auch nur ein wenig.

Ich holte Decken aus dem hinteren Teil des Flugzeugs und suchte meine Jacke. Sobald Elias es so bequem wie möglich hatte, wollte ich mit meiner Familie sprechen. Und mit Daphne. Die letzten Tage schossen mir durch den Kopf. All meine Zweifel an meiner Liebe zu Daphne erschienen mir plötzlich völlig belanglos.

Es war egal, ob sie nicht so leben wollte wie ich und ob sie möglicherweise die Last meiner Familie nicht teilen wollte. Ich konnte es nicht ertragen, dass sie nicht wusste, was ich fühlte.

Vorsichtig bewegte ich mich auf die andere Seite des Flugzeugs. Nur mit Mühe und mit Hilfe eines abgebrochenen Astes, der im hinteren Teil des Flugzeugs steckte, konnte ich die hintere Tür aufstemmen und endlich mein Handy herausholen.

Meine Seite pochte und es fiel mir schwer zu atmen. Mit

meinen Kenntnissen in Erster Hilfe, die ich als Freiwilliger bei der Feuerwehr erworben hatte, befürchtete ich, dass eine meiner Lungen zerquetscht worden sein könnte. Ich konnte nicht sagen, ob ich innere Blutungen hatte.

Plötzlich musste ich lachen, aber dann zuckte ich zusammen, als ich die Empfangsbalken auf dem Telefon sah. In so vielen Gegenden Alaskas war der Handyempfang beschissen. Aber wenn man hoch genug war, befand man sich direkt auf Höhe der Masten. Und hier war der Handyempfang ausgezeichnet.

„Möchtest du jemanden anrufen?", fragte ich, als ich neben Elias auf den Pilotensitz zurückkehrte.

Er drehte seinen Kopf zur Seite. „Nein. Sag einfach allen, dass es mir gut geht."

Ich rief Daphnes Namen auf meinem Handy auf und mein Herz machte einen kleinen Sprung, als ich den Namen sah, den ich ihr in meinen Kontakten gegeben hatte. Prinzessin.

Ich tippte die Nummer an und wartete. Doch sie meldete sich nicht. Sie hatte keine Ahnung, was passiert war. Als ihre Mailbox ansprang, ließ allein der Klang ihrer Stimme die Spannung in mir aufsteigen. Ich war unschlüssig, ob ich ihr eine Nachricht hinterlassen sollte, aber ich tat es trotzdem.

„Prinzessin, ich bin's. In ein paar Stunden wird das alles einen Sinn ergeben, und ich weiß ja nicht, wann du dir das anhörst. Ich wollte dir nur sagen, dass ich dich liebe. Sollte irgendwas passieren, vergiss das niemals."

Elias meldete sich zu Wort, nachdem ich aufgelegt hatte. „Wurde ja auch Zeit."

Dann hüllten wir uns in Schweigen und warteten auf die Rettungsmannschaft.

Kapitel Vierunddreißig

DAPHNE

Ein Gefühl schrecklicher Panik machte sich in meiner Brust breit. „Wie schnell kannst du dort sein?", fragte ich Grant zum vielleicht zehnten Mal in den letzten fünf Minuten.

Grant, dessen Augen denen von Flynn so ähnlich waren, blickte in den Rückspiegel. „Daphne, ich fahre so schnell ich kann."

„Ich weiß, ich weiß", murmelte ich. „Tut mir leid."

Der Kies spritzte von den Rädern des Trucks, während wir auf Diamond Creek zurasten.

„Beeil dich", forderte Cat, die neben mir auf dem Rücksitz saß.

Nora warf einen Blick über ihre Schulter. „Haltet euch bloß gut fest."

Erst vor wenigen Augenblicken hatten wir einen Anruf von der Rettungsleitstelle in Diamond Creek erhalten. Flynn und Elias waren verunglückt und mit einem Hubschrauber ins Krankenhaus geflogen worden. Wir erfuhren nur wenig. Die beiden waren am Leben, das war das Wichtigste, aber beide waren verletzt. Wir hatten keine Ahnung, wie schwer.

Ich musste Flynn unbedingt sehen. Ich musste ihn berühren und ich musste wissen, dass es ihm gut ging. Meine innere Ruhe, mit der ich hingenommen hatte, dass ich warten musste, bis er für uns bereit war, wurde auf eine harte Probe gestellt. Flynn musste wissen, dass ich nichts anderes wollte als uns.

Schweigend und angespannt saßen wir in Grants Truck. Vor den Türen der Notaufnahme des Krankenhauses kam er ruckartig zum Stehen.

„Ich parke den Wagen. Geht schon mal rein", verkündete er hastig.

Nora, Cat und ich eilten ins Krankenhaus. Als wir vor dem runden Pult in der Notaufnahme stehen blieben, bellte ich: „Wir müssen wissen, was mit Flynn Walker und Elias Lowe ist."

Die Empfangsdame sah mit einem milden Lächeln auf. „Gehören Sie zur Familie?"

„Ja", meinte Cat und kniff die Augen zusammen. „Wir sind seine Schwestern, und das ist seine Freundin."

Die Frau schien von Cats Ärger völlig unbeeindruckt zu sein. Sie drückte ein paar Tasten auf ihrem Computer und schaute auf den Bildschirm, bevor sie antwortete: „Die beiden werden gerade untersucht. Sie werden wohl warten müssen", erklärte sie und deutete auf die Stühle im Wartezimmer. „Oder es gibt noch einen kleineren Raum am Ende des Flurs."

In stillem Einvernehmen folgten wir drei dem Hinweis auf den Warteraum am Ende des Flurs. Ich setzte mich erst mal hin, weil ich mich irgendwie fehl am Platz fühlte und nicht wusste, was ich tun sollte. Schließlich gesellte sich Grant zu uns. Nora und Grant scrollten durch ihre Handys, während Cat untätig in Zeitschriften blätterte.

Ich konnte mich auf überhaupt nichts konzentrieren. Ich musste unbedingt Flynn sehen. Unruhig erhob ich mich von meinem Stuhl. „Ich schätze, ich besorge mir mal einen Kaffee. Braucht jemand etwas?"

Grant sprang von seinem Stuhl auf. „Ich begleite dich."

Wir liefen gemeinsam den Flur entlang und fanden schließlich einen Automaten. Nachdem ich einen der Pappbecher mit

Kaffee gefüllt hatte, stellte Grant fest: „Weißt du, Flynn liebt dich".

Ich drehte mich zur Seite und sah ihn an. „Hm?"

Grant lächelte. „Flynn. Liebt. Dich." Er sprach langsam, als wäre ich ein kleines Kind, das jedes Wort erklärt bekommen muss.

„Woher weißt du das?" Meine Stimme war unsicher und ich umklammerte den Becher mit Kaffee. Die Wärme, die durch das Papier an meine Hände drang, beruhigte meine Nerven kaum.

„Weil ich meinen Bruder kenne. Vielleicht hat er es dir ja schon gesagt, aber ich habe gedacht, du solltest es wissen." Er legte seinen Arm um meine Schulter und umarmte mich von der Seite.

In diesem Augenblick surrte sein Handy. Er trat einen Schritt zur Seite, holte es aus der Tasche und schaute auf das Display. „Da muss ich rangehen. Ich schätze, Gabriel möchte ein Update."

Während er wegging, versuchte ich, gegen die Angst anzuatmen, die sich wie Eis in meinem Bauch zusammenballte. Ich wollte gerade den Flur entlanggehen, als sich in der Nähe eine Tür öffnete und eine Krankenschwester hindurchtrat. Sie warf kaum einen Blick in meine Richtung, als sie an mir vorbeieilte. Ich ging langsam weiter, bis ich wieder eine Bewegung wahrnahm. Als ich dieses Mal zurückblickte, sah ich Flynn.

Ich zitterte am ganzen Körper und mein Herz pochte in einem unruhigen Rhythmus. Fast hätte ich meinen Kaffee fallen lassen und musste ihn etwas fester umklammern, bevor er mir noch aus der Hand glitt.

„Flynn", murmelte ich und meine Stimme klang heiser, als ich mich ihm auf wackeligen Beinen näherte. Sein Haar war feucht und seine blauen Augen leuchteten, während er mich musterte. Sein Hemd war offen und seine Jeans mit Schlammspritzern übersät.

„Was machst du da? Du solltest doch nicht …"

Da blieb Flynn vor mir stehen. Ohne ein Wort zu sagen,

schlang er seine Arme um mich und legte seinen Kopf an meinen Hals. Ihm war kalt. Das merkte ich an dem leisen Zittern, das ihn durchlief.

Ich legte meinen freien Arm um ihn und der Kaffeebecher in meiner Hand wurde zwischen uns eingeklemmt. Ich spürte einen kleinen Spritzer auf meinem Shirt, aber es war mir egal. Er schien es nicht mal zu bemerken.

Wir atmeten gemeinsam. Es fühlte sich an, als ob unsere Körper miteinander sprechen würden.

Zum Glück bist du in Sicherheit.

Ich bin ja bei dir.

Und bleibe auch da.

Ich liebe dich.

Nach einigen Augenblicken hob ich meinen Kopf. „Solltest du dich nicht besser untersuchen lassen?", fragte ich, als mir wieder bewusst wurde, in welcher schlimmen Verfassung er sich befand.

Da lockerte er seinen Griff, und ich fuchtelte mit meiner freien Hand herum. Ich strich ihm durch die Haare, die salzig und steif waren, wahrscheinlich von der Meeresbrise und dem Regen, der in den letzten Stunden gefallen war.

„Hast du meine Nachricht bekommen?", fragte er und sein Blick bohrte sich förmlich in mich, während er meiner Sorge überhaupt keine Beachtung zu schenken schien.

„Wovon redest du? Du musst unbedingt mit einem Arzt sprechen", befahl ich und drehte ihn aufgeregt herum.

Da packte Flynn mich an den Schultern und drehte mich wieder zu sich herum. „Ich liebe dich. Das war meine Nachricht."

Mein Herz schlug wie wild in meiner Brust, während ich ihn ansah. Ich merkte erst, dass ich weinte, als er besorgt eine Hand hob und eine Träne mit dem Daumen wegwischte. „Das sollte dich doch nicht zum Weinen bringen."

Ich brauchte einen Augenblick, um ihn in mich aufzunehmen. Seinen männlichen Duft, seine Stärke und das Geräusch seines Herzens, das stark und gleichmäßig gegen mein Ohr pochte, wo es an seine Brust gepresst war, um mir zu zeigen, dass er am Leben und wohlauf war.

Als ich glaubte, endlich wieder atmen zu können, hob ich meinen Kopf und drückte ihm einen Kuss auf die Unterseite seines Kinns. „Ich liebe dich auch", erwiderte ich und fühlte mich plötzlich ganz schüchtern.

Seine Augen hielten meine fest, sein Blick war so ernst, dass es mir den Atem raubte. „Es tut mir leid, dass ich ein Flugzeug abstürzen lassen musste, um endlich kein Feigling mehr zu sein."

„Du warst doch kein Feigling. Ich habe dich doch auch hingehalten und versucht, vorzugeben, dass das Warten mir nichts ausmachen würde."

Flynns Lächeln ließ Freude in mir aufkeimen. Es fühlte sich an, als ob sämtliche Fenster in meinem Herzen aufgerissen würden und die Sonne durchbrach, um überall Licht und Wärme zu verbreiten.

Flynn ließ zu, dass ich mit meinen Händen über seine Arme fuhr und sein Shirt zur Seite schob, um die furchtbaren Blutergüsse an seinem Brustkorb in Augenschein zu nehmen. An einer Stelle war eine heftige Prellung zu sehen. „Flynn." Ich versuchte, meine Tränen zu unterdrücken. „Du musst dich unbedingt untersuchen lassen, und wo ist Elias?" Ich schlang meine Hand um seine.

„Der ist auf dem Weg in den OP." Flynn sah plötzlich besorgt und unsicher aus. Ich wusste, wie viel ihm seine Freunde bedeuteten und dass er Angst um Elias hatte. „Ich schätze, er wird wieder gesund, aber ein Ast hat ihn bewusstlos geschlagen, und es hat ausgesehen, als hätte er ein gebrochenes Bein. Er hat an der Seite geblutet, aber wir haben nicht herausgefunden, woran das gelegen hat."

„Also, wo..." In diesem Augenblick kam Cat um die Ecke des Flurs geschossen und rannte sofort zu Flynn, als sie ihn sah.

Er löste sich von mir und nahm sie in die Arme, während sie rief: „Flynn!"

Nachdem er sie losgelassen hatte, weinte sie und ich kramte in meiner Tasche, um ein paar Taschentücher für sie zu finden. Flynn betrachtete bestürzt ihre Tränen.

Cat warf ihm einen verärgerten Blick zu. „Natürlich bin ich aufgebracht, du Blödmann. Du hättest dabei draufgehen können."

Er zupfte an ihrem Pferdeschwanz und legte seinen Arm um ihre Schultern, während er sie vorsichtig an seine Seite zog. Obwohl er so tat, als ginge es ihm gut, war mir nicht entgangen, wie vorsichtig er sich bewegte. „Ich komme schon klar. Du hast doch nicht geglaubt, dass du mich so einfach loswirst, oder?"

„Das ist überhaupt nicht lustig", erwiderte sie und schnäuzte geräuschvoll in das Taschentuch, das ich ihr reichte.

Eine Krankenschwester erschien auf dem Flur. „Ah, da sind Sie ja. Ich habe mir schon gedacht, dass Sie auf der Suche nach jemandem waren. Wir müssen noch ein paar Untersuchungen machen, um auszuschließen, dass es innere Blutungen gibt. Kommen Sie bitte mit."

Flynn durfte erst in einigen Stunden nach Hause. Er hatte zwar keine inneren Blutungen, aber zwei gebrochene Rippen. Er weigerte sich, das Krankenhaus zu verlassen, bis er wusste, dass es Elias gut gehen würde. Während Elias operiert wurde, konnten wir nur abwarten.

Sie stellten uns ein leeres Krankenzimmer zur Verfügung, in dem er mit seiner Familie und seinen Freunden warten konnte. Grant brachte Cat nach Hause, weil Flynn darauf bestand, dass sie morgen zur Schule gehen und zu einer vernünftigen Zeit ins Bett musste. Cat war davon nicht gerade begeistert, aber sie war zu niedergeschlagen und müde, um sich dagegen zu wehren. Nora war schon früher aufgebrochen, um saubere Kleidung für Flynn zu holen und ins Krankenhaus zu bringen. Er hatte geduscht und sich umgezogen, nachdem das Ärzteteam mit ihm durch war.

Etwa eine Stunde lang warteten nur Flynn und ich. Im Fernsehen lief eine Heimwerkersendung. Flynn lehnte sich in seinem

Stuhl zurück und drehte seinen Kopf zur Seite. „Lass mich nicht einschlafen. Ich möchte wach sein und hören, wie es Elias geht, sobald er aus dem OP kommt."

Ich fand, dass es vollkommen in Ordnung war, ein wenig zu flunkern. Zu seinem eigenen Besten. Also nickte ich. „Ich sorge schon dafür, dass du wach bleibst."

Ich hatte natürlich nicht die Absicht, ihn wach zu halten, aber ich würde ihn aufwecken, sobald es Neuigkeiten über Elias gab. Dann legte ich meine Hand auf seine Schultern und fuhr mit den Fingern leicht durch sein Haar im Nacken. Innerhalb weniger Minuten war er eingeschlafen.

Kapitel Fünfunddreißig

FLYNN

Mir fehlte jegliches Zeitgefühl. Der kalte Nieselregen war vorbei und ich konnte den Mond zwischen den Wolken sehen, als wir dahinfuhren. Daphne schmiegte sich an meine gesunde Körperseite und ich döste auf der Heimfahrt immer wieder ein. Erst als Grant von der Straße auf den Schotterweg abbog, der nur noch wenige Kilometer von meinem Zuhause entfernt war, wachte ich auf. Eine Bodenwelle erschütterte meine Rippen, und das tat höllisch weh.

Ich stieß zischend den Atem aus und spürte, wie Daphne sich zu mir herumdrehte. „Alles in Ordnung?"

„Alles bestens", murmelte ich. Ich ärgerte mich höllisch über meinen körperlichen Zustand. Es ging mir gut, aber die gebrochenen Rippen taten weh. Das war nicht das erste Mal, dass ich mit sowas zu tun hatte.

„Er kommt schon klar, Daphne. Er versucht bloß, Mitleid zu erregen", stichelte Grant von vorne.

Ich spürte, wie ich anfangen wollte zu lachen und konnte mich gerade noch rechtzeitig zusammenreißen. „Vorsicht, Freundchen. Versuch bloß nicht, mich zum Lachen zu bringen."

Einige Minuten später hatte Grant eingeparkt und Daphne lief neben mir her. Irgendwie dachte sie wohl, sie müsste mich stützen. Sie legte ihren Arm um meine Taille und bestand darauf, dass Grant die Tasche mit meinen schmutzigen Klamotten vom Unfall und die Tasche, die ich immer im Flugzeug dabeihatte, trug.

Nachdem Grant meine Sachen ins Wohnzimmer gebracht hatte, warf er mir einen prüfenden Blick zu. „Geht es dir gut? Ganz im Ernst."

„Mir tut so manches weh, aber im Grunde geht es mir gut. Ehrlich. Bis morgen."

„Klar, aber du fliegst nirgendwohin. Wir haben schon alles umorganisiert."

„Der Arzt hat erklärt, dass du dich ausruhen musst", rief Daphne von der Küche herüber.

Grant schenkte mir ein Grinsen. „Daphne wird schon dafür sorgen, dass du hierbleibst." Dann zwinkerte er mir zu und ging.

Daphne kam mit etwas in ihrer Hand auf mich zu. „Was hast du da?", fragte ich.

„Eis, für deine Schulter."

Ich nahm ihr das in ein Handtuch gewickelte Eis aus der Hand. Dann schritt ich an ihr vorbei und warf das Eis in die Spüle. „Prinzessin", begann ich, während ich mich herumdrehte. „Du bleibst heute Nacht bei mir. Ich brauche kein Eis. Ich habe Schmerzmittel bekommen und auf der Fahrt hat es nur wehgetan, weil es so holprig war."

Ich hatte jetzt ganz andere Dinge im Kopf, und nichts davon hatte mit meinen Verletzungen zu tun. Daphne begann, mit ihren Händen um mich rum herumzufuchteln, also trat ich dicht an sie heran und umfasste ihren Nacken, bevor ich meinen Mund zu einem leidenschaftlichen Kuss auf ihren legte.

Sie keuchte gegen meinen Mund, aber schon bald glitt ihre Zunge gegen meine. Ich hörte das leise Schnaufen in ihrer Kehle, als sie sich seufzend an mich schmiegte.

Es gelang mir, sie in mein Schlafzimmer zu führen und die Tür mit meinem Fuß zu schließen, während ich an ihrer Kleidung zerrte. Ich wollte nicht, dass sie mich daran erinnerte, dass ich verletzt war, also küsste ich sie einfach weiter.

Schließlich riss sie ihre Lippen von meinen und versuchte, meine Hände von sich zu schubsen. „Flynn, du tust dir noch weh", widersprach sie.

„Ich brauche dich jetzt", entgegnete ich schlicht.

Ich hatte keine Ahnung, was sie in meinen Augen erkannt hatte, aber sie fuhr mit ihren Fingerspitzen an meinem Kinn entlang. „In Ordnung", flüsterte sie.

Rasch zog sie mir die Kleider aus und befahl mir, mich auf das Bett zu legen. Was sie mir nicht zweimal sagen musste.

Wir hatten noch nicht mal das Licht angemacht, aber die Lampe mit dem Bewegungsmelder in der Ecke hatte sich bereits gedimmt, als wir hereingekommen waren. Ihre Haut schimmerte in dem schummrigen Licht golden. Mein Schwanz pochte schon wie wild, als sie sich rittlings auf mir niederließ und ich spürte, wie klatschnass sie war, als sie über mich glitt. Sie hielt einen Augenblick lang inne. Ich konnte nicht widerstehen, mich hoch-zulehnen, um eine ihrer Brustwarzen mit meinen Lippen zu erwischen. Das tat zwar ein bisschen weh, weil meine Rippen höllisch schmerzten, aber das wollte ich mir nicht anmerken lassen.

„Flynn ..." Sie beugte sich vor. „Sei vorsichtig."

Da ließ ich meinen Kopf zurück in die Kissen sinken und blickte in ihr Gesicht. In ihrem Blick lag ein zärtlicher Ernst, der sich fest um mein Herz schloss.

Sie gab mir genau das, was ich brauchte, richtete sich ein wenig auf und griff zwischen uns, damit ich in ihre seidige, anzie-hende Hitze gleiten konnte. Ich war kurz davor, loszulassen, als sie sich aufrichtete und sich wieder auf mich sinken ließ.

„Ich liebe dich", keuchte ich, während ich nach oben griff und unbeholfen ihre Wange streichelte. Ihre Brüste berührten meinen Oberkörper, und ich spürte, wie ihr Körper sich bereits anspannte.

„Ich liebe dich ...“ Ihre Worte kamen mit einem Stöhnen heraus.

Daraufhin veränderte ich den Winkel, in dem ich in sie eindrang, um die Reibung an der Stelle, an der wir miteinander verbunden waren, zu erhöhen. Meine Hand glitt zwischen uns und ich streichelte über ihre Klitoris. Gerade als sie sich auf die Lippe biss und stöhnte und sich ihr Lustkanal fest zusammenzog, brach meine Erlösung über mich herein und ich schrie auf. Der Genuss war gewaltig, aber dafür war es nicht gerade ein Vergnügen, nach Luft zu schnappen.

„Flynn“, murmelte sie. Dabei drückte sie mir einen Kuss auf einen Mundwinkel und dann auf den anderen. „Dieses eine Mal sei dir vergönnt, aber kein weiteres Mal, bis der Arzt sein Einverständnis gibt.“

„Das hat er doch schon“, beharrte ich. Ich hatte den Arzt tatsächlich danach gefragt. „Er hat bloß gemeint, dass mir das Atmen vielleicht ein bisschen wehtut.“

Daphne spitzte ihre Lippen, bevor ihr Lächeln verblasste. Als sie ausatmete, senkte sie ihren Kopf an meinen Hals. „Ich hatte solche Angst“, flüsterte sie gegen meine Haut.

Ich strich mit meiner Hand über ihr Haar, während mein Herz schnell und heftig schlug. „Ich doch auch. Ich hatte Angst, dass ich keine Gelegenheit mehr bekommen würde, dir zu sagen, was ich fühle.“

Daphne hob ihren Kopf, Tränen schimmerten in ihren grünen Augen. „Wage es ja nicht, vor mir zu sterben.“

„Das habe ich nicht vor, Prinzessin.“

―――――

Am nächsten Morgen zog Cat die Nase kraus und musterte mich, ein untrügliches Zeichen dafür, dass sie sich über etwas Sorgen machte.

„Was ist denn los?“, fragte ich, während ich einen frisch getoasteten Bagel mit Frischkäse bestrich. Abgesehen von allem anderen, was Daphne in der Küche herstellte, buk sie auch selbstgebackene Bagels. Wir alle fanden sie so lecker, dass wir nie wieder einen anderen Bagel essen wollten.

„Habe ich immer noch Hausarrest?", fragte Cat.

Ich warf einen Blick auf den Kalender, der in unserer kleinen Küche an der Wand neben dem Kühlschrank hing. „Wenn ich mich recht erinnere, hast du ab morgen offiziell keinen Hausarrest mehr."

Da stieß Cat einen heftigen Seufzer aus. „Ich hatte gehofft, du würdest das Ganze um einen Tag verkürzen. Nach allem, was passiert ist."

Ich biss in meinen Bagel, schloss die Augen und stöhnte auf. Nachdem ich gekaut hatte, antwortete ich: „Ich weiß, dass wir gestern alle einen Schreck bekommen haben, aber mir tun bloß die Rippen weh. Gibt es denn noch einen anderen Grund, warum du das fragst?"

„Nun, du liebst doch Daphne, also habe ich mir gedacht, dass du die Wohnung heute Abend vielleicht für dich allein haben möchtest", antwortete Cat und versuchte vergeblich, sich ein Grinsen zu verkneifen.

Ich konnte mein Lachen nicht unterdrücken. „Ah, du hältst mich also für zu abgelenkt? Sag mir doch einfach, was du heute Abend vorhast. Lass uns gleich zur Sache kommen."

„Tara hat mich eingeladen, bei ihr zu übernachten, und ich würde wirklich gerne hin."

Ich wusste, dass ich eigentlich nicht nachgeben sollte, aber ich wollte es so sehr. Aus genau dem Grund, den Cat genannt hatte.

„Ist Jonathon denn auch dabei? Denn dann wäre das ein klares Nein."

Cat schüttelte schnell den Kopf. „Nein. Es sind nur Mädels. Du kannst Taras Mom anrufen, um sicherzugehen."

„Mach ich. Ich stimme erst zu, nachdem ich mit ihr gesprochen habe, in Ordnung?"

Cat nickte schnell.

Nachdem ich einen weiteren Bissen von meinem Bagel runtergeschluckt hatte, fragte ich: „Wie geht es dir eigentlich mit all dem? Irgendwelche Probleme in der Schule?"

„Nein. Ich meine, er hat ein paar blöde Sprüche geschoben, aber damit komme ich schon klar."

„Bist du sicher, dass du nicht möchtest, dass ich mit seinen Eltern oder den Lehrern rede?"

Ich versuchte, den Ärger aus meinem Tonfall herauszuhalten. In Wahrheit hätte ich gern jedes Mal, wenn ich an den kleinen Mistkerl dachte und wie er Cat unter Druck gesetzt hatte, ein Brecheisen in zwei Hälften gebrochen.

„Ganz sicher. Es kommt nicht wieder vor. Jetzt muss ich nur noch herausfinden, welche Jungs keine blöden Idioten sind." Sie blickte zu Boden, ihre Wangen erröteten, während sie mit ihrem Finger eine verschlungene Spur auf der Arbeitsplatte zog.

„Mach dich nicht selbst fertig. Die Highschool ist nicht einfach."

Doch Cat war schon beim nächsten Thema. „Hast du vor, Daphne zu heiraten?" Ihr Blick hob sich und traf wieder den meinen.

Die Hoffnung, die in ihrem Blick lag, ließ mein Herz einen Schlag aussetzen. Cat vermisste unsere Mom. Nora hatte es redlich versucht, wir alle hatten es versucht, aber Cat war noch so jung gewesen, als unsere Mom gestorben war.

Mein Herz schlug wie wild in meiner Brust. Denn obwohl ich Daphne gerne heiraten wollte, war alles noch so frisch und verletzlich. Ich hatte keine Ahnung, wie sie im Augenblick darüber dachte.

Also sagte ich Cat die Wahrheit. „Ich liebe Daphne, und ich möchte sie sehr gerne heiraten. Aber du weißt, dass sie schon eine Menge durchgemacht hat, also wird es erst passieren, sobald sie dazu bereit ist."

Cat biss sich auf die Lippe und nickte düster. „Ich überrede sie einfach."

Da konnte ich mir ein Lachen nicht verkneifen. „Bitte nicht.“

Da konnte ich mir ein Lachen nicht verkneifen. „Bitte nicht.“

Kapitel Sechsunddreißig

DAPHNE

Ein paar Tage später zuckte Flynn zusammen, als er sich herumdrehte und nach seinem T-Shirt griff, das auf dem Waschtisch lag. Daraufhin setzte mein Herz einen kleinen Schlag aus. Er war auf dem Weg der Besserung, aber er tat immer so, als ginge es ihm gut.

Mein Blick wanderte über die verblassenden blauen Flecken an seiner Seite und ein Anflug von Angst durchfuhr mich. Nicht wegen dieses Augenblicks, sondern wegen der Erinnerung an den Moment, als wir den Anruf über den Unfall bekamen und die Stunden des Wartens im Krankenhaus.

Es war schon seltsam, wie manche Augenblicke uns überraschende Klarheit bringen konnten. Ich hatte mir meine Liebe zu Flynn bereits eingestanden, aber ich hatte mir eingeredet, dass ich ohne ihn zurechtkommen würde. Doch in dem Augenblick, in dem ich mich gefragt hatte, ob sein Leben in Gefahr war, hatten meine Gefühle plötzlich die Oberhand gewonnen.

Flynn begann, sich das T-Shirt über den Kopf zu ziehen. Daraufhin rief ich ihm von der Kommode aus zu: „Musst du nicht eigentlich deinen Stützverband tragen?"

Flynns Kopf schnellte hoch und er schenkte mir ein verlegenes Lächeln. „Na gut." Dann griff er nach dem Stützverband, den er um seinen oberen Brustkorb tragen sollte. Er schnallte ihn pflichtbewusst an und zog vorsichtig sein T-Shirt herunter.

Dann kam er aus dem Bad und blieb vor mir stehen. Er fuhr mit einem Finger leicht an meinem Kinn entlang, drückte mir einen Kuss auf die Lippen und trat dann einen Schritt zurück. „Was hast du heute vor?“

„Cat möchte mehr Kochunterricht. Daher werde ich den Tag nicht alleine in der Küche verbringen, sondern mit ihr.“

„Das macht dir doch nichts aus, oder?“

„Natürlich nicht. Ich bin wahnsinnig gern mit Cat zusammen. Sie ist immer fröhlich, und sie möchte wirklich kochen lernen. Du fliegst doch heute nicht, oder?“

Ich holte ein sauberes T-Shirt aus der Kommode, zog das schmutzige Oberteil aus und warf es in den Wäschekorb. Flynn unterbrach mich, ließ seine Hände um meine Taille gleiten und drückte mir einen heißen Kuss auf den Hals.

„Ich muss nach unten“, erwiderte ich, während ich mich in seinen Armen drehte.

„Dann hättest du dich nicht hier oben umziehen sollen“, entgegnete er mit einem langsamen Grinsen.

Ich kicherte. „Ich habe doch überall Mehl auf mir. Außerdem, was hast du überhaupt hier oben zu suchen und nicht unten in deiner Wohnung?“

Flynn zuckte mit den Schultern. „Ich wollte einfach da sein, wo du bist, und ich bin hier aufgewacht. Wann können wir uns endlich darüber unterhalten, dass du nach unten ziehst? Es ist doch albern, dass du hier oben bleibst. Ich möchte dich jede Nacht bei mir haben.“

„Heute Abend“, versprach ich. „Wir haben doch schon darüber geredet. Ich muss mir nur noch die Zeit nehmen, meine Sachen zu packen.“ Dann trat ich rasch zurück und zog mir das T-Shirt über. Ich konnte mich unmöglich halbnackt in Flynns Nähe aufhalten, ohne Gefahr zu laufen, mit ihm rumzumachen. Immerhin wartete Cat in der Küche auf mich.

„Du fliegst doch heute nicht, oder?“, wiederholte ich streng.

„Nein. Gabriel übernimmt das. Und auf dem Rückweg bringen wir Elias aus dem Krankenhaus nach Hause."

„Oh, zum Glück!" Ich klatschte leicht in die Hände. „Ich bin sicher, er freut sich schon."

„Ja, er ist schon ziemlich grummelig deswegen."

Ein paar Stunden später, als ich mir gerade die Hände an einem Handtuch trocknete, stützte Cat eine Hand in ihre Hüfte und bedachte mich mit einem scharfen Blick.

„Was?", fragte ich.

„Wirst du Flynn heiraten?"

Damit brachte sie mich dermaßen aus dem Konzept, dass ich das Handtuch zu Boden fallen ließ.

„Was?" Ich beugte mich hinunter und hob das Handtuch auf. „Fragst du im Namen von Flynn?"

„Ihr beide liebt euch doch offensichtlich und ich möchte, dass es offiziell wird. Ich habe schon mit ihm darüber geredet, aber er will dich zu nichts drängen, also frage ich dich."

„Cat, ich weiß gar nicht, was ich dazu sagen soll."

„Nun, du kannst mir sagen, dass du Flynn fragen wirst, ob er dich heiraten möchte. Diese Antwort würde ich gerne hören." Cat war so aufrichtig, dass es mir ein wenig das Herz brach. Sie hatte ihre Mutter in jungen Jahren verloren und auch ihr Vater war kein guter Vater gewesen.

Obwohl sie mit ihren Geschwistern sehr eng befreundet war, war mir nicht entgangen, dass Cat zu mir aufschaute und auf eine Weise nach Orientierung suchte, die sie bei ihren Brüdern und Schwestern nicht fand. In dem Augenblick, als mir dieser Gedanke durch den Kopf ging, musste ich fast lachen, was irgendwie traurig war. Trotz der vielen Dinge, die ich im Leben falsch gemacht hatte, konnte ich mir vorstellen, dass ich Brandon eine ziemlich gute Mutter gewesen war.

Ich legte das Geschirrtuch auf die Arbeitsplatte und trat zu Cat hinüber. „Ich weiß nicht, wie sich die Sache zwischen Flynn und mir entwickelt, aber mach dir bitte darüber keine Sorgen."

Dabei legte ich meine Hände auf ihre Schultern und drückte sie leicht.

Cat rümpfte die Nase und drehte sich herum, um eine Teigkugel aus der Schüssel zu heben, in der sie gerade aufgegangen war. Sie legte den Teig auf die bemehlte Arbeitsfläche und schlug ihn fest, bevor sie begann, ihn zu kneten. Falls ich es nicht mitbekommen haben sollte: Sie war super angespannt.

„Ich mag dich einfach total gerne und du bist das Beste, was Flynn je passiert ist. Jetzt, wo du da bist, ist er nicht mehr so ein Griesgram", stellte sie leise fest.

„Gut zu wissen", erwiderte ich sanft. „Ich verspreche, dass ich mit Flynn rede. Aber mach dir bitte keine Sorgen. Ich gehe schon nicht fort, hörst du?"

„Versprochen?" Cat zeigte trotz ihrer rauen Schale immer wieder, welch weichen Kern sie hatte.

„Versprochen."

———

Diesen Abend verbrachte Cat bei einer Freundin. Flynn war später als geplant mit Elias und Gabriel zurückgekommen. Ich half ihm, Elias in einem der Gästezimmer im Erdgeschoss unterzubringen. Elias würde während seiner Genesung ein wenig Hilfe brauchen, sehr zu seinem Ärger. Er hatte Krücken, um sich auf seinem verletzten Bein fortzubewegen, und er musste immer noch die Verbände an seiner Seite wechseln, wo eine üble Schnittwunde genäht und seine Milz repariert worden war. Als wir ihn verließen, lag er bereits im Bett und war eingenickt.

Ich trug die übrig gebliebene Pizza, die ich für die Gäste gemacht hatte, in Flynns Wohnung. „Abendessen", verkündete ich, während ich die Pfanne in die Höhe hielt und in die kleinere Küche hinüberging, um sie auf den Tresen zu stellen.

Ein dankbarer Ausdruck überzog Flynns Gesicht. „Oh, zum Glück. Ich bin schon völlig ausgehungert."

„Du fängst schon mal an zu essen, und ich hole Bier. Irgendwelche Vorlieben?"

„Ein Pale Ale, wenn wir welches haben."

Ich eilte zurück in die große Küche und holte eine Flasche Pale Ale für Flynn und eine Flasche Met für mich. Ich war inzwischen süchtig nach dem Honigmet, den sie in der Brauerei in der Stadt herstellen. Ich vergewisserte mich, dass alle Lichter ausgeschaltet waren und kehrte in die Wohnung zurück, wo ich die Tür hinter mir schloss, bevor ich mich auf einen Hocker gegenüber von Flynn setzte. Noch immer kauend öffnete Flynn die Schublade hinter sich und warf mir einen Flaschenöffner zu.

Ich reichte ihm sein Bier, nachdem ich es geöffnet hatte, und nahm einen Schluck von meinem Met. „Wann hast du eigentlich das letzte Mal etwas gegessen?", fragte ich, als er zwischen den Bissen endlich eine Pause machte, um zu atmen.

Er schenkte mir ein schiefes Lächeln. „Nicht, seit du mir heute Morgen was zu essen gegeben hast."

Ich verdrehte die Augen. „Du musst nicht so hart arbeiten, dass du vergisst zu essen."

Da zuckte er lässig mit den Schultern. „Dass du mich daran erinnerst, auf mich aufzupassen, ist nur ein Grund, warum ich dich brauche", stellte er schlicht fest. Der plötzliche Ernst in seinen Worten raubte mir für einen Augenblick den Atem, bevor mein Herz in einem wilden Rhythmus zu trommeln begann.

Ich wartete, bis er sein zweites Pizzastück aufgegessen hatte. Es waren noch zwei übrig, und ich zweifelte nicht daran, dass er sie alle verschlingen würde. Flynn aß in mehreren Etappen. Normalerweise stillte er zunächst seinen Heißhunger und legte dann eine Pause ein, bevor er die Mahlzeit beendete. Er liebte das Essen und genoss jeden Bissen.

Als er sich auf seinem Hocker zurücklehnte und an seinem Bier nippte, erzählte ich: „Cat hat heute mit mir gesprochen."

Sein aufmerksamer Blick blieb an mir haften. Ich versuchte, einen sinnvollen Gedanken zu fassen. Dann stellte er sein Bier ab und stützte sich mit einem Ellbogen auf dem Tresen ab, während er eine meiner Hände in seine nahm. Als ich ihm in die Augen sah, spielte mein Herz wieder ein bisschen verrückt, stolperte und strauchelte, bevor es sich zu einem donnernden Schlag sammelte.

„Cat ist schon ganz ungeduldig. Ich habe ihr versprochen, dich zu fragen, ob du mich heiraten möchtest, sobald ich das Gefühl habe, dass du dazu bereit bist. Ich habe gedacht, ich könnte dir zunächst einfach nur sagen, dass ich für immer zu dir gehören möchte. Falls du die Sache offiziell machen möchtest, brauchst du mir bloß sagen, wann und ob. Ich weiß doch, dass du eine Menge durchgemacht hast. Ich nehme an, du wolltest nie, dass Alaska mehr ist als ein irres Abenteuer."

Erst bei diesem letzten Satz bemerkte ich, dass Flynn angespannt war. Dieser Mann, der so selbstbewusst war, hatte Angst, dass ihm mein Herz nicht gehören könnte.

Da verschränkte ich meine Finger in seinen. „Du liebe Güte. Ich liebe dich. Habe ich das nicht schon mehr als deutlich gemacht? Vielleicht war das Ganze am Anfang ja wirklich nur ein Abenteuer, aber jetzt musst du mich schon rausschmeißen, um mich loszuwerden. Cat muss mich zu keiner Entscheidung drängen, die ich nicht schon längst getroffen habe. Ich gehe nirgendwo hin."

Dann erhob ich mich von meinem Hocker und umrundete das Ende des Tresens, während Flynn sich zu mir drehte. Ich trat zwischen seine Knie und hob meine Hand, um über seine Wange zu streicheln. „Wir können es offiziell machen, wann immer du bereit bist."

„Schon seit gestern", murmelte er.

Ich hatte mir geschworen, nie wieder zu heiraten. Ich war mir sicher, dass das einfach nur bescheuert und sinnlos wäre.

Aber ich hatte nie damit gerechnet, dass ich mich wirklich verlieben würde, die Art von Liebe, die sich in Herz und Seele einbrennt, die Art von Liebe, bei der das Stück Papier, das sie offiziell macht, mir ein Gefühl von Freiheit vermittelt, das ich vorher nicht gekannt habe.

EPILOG

Daphne

Ungefähr anderthalb Jahre später

„Bist du dir da auch ganz sicher?" Der Kaffee schwappte über den Rand der Tasse, als Flynn sie abrupt auf den Tresen stellte.

„Natürlich bin ich mir sicher." Ich konnte meine eigenen Worte vor lauter Freude kaum noch hören. Sie fühlte sich an wie eine warme Brise, die die Fenster um mein Herz herum aufblies.

Flynn trat auf mich zu und hob mich plötzlich in seine starke Umarmung. Seine Hand umfasste meinen Hinterkopf.

„Natürlich bin ich mir sicher", murmelte ich gegen seinen Hals.

Da lehnte Flynn seinen Kopf zurück und ließ seinen Blick über mein Gesicht schweifen. „Und wie fühlst du dich dabei?"

Ich hatte gerade erfahren, dass ich schwanger war. Wir versuchten es schon seit einigen Monaten, aber nicht ernsthaft. Es sei denn, man berücksichtigt die Tatsache, dass wir kaum die Finger voneinander lassen konnten, aber so war das doch immer. Wir wollten einfach abwarten, was passieren würde, aber ich weigerte mich, mich näher mit der ganzen Sache zu befassen und meinen Zyklus zu verfolgen. Denn das hätte mich in den Wahnsinn getrieben.

Ich atmete kurz ein. „Gut. Mir geht es wirklich gut."

Cat kam durch die Tür ins Wohnzimmer gehüpft, ließ sofort ihren Rucksack auf den Boden fallen und zog ihre Schuhe aus. Kaum hatte sie zu uns rübergeschaut, verkündete sie: „Du bist schwanger."

„Woher in aller Welt weißt du das?", fragte ich lachend.

„Man sieht es dir an. Außerdem kann ich Flynns Gedanken lesen."

Flynn befreite mich aus seinem Griff, beugte sich zu meiner Seite und legte einen Arm fest um meine Taille. „Gott steh mir bei, wenn du das kannst."

Cat lächelte strahlend, als sie in die Küche hüpfte und den Kühlschrank öffnete. „Was gibt es zum Abendessen?"

Ich biss mir auf die Lippe, um nicht zu lachen. Die Freude, die in meinem Herzen aufstieg, war so groß, dass mir die Brust wehtat. „Lachs in Balsamico-Essig und Ahornsirup mariniert mit Spargel und Reis".

Flynn ließ ein Stöhnen hören. „Verdammt. Wann gibt es Abendessen?"

Cat schloss kichernd den Kühlschrank und stützte sich mit der Hüfte auf dem Küchentisch ab. „Ich verzichte auf den Nachmittagssnack." Dann ernüchterte ihr Blick, als sie zu uns herüberschaute. „Seid ihr aufgeregt?"

„Natürlich", antwortete ich. „Wir würden das lieber geheim halten, bis ich das erste Trimester überstanden habe. Schaffst du das?"

Cat machte ein Kreuz über ihr Herz und drehte einen imaginären Schlüssel im Schloss über ihren Lippen, bevor sie ihn über ihre Schulter warf. „Ich sage kein Sterbenswörtchen. Aber vor mir hättet ihr das ohnehin nicht verbergen können."

Flynn gluckste. Wir hatten tatsächlich mit Cat über diese Möglichkeit gesprochen. Ich hatte mir Sorgen gemacht, wie sie darauf reagieren würde. Die Pubertät war für sie nach wie vor eine holprige Angelegenheit. Sie war zu willensstark und gleichzeitig feinfühlig, als dass das für sie einfach gewesen wäre. Es war sechs Monate vor ihrem achtzehnten Geburtstag und lotete immer noch ihre Grenzen aus. Ich hatte mir schon Sorgen gemacht, dass sie sich ausgeschlossen fühlen könnte, wenn wir überhaupt nur an ein Baby dachten.

Zu meiner Überraschung war sie aber mit der Idee einverstanden und hatte sich gewünscht, dass ich am besten sofort schwanger wurde.

„Wir sagen Nora und Grant Bescheid, aber das war's dann auch schon", fügte ich hinzu.

Cat biss sich auf die Lippe und nickte. Kaum ließ Flynn seinen Arm von mir los, rannte sie durch die Küche und schlang ihre Arme um seinen Hals. Er fing sie mühelos auf. Nach ihrer heftigen Umarmung zog er eine Augenbraue hoch. „Was sollte das denn?"

„Es ist einfach alles viel besser geworden. Wir fühlen uns jetzt wie eine richtige Familie an."

Flynn zupfte an ihrem Pferdeschwanz. „Wir waren schon immer eine richtige Familie. Aber tu mir einen Gefallen und versuche, zwei Wochen zu überstehen, ohne dass ich einen Anruf vom Direktor bekomme."

Da grinste Cat unverschämt. „Ich werde es versuchen."

Etwas später, als ich mit dem Abendessen begann, kam Cat in die Küche, wie an den meisten Tagen nach der Schule. Ohne mich zu fragen, holte sie sofort den Teig heraus, den ich am Morgen für frische Brötchen vorbereitet hatte, und begann, ihn in kleine Kugeln zu zerteilen, um sie zu backen.

Nach ein paar ruhigen Augenblicken durchbrach ihre Stimme die Stille. „Machst du dir Sorgen?"

Als ich meinen Blick zur Seite gleiten ließ, sah ich, dass ihre Augen, die denen von Flynn so ähnlich waren, mich mit einem besorgten Zucken zwischen ihren Brauen ansahen.

„Natürlich mache ich mir Gedanken. Aber statistisch gesehen ist es wahrscheinlicher, dass ein Kind bei einem Autounfall stirbt, als dass bei ihm derselbe Krebs diagnostiziert wird, den Brandon gehabt hat. Ich schätze, es wird schon gut gehen."

Da richtete Cat, die selbst schon einen frühen Verlust erlebt hatte, ihren Blick wieder auf den Teig und teilte ihn geschickt in gleichmäßige Stücke.

Einen weiteren Augenblick später umarmte sie mich heftig. Als ich zurücktrat, leuchteten ihre Augen vor Tränen. „Ich bin einfach so froh, dass du da bist."

FLYNN

Weitere sieben Jahre später

„Nein, das tust du nicht", stellte Daphne entschlossen fest.

Als ich zu ihr hinüberschaute, sah ich, wie sie ihren Arm um die Taille unseres Sohnes schlang. Er versuchte gerade, auf den Pilotensitz eines meiner Flugzeuge zu klettern.

Charlie strampelte wie verrückt und kicherte, als Daphne ihn in ihren Armen herumwirbelte und ihn schließlich auf dem Boden absetzte. „Du musst noch mindestens zwanzig Jahre warten, bis du ein Flugzeug fliegen darfst."

Charlie schenkte ihr ein zahnloses Lächeln. „Da liegst du falsch, Mama. Daddy kann mir das Fliegen beibringen, sobald ich achtzehn bin. Und das ist nur noch zwölf Jahre entfernt."

Daphne warf mir einen flehenden Blick zu. Ich konnte nicht verhehlen, wie stolz ich darauf war, wie gut er in der Addition vorankam.

Ich überquerte den Betonboden des Flugzeughangars und kniete mich neben ihn. „Darüber machen wir uns jetzt mal lieber keine Gedanken, Kumpel." Dann hob ich ihn hoch und wirbelte ihn in der Luft herum, sodass das Thema für ihn erledigt war.

Plötzlich erschien Grant in der Tür und unser Sohn rannte sofort zu ihm hinüber.

Ich drehte mich herum und zog Daphne in eine lockere Umarmung, wobei ich meine Arme um ihre Taille schlang. „Sobald er alt genug ist, wird er vielleicht fliegen, und das wird schon werden."

Daphne zuckte mit den Schultern. „Ich weiß." Dann beugte sie sich vor und drückte mir einen Kuss auf mein Unterkinn.

Da ich mich leicht von allem, was mit Daphne zu tun hatte, ablenken ließ, neigte ich meinen Kopf und erwischte ihre Lippen, bevor sie sich entfernte. Was als schneller Kuss gedacht war, wurde sehr schnell ziemlich heiß. Denn schließlich war es Daphne, und meine unbändige Lust auf sie hatte trotz der Jahre, die seit unserem Kennenlernen vergangen waren, nicht nachgelassen.

Während meine Zunge über ihre glitt, schnappte sie nach Luft und ihre Wangen färbten sich rosa. „Hier ist nicht der richtige Ort", warnte sie in einem aufgeheizten Flüsterton.

Doch ich schenkte ihr keine Beachtung, beugte mich zu ihr hinunter und knabberte leicht an ihrem Hals, während ich genoss, wie sie in meinen Armen erschauderte. Das Geräusch von Charlies Schritten entfernte sich und ich nahm an, dass Grant mit ihm rausgegangen war, um sich etwas anzusehen.

„Was gibt es zum Abendessen?", murmelte ich, nachdem ich mir einen weiteren Kuss gestohlen hatte.

„Das ist wohl das Einzige, was du wissen möchtest", stichelte sie.

„Eigentlich möchte ich noch viel lieber wissen, wann wir wieder mal eine Nacht für uns haben." Ich liebte Charlie und es fühlte sich an, als würde ein Teil meines Herzens außerhalb meines Körpers leben, aber ich vermisste die Zeit mit meiner Prinzessin.

Daphne gluckste und legte ihre Hand auf mein Herz. „Wenn du schon fragst: Cat möchte dieses Wochenende mit ihm in den

Wasserpark in Anchorage fahren. Wäre das in Ordnung für dich?“

„Von mir aus. Solange es für dich in Ordnung ist.“

Daphne war eine tolle Mom, die beste überhaupt. Aber sie machte sich ständig Sorgen, und ich wusste, dass sie damit zu kämpfen hatte. Als Charlie das Alter überschritten hatte, in dem Brandon gestorben war, war das ein Meilenstein für sie gewesen, auch wenn sie sich nicht gerne damit auseinandersetzte.

„Natürlich ist das in Ordnung. Du machst dir immerzu Sorgen, dass ich mir Sorgen mache. Und weil ich weiß, dass ich dazu neige, mir Sorgen zu machen, habe ich ihn wahrscheinlich viel mehr machen lassen, als wir sollten“, gab sie mit einem reumütigen Lächeln zu.

Ich zog sie für einen weiteren Kuss zu mir heran. „Prinzessin, du hast meine Frage noch nicht beantwortet.“

„Ich koche heute Abend nicht. Sondern Cat. Ich habe eigentlich keine Ahnung, was sie geplant hat.“

Plötzlich war mein Interesse am Abendessen wie weggeblasen. Ich hob Daphne in meine Arme und trug sie in das hintere Büro, dann trat ich die Tür mit meinem Stiefel zu. „Was hast du vor, Flynn?“, quiekte sie.

„Ich brauche jetzt unbedingt einen Snack.“

„Bin ich jetzt etwa dein Snack?“

Da schob ich ihre Hüften auf den Tisch und legte meine Hand unter ihr Kinn. „Du bist kein Snack, Prinzessin. Aber du bist das, was ich jetzt brauche.“

Melden Sie sich unbedingt für meinen Newsletter an, um die neuesten Nachrichten, Leseproben und mehr zu erhalten! Klicken Sie hier, um sich anzumelden: https://jh-croix.ck.page/ ee53a5ef22

Die nächste Folge der Dare With Me – Serie Alaska:

Als Nächstes kommt »Notlandung ins Glück, Firefighter-Romanze« – die Geschichte von Cammi und Elias. Ein ehemaliger Militärpilot und eine sonnige Barista könnten gegensätzlicher nicht sein – und doch winkt ihnen die große Liebe. Lasst euch Elias Geschichte nicht entgehen!

1 - Klick: Notlandung ins Glück, Firefighter-Romanze

ÜBER DEN AUTOR

USA Today-Bestsellerautorin J. H. Croix lebt mit ihrem Mann und zwei verwöhnten Hunden in einer kleinen Stadt in Maine. Croix schreibt zeitgenössische Liebesromane mit starken Frauen und Alphamännern, die sich nicht scheuen, Gefühle zu zeigen. Ihre Liebe zu schrulligen Kleinstädten und den dort lebenden Charakteren spiegelt sich in ihren Texten wider. Machen Sie einen Spaziergang auf der wilden Seite der Romantik mit ihren Bestseller-Romanen!

jhcroixauthor.com
jhcroix@jhcroix.com

facebook.com/jhcroix
instagram.com/jhcroix
bookbub.com/authors/j-h-croix

www.ingramcontent.com/pod-product-compliance
Lightning Source LLC
Chambersburg PA
CBHW072104300726

48975CB00003B/696